तीन तलाक

सराहना

यह किताब कुरान द्वारा मंजूर तलाक के रूपों की गहरी खोज करती है। तलाक के नौ तरीके हैं, जिनमें आपसी सहमति शामिल हैं और ये शौहर और बीवी, दोनों के लिए उपलब्ध हैं। तीन तलाक को इसलाम द्वारा मंजूरी नहीं है और इसे पहले ही कई मुसलिम देशों में प्रतिबंधित कर दिया गया है।

—**नयनतारा सहगल,** लेखक

ज़ियाउस्सलाम की सामयिक पुस्तक उस सब बातों का खुलासा करती है, जिसकी आपको तीन तलाक के बारे में जानने की जरूरत है··इसलाम के अनुसार तलाक की क्या प्रक्रिया है, इसको समझने में यह एक महत्त्वपूर्ण योगदान है। जो लिंग, समुदाय और इसलाम में दिलचस्पी रखते हैं, उनके लिए यह पुस्तक पढ़ना अपरिहार्य है।

—**जोया हसन, मानद प्रोफेसर**
जवाहरलाल यूनिवर्सिटी

ज़ियाउस्सलाम की पुस्तक 'तीन तलाक' इसलाम में तलाक से जुड़े संदर्भ में प्रासंगिक चीजों, विवेचन के विभिन्न स्कूलों के दृष्टिकोणों, मुसलिम समाज के विविध वर्गों द्वारा अपनाए गए रिवाजों, भारत में इसके इर्द-गिर्द के कानूनी घटनाक्रमों और कानूनी विशेषज्ञों के नजरिये को अति सावधानी और तार्किक ढंग से एक साथ प्रस्तुत करने का सुंदर प्रयास है।

कई टिप्पणियों से असहमति के बावजूद, [मैं समझता हूँ] यह किताब उन लोगों के लिए बहुत मददगार होगी, जो इसलाम में तलाक के प्रावधान के पीछे की जरूरत और भावना को समझना चाहते हैं। यह इसलाम की सामाजिक प्रणाली, इसकी सही भावना और इसके औचित्य को प्रतिपादित करने में भी सहायक होगी।'

—**मोहम्मद सलीम इंजीनियर**
महासचिव, जमात-ए-इसलामी हिंद

तीन तलाक

तलाक, तीन तलाक एवं खुला को जानें और समझें

ज़ियाउस्सलाम

प्रभात
पेपरबैक्स
www.prabhatbooks.com

प्रकाशक

प्रभात पेपरबैक्स

4/19 आसफ अली रोड, नई दिल्ली–110002

फोन : 23289777 • हेल्पलाइन नं. : 7827007777

इ–मेल : prabhatbooks@gmail.com ❖ वेब ठिकाना : www.prabhatbooks.com

संस्करण

प्रथम, 2019

अनुवाद

प्रणय कुमार सुमन

मूल्य

एक सौ पचहत्तर रुपए

अ.मा.पु.स. 978-93-5322-653-4

मुद्रक

आर–टेक ऑफसेट प्रिंटर्स, दिल्ली

———— ★ ————

TEEN TALAQ

by Ziya Us Salam

(Hindi translation of 'Till Talaq Do Us Part ')

Published by **PRABHAT PAPERBACKS**

4/19 Asaf Ali Road, New Delhi-110002

by arrangement with Penguin Random House

ISBN 978-93-5322-653-4

₹175.00

मेरी पत्नी और मेरे जीवन की डोर

उज़्मा औसाफ

को

समर्पित

भूमिका

मुस्लिम निजी कानून और कुछ नहीं, बल्कि 'न्यायविदों की राय' है और इसलिए दृढ़ता से कहा जाए, तो यह भारत के संविधान के अनुच्छेद-13 (3) के दायरे में 'कानून' नहीं है। इस्लाम के एक खास वर्ग को शासित करनेवाले कानून की तलाश करने के लिए हमें कुरान को देखने की जरूरत नहीं है। आदर्श रूप से, हमें संबंधित तबके की न्यायिक राय की पड़ताल करनी चाहिए। इसके अलावा, चूँकि अनुच्छेद-26 एक 'पंथ' तक के मजहब की स्वतंत्रता की हिफाजत करता है, इसलिए हम एक पंथ के कानून को दूसरे पंथ पर थोप नहीं सकते हैं। अतीत में, उलेमा अन्य तबकों के नियमों को खुलकर अपना लेते थे। मुस्लिम विवाह कानून, 1939 को भंग करने का प्रस्ताव उन हनीफा उलेमा के अनुरोध पर पारित किया गया, जिन्होंने मलिकी कानून को अपना लिया था। तीन तलाक के मसले पर उन्होंने अन्य वर्गों की ज्यादा विवेकपूर्ण राय को अथवा अपने ही न्यायविदों की उदारवादी राय को अपनाने से क्यों इनकार कर दिया, यह स्पष्ट नहीं है। उनकी विफलता ने मौजूदा संकट में योगदान दिया है।

तीन तलाक की मान्यता के बारे में न्यायिक राय वस्तुत: बँटी हुई है। लेखक ने कुरान को सही ही उद्धृत किया है, जिसने सुराह बकराह की आयतों 229 और 230 में घोषणा की है कि 'तलाक का ऐलान दो बार हो सकता है : फिर बीवी को सम्मानपूर्ण ढंग से रखा जाए या सहूलियत से छोड़ दिया जाए...फिर, अगर वह उसे तलाक देता है, तो वह उसके प्रति तब तक वैध रूप से नहीं जुड़ सकती है, जब तक कि वह किसी अन्य शख्स को पति न बना ले।'

आयत 229 में 'अल-तलाकु मर्रतन' की अभिव्यक्ति का अर्थ है कि तलाक की घोषणा दो बार की जा सकती है। मर्रतन (दो बार) में दो घोषणाओं के बीच फासला निहित है; जिसका मतलब है कि तलाक की दो घोषणाओं के बीच पर्याप्त

फासला होना चाहिए। जब हम कहते हैं, 'मैं' आपके दफ्तर दो बार गया, लेकिन आप वहाँ नहीं थे, तो इसका यह मतलब नहीं हो सकता कि आप एक ही बार में दो बार ऑफिस गए। इसका मतलब है कि आप एक बार गए और फिर पर्याप्त समय के बाद गए। इसी तरह, तलाकों के बीच फासला रखना पड़ेगा और इस तरह एक वाक्य में या एक ही वक्त में तीन वाक्यों में तुरंत 'तीन तलाक' कहना कुरान के खिलाफ है।

इमाम बुखारी उपर्युक्त आयत के आधार पर ही तीन तलाक को जायज ठहराते हैं और 'अगर वह उसे तलाक देता है' शब्दों पर जोर देते हैं, जिसका संदर्भ तीसरी बार से है। अहले हदीथ के सिवा, अधिकतर सुन्नी तबके तीन तलाक को सही करार देते हैं।

कुछ न्यायविदों का नजरिया है कि तीन तलाक की घोषणा के बारे में सुनकर पैगंबर का चेहरा लाल पड़ गया था। वे खड़े हो गए और माना जाता है कि उन्होंने कहा, "आप लोगों ने मेरे जीवनकाल में ही कुरान का मजाक बना दिया है।" इस हदीथ के आधार पर, कुछ लोग मानते हैं कि एक बार में तीन तलाक मान्य नहीं है। दूसरे लोग तर्क देते हैं कि अगर तलाक प्रभावी नहीं हुआ होता, तो पैगंबर इतने गुस्सा नहीं हुए होते।

लेकिन साहिह मुस्लिम और अबु दाउद (हदीथ के दो प्रामाणिक संग्रह) हमें बताते हैं कि पैगंबर के जीवनकाल के दौरान, अबू बकर के समय में और उमर के खलीफा काल के प्रथम दो वर्षों में, एक वक्त में तीन तलाक को एक तलाक के रूप में माना जाता था। खलीफा उमर के समय में कई आदमी अपनी बीवियों को तलाक देते थे। बाद में, जब पुनर्विचार अवधि समाप्त होने को होती थी, तो वे तलाक को वापस ले लेते थे। फिर वे इस काम को दुहराते थे। इस मजाक को समाप्त करने के लिए खलीफा ने एक बार में तीन तलाकों को मंजूरी दे दी, लेकिन इसमें बीवी की राय भी लेनी होती थी। तलाक तभी मुकम्मल होता था, जब महिला भी इसके लिए राजी होती थी। फिर आदमी को तुरंत तलाक के लिए दंड के रूप में कोड़े लगाए जाते थे।

इस तरह, हालाँकि प्रमुख न्यायिक नजरिए ने माना कि एक बार में तीन तलाक मान्य है, लेकिन इस्लाम के हरेक स्कूल में पर्याप्त विरोधी आवाजें उठती रहीं, जिनके अनुसार एक ही बार में तीन घोषणाओं को एक ही घोषणा माना जा सकता है और इसे पलटा जा सकता है। कम-से-कम उच्चतम न्यायालय के फैसले के बाद,

भारतीय उलेमा को इस वैकल्पिक दृष्टिकोण को अपनाने पर विचार करना चाहिए और साफ तौर पर ऐलान करना चाहिए कि एक बार में तीन तलाकों की गिनती एक तलाक के रूप में की जाएगी। लोग भी अपनी सुविधा के अनुसार न्यायिक दृष्टिकोण को अपनाते या ठुकराते हैं।

दरअसल, तीन तलाक की घटना कम होती है। कुछ मामलों में, जब तलाक पारस्परिक होता है या कई दौर की मध्यस्थता की विफलता के बाद बीवी के आग्रह पर होता है, तो भी मध्यस्थ और वकील खुद पक्षों को तीन तलाक दर्ज करने की सलाह देते हैं, क्योंकि वे सोचते हैं कि तीन घोषणाएँ अवश्य ही की जानी चाहिए या लिखित में दर्ज होनी चाहिए। वर्ष 2011 की जनगणना के अनुसार, महज 0.49 फीसदी मुस्लिम महिलाएँ तलाकशुदा थीं और उन सभी को तीन तलाक नहीं दिया गया था। कुरान खुद तलाक की विस्तृत प्रक्रिया का उल्लेख करती है, जिसे अब ऑल इंडिया मुस्लिम पर्सनल लॉ बोर्ड द्वारा मंजूर कर लिया गया है। जो मुस्लिम महिलाएँ अदालत गई थीं, वे मूलत: इस बात से ज्यादा कुछ नहीं माँग रही थीं कि बस कुरान में तलाक की जिस प्रक्रिया का जिक्र है, उसे ही माना जाए।

अब बोर्ड द्वारा अपनाई गई कुरानी योजना के तहत, यदि पति-पत्नी के बीच मतभेद हैं, तो उन्हें क्षमा-भाव में एक-दूसरे से बातचीत कर शांतिपूर्ण ढंग से सुलह करने की कोशिश करनी चाहिए। अगर इससे अपेक्षित परिणाम नहीं मिलता है, तो वे एक ही घर में रहते हुए भी एक-दूसरे से अस्थायी रूप से अलग-थलग रह सकते हैं। अगर ये दो शुरुआती कदम विफल रहते हैं और उनके बीच मतभेद बने रहते हैं, तो दोनों पक्षों को आपसी सुलह के लिए अपने-अपने परिवारों की मदद लेनी चाहिए या हरेक पक्ष को मध्यस्थ बनाने चाहिए, जो दंपती के बीच समझौता कराने के लिए कोई कोर-कसर नहीं छोड़ेंगे। अगर मध्यस्थता का कोई सकारात्मक नतीजा नहीं निकलता और उनके बीच सुलह की कोई संभावना नहीं बनती है, यानी शादी स्पष्ट रूप से टूट जाती है, तो शौहर द्वारा सिर्फ एक बार घोषणा (तलाक की) की जाएगी। इस घोषणा के उपरांत अनिवार्य रूप से तीन महीने तक की इंतजार अवधि होनी चाहिए या यदि बीवी गर्भवती हो तो जब तक बच्चा पैदा नहीं हो जाता, तब तक इंतजार किया जाना चाहिए। अगर इस इंतजार अवधि के दौरान दंपती अपना मन बदल लेते हैं और विवाह-बंधन में बने रहना चाहते हैं तो तलाक निरस्त हो जाएगा। अंतत: अगर इंतजार अवधि के दौरान पूर्व फैसला रद्द नहीं किया जाता है, तो तीन महीने या गर्भाधान के कारण विस्तारित अवधि की समाप्ति पर तलाक को

पूरा मान लिया जाता है। इस तरह, एक मुस्लिम निकाह को निरस्त करने के लिए महज एक तलाक पर्याप्त है।

मेरी राय में, सरकार को अनिवार्यत: एक निकाहनामा बनाना चाहिए, जो यह साफ तौर पर बताए कि अगर किसी विवाह को समाप्त किया जाना है, तो तुरंत तीन तलाक का विकल्प नहीं अपनाया जाएगा। मुगल शासन के दौरान निकाहनामे में रूटीन रूप से ऐसी परिस्थितियाँ शामिल की जाती थीं। मेरे सम्मानित शिक्षक और मशहूर इतिहासकार प्रो. शिरीन मूस्वी ने ऐसे कई निकाहनामे प्रस्तुत किए हैं। जब तमाम अन्य उपाय संभावित परिणाम नहीं दे पाएँ, तो 'आखिरी साधन' के तौर पर आपराधिक प्रतिबंध का इस्तेमाल अवश्य किया जाना चाहिए।

तीन तलाक पर जिया उस्सलाम की किताब सामाजिक है और यह इससे संबंधित जटिल मुद्दों को समझने में मदद करेगी। उन्होंने सही ही और साहसिक रूप से दरशाया है कि तीन तलाक को जबकि जनता और मीडिया का काफी ध्यानाकर्षण मिलता है, लेकिन मुस्लिम मर्दों और महिलाओं, दोनों को उपलब्ध तलाक के अन्य रूपों के बारे में बमुश्किल बात की जाती है। उन्होंने एक उदाहरण देकर तीन तलाक की पक्षपातपूर्ण खबर का पर्दाफाश किया है। इस खबर में बताया गया है कि एक शौहर ने कब्रगाह में अपनी बीवी को तलाक दिया। इस तलाक पर दी गई किसी भी खबर में इस अहम तथ्य का जिक्र नहीं किया गया कि यह दंपती दरअसल कब्रगाह में ही रह रहा था, यहाँ तक कि सायरा बानो के शौहर ने भी वैवाहिक अधिकार बहाल करने के लिए अदालत की शरण ली थी और इसलिए वे अपने विवाह को बचाना चाहते थे। लेखक सही ही कहते हैं कि इस्लाम में तलाक 'दो मिनट नूडल्स' की तरह नहीं है। उन्होंने कई मौलवियों के साथ अपनी बातचीत का ब्यौरा भी दिया है। इनमें से कुछ मौलवियों ने उनसे कहा कि वे तीन तलाकों को एक घोषणा मानते हैं, जिसे पलटा जा सकता है।

यह किताब उन लोगों के लिए बेहद उपयोगी साबित होगी, जो इस विषय को शीघ्र समझना चाहते हैं। वे तमाम लोग, जो तीन तलाक के विवादास्पद मामले पर बोलना चाहते हैं, लिखना चाहते हैं या समझना चाहते हैं, वे इस पुस्तक को न केवल सुविधाजनक और पठनीय पाएँगे, बल्कि अत्यंत उपयोगी भी पाएँगे।

—फैजान मुस्तफा
उप-कुलपति
नल्सार विधि विश्वविद्यालय,
हैदराबाद

पुस्तक परिचय

22 अगस्त, 2017 को भारत ने सामूहिक रूप से राहत की साँस ली। तुरंत तीन तलाक या एक बार में घोषित तलाक को उच्चतम न्यायालय द्वारा अवैध करार दिया गया था। एक युगांतरकारी फैसले में, पाँच न्यायाधीशों की पीठ, जिसमें तत्कालीन मुख्य न्यायाधीश जे.एस. खेहर, न्यायमूर्ति कुरियन जोसेफ, न्यायमूर्ति आर.एफ. नरीमन, न्यायमूर्ति यू. यू. ललित और न्यायमूर्ति एस. अब्दुल नजीर शामिल थे, ने 3-2 के बहुमत से तुरंत तीन तलाक को गैरकानूनी ठहरा दिया था। सायरा बानो बनाम भारत सरकार एवं अन्य केस में दी गई दलील पर सुनवाई करते हुए, न्यायधीशों ने इसे निरंकुश और मुस्लिम महिलाओं के समानता के अधिकार का उल्लंघन करनेवाला माना था। न्यायमूर्ति जोसेफ, जिनके मत ने तुरंत तीन तलाक को दरकिनार करने में निर्णायक भूमिका निभाई, ने एक यादगार बयान दिया—

जो बात पवित्र कुरान में बुरी बताई गई है, वह शरीयत में अच्छी नहीं हो सकती है और उस मायने में, जो धर्मविज्ञान में खराब है, वह कानून में भी खराब है…अगर किसी बात को अभिव्यक्त रूप से अनुमति योग्य नहीं ठहराया गया है, तो वह महज इस आधार पर मान्य नहीं ठहराई जा सकती कि यह लंबे अरसे से चली आ रही है।

अगले दिन इस खबर को तमाम अंग्रेजी, हिंदू, उर्दू और क्षेत्रीय अखबारों ने अपने प्रथम पृष्ठ पर प्रमुख स्थान दिया। 'दि हिंदू', 'टाइम्स ऑफ इंडिया', 'हिंदुस्तान टाइम्स', 'इंडियन एक्सप्रेस' और 'ट्रिब्यून' ने अपने संस्करणों को मोटे शीर्षकों के साथ छापा। 'टाइम्स ऑफ इंडिया' ने चीख मारी। 'इंस्टेंट तलाक : अनलॉफुल, अनलॉफुल, अनलॉफुल' (तुरंत तलाक : गैरकानूनी, गैरकानूनी, गैरकानूनी) 'हिंदुस्तान टाइम्स' ने भी सीधे शीर्षक दिया—'नो, नो, नो : ट्रिपल

तलाक इज डिक्लेयर्ड इल्लीगल बाई एस सी (नहीं, नहीं, नहीं : तीन तलाक को उच्चतम न्यायालय द्वारा अवैध करार दिया गया)। 'इंडियन एक्सप्रेस' का नई दिल्ली संस्करण ज्यादा रोमांचक था। इसका शीर्षक मोटे अक्षरों में लिखा था—'तलाक, तलाक, तलाक' और इसके आर-पार एक लाल रेखा खींची गई थी। पूरा प्रभाव दृश्य में जाहिर था। 'दि हिंदू' अखबार ज्यादा गंभीर था और इसका शीर्षक था—'नो, नो, नो : एस सी ऑन इंस्टेंट ट्रिपल तलाक' (नहीं, नहीं, नहीं : तुरंत तीन तलाक पर उच्चतम न्यायालय)। 'ट्रिब्यून' ने भी अपने को संयमित रखते हुए शीर्षक दिया—'इंस्टेंट ट्रिपल तलाक बैंड (तुरंत तीन तलाक पर प्रतिबंध)। 'राष्ट्रीय सहारा' और 'इनकलाब' जैसे उर्दू दैनिकों ने भी सुप्रीम कोर्ट के फैसले को मोटे अक्षरों में छापा।

इस बहु-प्रतीक्षित फैसल को लेकर उन्माद ऐसा था—मुख्य न्यायाधीश खेहर एक हफ्ते से भी कम समय में रिटायर होनेवाले थे—कि डोकलाम गतिरोध तक को अधिकतर अखबारों ने लगभग फुटनोट की तरह छापा और कुछेक ने तो इसे प्रथम पृष्ठ पर जगह तक देना मुनासिब नहीं समझा! तलाक ने सारा स्थान और ध्यान ले लिया था। अधिकतर अखबारों के प्रथम पृष्ठ पर कई खबरें (तलाक) थीं और अंदर के पृष्ठों पर विशेषज्ञ की टिप्पणियों के साथ विश्लेषणात्मक लेख छापे गए थे। हालाँकि इसे अकूत जगह दी गई थी, लेकिन इसे जिस हद तक कवरेज दी गई, वह न तो नई थी और न ही अनपेक्षित। एक स्तर पर, इसने दिमाग को पीछे ले जाते हुए 1982 पर टिका दिया, जब मशहूर फिल्म निर्माता-निर्देशक बी.आर. चोपड़ा की फिल्म 'निकाह' रिलीज हुई थी। इस फिल्म में पाकिस्तानी अभिनेत्री सलमा आगा ने काम किया था और इसका सुरीला संगीत रवि ने दिया था और इसमें गुलाम अली की एक यादगार गजल भी थी। फिर भी, इसने एक बड़ी खबर बनाई—दरअसल, एक शोर-सा उठा, अलबत्ता तमाम गलत कारणों के लिए। फिल्म तुरंत तीन तलाक के एक केस पर केंद्रित थी, जिसमें हीरो तीन भयावह शब्दों को बोलकर अपनी बीवी को बाहर कर देता है। सुलह के लिए इसके पूर्व कोई कोशिश नहीं की गई या इस तलाक का कोई गवाह भी नहीं था, यह बात तनिक भी मायने नहीं रखती थी। हिंदी फिल्म उद्योग कभी भी ब्योरों को लेकर गंभीर नहीं रहा है। बहरहाल, इस फिल्म में इस्लाम में तलाक की प्रक्रिया पर जो ध्यान नहीं दिया गया था, उसे लेकर इतना हंगामा बरपा कि न सिर्फ कुछ महिला कार्यकर्ताओं ने फिल्म के होर्डिंगों पर कालिख पोत दी, बल्कि मध्यप्रदेश, उत्तरप्रदेश और महाराष्ट्र में इस फिल्म को

दिखानेवाले कुछ सिनेमाघरों के सामने पुलिस सुरक्षा प्रदान करनी पड़ी। दिल्ली में कई बुर्कानशीं महिलाओं ने शुरुआती हफ्तों में लोकप्रिय गोलचा सिनेमा का घेराव किया, हालाँकि बाद में उन्होंने कई बार इस फिल्म का आनंद उठाया।

तब भी मीडिया ने, 2017 के मीडिया की तरह ही, सतही बातों पर ही केंद्रित किया, क्योंकि ब्योरे में जाने के लिए बेहद वक्त, शोध और अध्ययन की जरूरत थी। उर्दू अखबार, जो कभी भी वक्त से आगे के लिए नहीं जाने जाते हैं, तीन तलाक पर बहसों से पटे हुए थे, लेकिन इनमें अकसर रुझान इसके पक्ष में ही होता था! वर्ष 1982 में वे प्राय: अनुमान जताते थे, 'यह तलाक का एक पापपूर्ण, किंतु प्रभावी तरीका है।' यह 2017 में भी जरा-सा नहीं बदला।

तब अति प्रतिष्ठित उर्दू दैनिक 'अल जमीयत', जिसे जमीयत-उलेमा-ए-हिंद द्वारा प्रकाशित किया जाता है, जो संयोगवश उच्चतम न्यायालय में सायरा बानो केस में एक पक्ष था, ने तलाक के मसले पर गहन लेख छापे थे। इसने अपने संपादकीय पृष्ठ तक में बाहरी मौलवियों तक के विचार छापे थे। 'दावत' नामक दैनिक, जो जमायत-ए-इस्लामी द्वारा पुनश्चक्रित कागज पर छापा जाता था, ने फिल्म का जिक्र तक नहीं किया, इसकी बजाय उसने कुरान में तलाक की प्रक्रिया पर केंद्रित किया। फिर भी, किसी भी अखबार ने 'खुला' अथवा 'तलाक-ए-तवफीज' (जिसमें शौहर तलाक की शक्ति अपनी बीवी को दे देता है) का कोई ब्योरा नहीं दिया, उनका फोकस अकाट्य रूप से 'तलाक-ए-बिद्दत' (जिसे तलाक की नई प्रथा कहा जाता है) 'एक पापपूर्ण, किंतु तलाक का प्रभावी तरीका' पर बना रहा! तुरंत तीन तलाक के पक्ष में अकसर खलीफा उमर के एक कथित आदेश का हवाला दिया गया। इस मसले पर विरले ही पैगंबर मुहम्मद का नजरिया ब्योरेवार बताया गया। उस वाकये को याद किया जा सकता है, जब उनके पास एक शख्स आया और उसने कबूल किया कि उसने अपनी बीवी को एक बार में तीन तलाक दे दिया है, मगर पैगंबर ने इसे एक बार दिया गया तलाक माना, जिसे पलटा जा सकता है और उन्होंने उस आदमी को अपनी पत्नी के पास जाने का विकल्प दिया। तलाक का साफ तौर पर जिक्र करनेवाली कुरान की आयतों—सुराह बकराह, सुराह निसा, और सुराह तलाक—के बाहर सुराह अहजब पर शायद ही कोई ध्यान दिया गया, जिसमें 'जिहर' का उल्लेख है, जो तलाक के बाहर अलग तरह का तलाक है और कभी भी किसी विद्वान् टिप्पणीकार ने एक बार भी यह कहना उचित नहीं समझा कि मुस्लिम समुदाय के मर्दों से कहा जाए कि उन्हें

तुरंत तलाक का इस्तेमाल करने से बचना चाहिए, क्योंकि वे पैगंबर के सुन्ना के खिलाफ नहीं जा सकते।

अन्य अखबारों का रुझान साफ तौर पर अलग था। यहाँ यह पता करने की उतनी ज्यादा कोशिश नहीं थी कि बहुचर्चित तलाक के तरीके के पीछे का सच क्या है, लेकिन उनका प्रयास 'मर्दों की सनक और मनमानी के आगे मुस्लिम महिलाओं की निस्सहाय स्थिति' को पेश करने का था। एक हिंदी अखबार, जिसकी स्पष्ट तौर पर यह ताकत नहीं थी, ने कई दिनों तक तलाक पर कई लेख छापे और हर लेख (फीचर) में किसी भी तरह के तलाक के खिलाफ दलील दी गई। इस अखबार के लिए विवाह, सात जन्मों का बंधन था! यह 1982 में फिल्मी और वास्तविक जीवन का विलय था।

पिछले तीस सालों में बहुत कुछ नहीं बदला है, खासतौर पर पिछले पाँच वर्षों में, तीन तलाक का मसला अकसर सामाजिक-राजनीतिक खेमों एवं मीडिया में उठाया जाता रहा है। प्राय: ही यह मुद्दा सुर्खियों में आ जाता है और खबर में बताया जाता है कि तुरंत तलाक की वजह से फलाँ महिला को कितनी पीड़ा उठानी पड़ रही है। तकरीबन हर बार, एक तुनकमिजाज आदमी के अविवेकपूर्ण, अनुचित आचरण का इस्तेमाल यह तसवीर पेश करने के लिए किया जाता है कि तमाम मुस्लिम महिलाएँ निरंतर तलाक के डर के साए में जीती हैं। वर्ष 2011 की जनगणना के अनुसार, मुस्लिम समुदाय में तलाक की दर मुल्क में सबसे कम है। इसके बावजूद यह तथ्य उन लोगों के लिए मायने नहीं रखता, जो हमेशा सुविधाजनक और फौरी निष्कर्षों पर कूदने को तैयार बैठे रहते हैं। इस मसले की तह में जाने की शायद ही कोई कोशिश की जाती है। बहुत नामी शिक्षाविदों या विद्वानों ने इस्लाम में महिलाओं को उपलब्ध तलाक के हक के बारे में नहीं लिखा है। मीडिया भी मुकम्मल तसवीर पेश करने की जहमत नहीं उठाता। 1990 के दशक की शुरुआत में, जब इस लेखक ने 'पायनियर' में 'खुला' (इस्लाम में महिलाओं को तलाक का अधिकार) पर एक लेख लिखा तो यह लोगों का बहुत ध्यान खींचने में नाकाम रहा। फिर भी, 'पैट्रियट' में छपी उस खबर पर काफी ध्यान गया, जिसमें बताया गया था कि एक मुसिलम महिला कब्रगाह में शौहर द्वारा तुरंत तलाक दिए जाने के कारण किस कदर पीड़ित है। यह तथ्य कि यह विरक्त दंपती दरअसल कब्रिस्तान में ही रहता था और वह आदमी वहाँ का इमाम था, कोई अर्थ नहीं रखता था। महज यह तथ्य कि महिला को कब्रगाह में तलाक दिया गया,

सुर्खियाँ बटोरने के लिए काफी था और इसका निहितार्थ था कि तलाक मौत के वक्त भी एक मुस्लिम महिला का पीछा नहीं छोड़ता। इस सब चुनिंदा अज्ञानता का अर्थ यह है कि आज भी, आम लोगों की नजरों में, इस्लाम में विवाह को समाप्त करने का एकमात्र उपाय तुरंत तीन तलाक है। बहुतेरे लोग 'खुला', 'तलाक-ए-तफवीज', 'लियन', 'मुबारात' या 'जिहर' आदि के बारे में पता करने या सीखने-जानने की जहमत नहीं उठाते। इससे भी बदतर स्थिति यह है कि महानगरों में रहनेवाले मुस्लिम स्त्री-पुरुष, जो बेहतर रूप से शिक्षित और सूचना के साधनों तक बेहतर पहुँचवाले माने जाते हैं, को भी 'तलाक-ए-अहसन' या 'तलाक-ए-हसन' के बारे में जानकारी नहीं होती है। तलाक के ये दो स्वीकृत रूप मर्दों को उपलब्ध हैं। वस्तुतः वर्ष 2017 में उच्चतम न्यायालय के फैसले के बाद देश की सड़कों और गलियों में इस अज्ञानता को अभी भी उठाया जाना बाकी था। जब 'दि हिंदू' ने पुरानी दिल्ली (लाल किले का इलाका) का दौरा किया तो अधिकतर लोगों ने अदालत के फैसले के बारे में अनभिज्ञता जताई और जब उन्हें इस बारे में बताया गया, तो उन्होंने फौरन कहा कि वे तुरंत तीन तलाक को बनाए रखने के पक्ष में हैं और उन्होंने उच्चतम न्यायालय के फैसले को उनके 'निजी मामलों में दखल' बताया। अधिकतर मुस्लिम महिलाएँ या तो इस फैसले से अनभिज्ञ थीं या समाज (मुस्लिम) को एक ऐसी महासंस्कृति मानती थीं, जो तुरंत तीन तलाक को दरकिनार करनेवाले सुप्रीम कोर्ट के फैसले को ही नजरअंदाज कर सकती है।

अदालती फैसले की सीमाओं का सबूत अगले ही दिन झारखंड से आ गया, जहाँ तुरंत तीन तलाक के तरीके का इस्तेमाल करते हुए एक शख्स ने अपनी बीवी को तलाक दे दिया। हजारीबाग की सत्ताइस वर्षीय फातिमा सुरैया ने आरोप लगाया कि उसके शौहर फैकी आलम ने उसके साथ नाश्ता किया था, मगर शाम में बगैर किसी चेतावनी या संकेत के, उसने उसे 'तलाक-ए-बिद्दत' के तरीके के जरिए तलाक दे दिया। तीन भयावह शब्द बोलने के साथ ही सुरैया और उसकी बेटी को घर से बाहर कर दिया गया। किसी भी स्थानीय मौलवी ने दखल नहीं दिया। दरअसल, जब सुरैया ने काजी से मदद की गुहार की, तो उसने इस घोषणा को महज एक तलाक, जिसे पलटा जा सकता है, मानने की बजाय किसी फैसले पर पहुँचने के लिए बीस दिनों का वक्त माँगा। एक तलाक माने जाने पर बीवी को घर के बाहर नहीं किया जा सकता।

और जरा सोचें कि फैकी द्वारा अपनी बीवी से पिंड छुड़ाने के लिए तुरंत तीन

तलाक की घोषणा किए जाने के महज चंद घंटे पूर्व उच्चतम न्यायालय ने उसकी काररवाई को अमान्य करार दिया था। फिर भी, तुरंत तलाक के इस वाकये ने भीषण वास्तविकता को सामने ला दिया कि सुप्रीम कोर्ट ने तुरंत तीन तलाक को महज दरकिनार कर दिया था। यह कोई दंड निर्धारित नहीं कर सकता था, जैसे निश्चित राशि का जुर्माना या जेल में काटे जानेवाले साल। यह दंड उस स्थिति में दिया जाता, जब कोई शख्स मनमाने तलाक के इस्तेमाल का दोषी ठहराया जाता। यह अधिकार विधायिका के दायरे में था। कुछ महिला कार्यकर्ताओं और अनेक उदारवादियों के लिए यह राहत की बात थी कि सरकार ने मुस्लिम महिला विधेयक, 2017 (विवाह में अधिकार की रक्षा) प्रस्तुत किया, जिसमें तुरंत तीन तलाक कहनेवाले शख्स को तीन साल की जेल की व्यवस्था है। बहरहाल, विधेयक इस बात पर खामोश था कि अगर शौहर जेल में होगा तो महिला को गुजारा कैसे मिलेगा? इसमें सुलहनामे के किसी प्रयास की भी बात नहीं थी और यह कानून के मकसद को ही बेकार कर देता था। संयोगवश, उच्चतम न्यायालय ने सुलह करने के अवसर पर जोर डाला था, जैसा कि कुरान में बल दिया गया है। सुप्रीम कोर्ट ने इसका खुलासा नहीं किया कि ऐसे मामलों में क्या विवाह जारी रहेगा? अगर यह जारी रहेगा, तो तलाक के दोहराए जाने के खिलाफ़ महिला के लिए क्या सुरक्षा है? हो सकता है कि अगली बार कुरान में स्वीकृत तरीका अपनाया जाए। सुप्रीम कोर्ट के न्यायाधीशों ने अपना फैसला नई दिल्ली में दिया, लेकिन भारत के छोटे शहरों और गाँवों में सामाजिक कानून उनके अधीनस्थ ही होते हैं। इससे स्पष्ट हो जाता है कि दहेज और जाति प्रणाली, दोनों के खिलाफ प्रतिबंधों के बावजूद ये क्यों बदस्तूर जारी हैं?

सुरैया के तीन तलाक ने उस शपथ-पत्र की याद दिला दी, जिसे ऑल इंडिया मुस्लिम पर्सनल लॉ बोर्ड ने उच्चतम न्यायालय में दिया था, जिसमें बोर्ड ने निकाह करानेवाले काजियों को यह कहने का वचन दिया था कि वे निकाहनामे में यह शर्त शामिल करने को कहेंगे कि कोई समस्या खड़ी होने पर विवाह तीन तलाक के जरिए रद्द नहीं होगा। जब उच्चतम न्यायालय का फैसला, यहाँ तक कि महिलाओं को दिल्ली में जागरूक करने में विफल रहा या झारखंड में एक शख्स को अपनी बीवी को तुरंत तीन तलाक देने से रोक नहीं सका, तो प्रार्थना करें कि देश में एक गैर-विधिक निकाय की क्या औकात होगी, उसे कौन तवज्जो देगा?

सुरैया के तलाक की खबर मीडिया के एक वर्ग में छपने के कुछ दिनों बाद मेरी मुलाकात पश्चिमी उत्तरप्रदेश में बरेली के एक मौलवी से हुई। यह शहर अपनी

दरगाहों के लिए जाना जाता है और इस मौलवी ने जो बातें साझा कीं, वे काफी दिलचस्प थीं : 'हमारे पास तीन तलाक के ढेरों मामले आते हैं और 'खुला' के भी मुट्ठी भर मामले आते हैं। अगर 'खुला' का एक केस आता है तो इसके मुकाबले तीन तलाक के आठ से दस केस आते हैं। आमतौर पर निचले तबके के लोग, जो कम शिक्षित होते हैं, वे हमसे मदद माँगने आते हैं। बेहतर शिक्षित लोग खुद कुरान, यहाँ तक कि इस पर टिप्पणी भी पढ़ सकते हैं।' मैंने उस मौलवी को दुबारा परखने के लिए पूछा, "क्या आपने कुरान पढ़ी है, जिसकी आप बात करते हैं?" उन्होंने कहा, "हाँ, तलाक के किसी मामले में फैसला देते वक्त हम वही करते हैं।" इसलिए इसका अर्थ है कि तीन तलाक को नहीं स्वीकारा जाता है? "नहीं, हम इसे सिर्फ एक तलाक मानते हैं। अगर हम हदीथ में जाएँ, तो उसमें कई अंतर्विरोधी नियम हैं। हर कोई अपनी दलील के अनुकूल इसे उद्धृत कर सकता है या गलत उद्धृत कर सकता है। किसका अनुसरण किया जाए? इसलिए हम बस कुरान के मुताबिक चलते हैं।" उन्होंने इसे एकदम सरल और तार्किक रूप में पेश किया।

बरेली से करीब 120 किलोमीटर दूर, काशीपुर में, तब सायरा बानो के पिता को मौलवियों ने विरोधी राय दी, जब उन्होंने तलाकनामे, जिसमें 'तलाक' शब्द तीन बार लिखा हुआ था, के प्राप्त होने के बाद उनसे मशविरा किया था। उन्होंने व्यवस्था दी कि विवाह समाप्त हो गया। तीन तलाक अंतिम था, इसे पलटा नहीं जा सकता था। अपने शौहर के पास लौटने का उसके पास कोई रास्ता नहीं था। दुर्भाग्य से, जब सायरा बानो इलाहाबाद में रिजवान अहमद के साथ अपनी शादी में कठिन दौर से गुजर रही थी, किसी ने भी न तो वहाँ और न ही काशीपुर में, उससे कहा कि जो शख्स दहेज की माँग कर रहा हो या शारीरिक यातना देता हो, उसे छोड़ देने का विकल्प उसके पास है। कुरान के नियम के अनुसार, वह 'खुला' लेने के लिए अधिकृत थी और अपनी जिदंगी फिर से शुरू कर सकती थी। इस तरह वह काफी निजी पीड़ा और सार्वजनिक अपमान से बच सकती थी। इसी तरह, जब अतिया साबरी का उसके शौहर द्वारा चरित्र हनन किया गया, तो उसके पास 'लियन' के जरिए शादी समाप्त करने का अधिकार था। यदि शौहर अपनी बीवी पर व्यभिचार के आरोप लगाता है और कोई सबूत पेश करने में विफल रहा है, तो बीवी को अधिकार है कि वह 'लियन' के जरिए तलाक ले ले। साफ तौर पर, कुरान और सुन्ना महिलाओं के सम्मान, उनके विवाह और उनके अधिकारों की रक्षा करते हैं। समाज या तो भ्रामक सूचना देने या कुछेक मामलों में गलत सूचना देने का दोषी

है। मैंने सोचा कि यह सब कितना अंतर्विरोधी और भ्रामक है?

इस तरह इस्लाम में तलाक के मसले पर भ्रम दूर करने की यह कवायद शुरू हुई। विचार यह था कि कुरान की मदद से मुकम्मल तसवीर पेश की जाए और हदीथ एवं इतिहास के उदाहरणों के जरिए इसकी पुष्टि की जाए। यह कहा जा सकता है कि शरिया कुरान पर और पैगंबर के कथनों और परंपराओं पर आधारित है। सुन्नियों के विभिन्न स्कूलों—हनफी, शफी, मलिकी और हन्बालिस की बारीकियों में उलझे बगैर यहाँ कोशिश यह है कि एक व्यापक तसवीर पेश की जाए और आम आदमी को यह समझने में मदद की जाए कि इस्लाम में तलाक क्या है, इससे कैसे बचा जा सकता है या बचा जाना चाहिए और कैसे इसे लागू किया जा सकता है? वह आम आदमी या औरत जरूरी नहीं कि मुस्लिम हो और विवाह के उतार-चढ़ाव को महसूस करे। वह कोई भी हो सकता है, जो हमारे टेलीविजन के परदों पर, हमारे प्रिंट मीडिया के ढेरों लेखों के जरिए पेश की गई छवियों से दिग्भ्रमित होता है और इस मामले पर उसकी समझदारी बेहतर नहीं हो पाती है। हाँ, इस्लाम एक मर्द को अपनी बीवी को तलाक देने की इजाजत देता है, लेकिन इसके लिए एक प्रक्रिया है। यह दो-मिनट के नूडल्स या अपनी कार का इंजन बंद करने जैसा नहीं है। यह एक महिला को भी शादी को निरस्त करने की इजाजत देता है। यह मर्दों और महिलाओं, दोनों को अधिकार देता है कि वे आपसी सहमति से विवाह के बंधन से मुक्त हो सकते हैं। कैसे? इन अध्यायों के जरिये मैंने वह सब खुलासा करने का प्रयास किया है, जो आप इस्लाम में तलाक के बारे में जानना चाहते हैं।

यह किताब प्रो. ताहिर महमूद के साथ मेरे बीस वर्षों के साथ के बगैर संभव नहीं हो पाती। मैं जिंदगी में इस्लाम के जितने महान विद्वानों से मिला हूँ, वे उनमें से एक हैं। 'राष्ट्रीय अल्पसंख्यक आयोग' के अध्यक्ष के रूप में उन्होंने बड़ी उदारता से देश के अल्पसंख्यक मामलों की जानकारी मुझसे साझा की। इन वर्षों के दौरान कुछ भी नहीं बदला है—उन्होंने इस्लाम में तलाक पर अपना नजरिया साझा किया और बताया कि तुरंत तीन तलाक की परंपरा में प्रामाणिकता का अभाव है। एक पत्रकार के रूप में, पिछले दो दशकों से इस मसले की पड़ताल करने में मुझे प्रो. फैजान मुस्तफा के विशाल ज्ञान और स्पृहणीय कौशल का लाभ मिला। यह वक्त अच्छी तरह बीता। 'दि हिंदू', 'ट्रिब्यून' और 'इंडियन एक्सप्रेस' में उनके लेखों ने कई मकड़जालों को साफ करने में मदद की। प्रो. ए. फैजुर्रहमान के साथ मेरा

संपर्क अपेक्षाकृत हाल का है, लेकिन उनका योगदान भी समान रूप से महत्त्वपूर्ण रहा। उन्होंने विभिन्न स्कूलों की विचारधाराओं का बेहद बारीकी से विश्लेषण किया है। उन्होंने खुशी-खुशी अपने ज्ञान और स्वतंत्र सोच प्रक्रिया को मुझसे साझा किया। उन्होंने अकसर उद्धृत किए जानेवाले हदीथ के बाहर जाकर इस मसले पर मुझे एक दृष्टिकोण प्रदान किया। प्रो. शिरीन मूस्वी का भी मैं शुक्रिया अदा करता हूँ। मध्यकाल के निकाहनामे को लेकर उनके अकूत ज्ञान से मुझे काफी सहूलियत हुई। वे विनम्रता की प्रतीक हैं। उन्होंने बड़ी उदारता से अपना वक्त मुझे दिया और अपना ज्ञान मुझसे साझा किया। येल यूनिवर्सिटी के इतिहासकार रोहित डे साहब का भी मैं शुक्रगुजार हूँ, जिन्होंने कई मुस्लिम देशों में निजी कानूनों के बारे में अपनी पैनी जानकारी मुझसे साझा की। मेरे ससुर डॉ. सैयद औसफ सईद वास्फी साहब को भी विशेष धन्यवाद। उन्होंने इस विषय पर यहाँ प्रस्तुत धार्मिक आदेशों का अध्ययन किया ताकि उनकी प्रामाणिकता मुकम्मल हो। अंजना राजन को भी भुलाया नहीं जा सकता, जिन्होंने 'टिल तलाक डू अस पार्ट' पुस्तक को अपनी व्यस्तताओं के बावजूद पढ़ने का वक्त निकाला। वास्तव में, यह पुस्तक मिली ऐश्वर्य के बगैर संभव नहीं हो पाती। वे अत्यंत विनीत संपादक हैं। एक अपराह्न मैंने उनसे इस पुस्तक के विचार उनके समक्ष रखे। कुछ दिनों बाद, उन्होंने प्रस्ताव स्वीकार करते हुए मुझे मेल भेजी। इसके उपरांत उन्होंने इस पुस्तक की सामग्री और प्रस्तुति को बेहतर करने के लिए नियमित रूप से जानकारी मुहैया कराई।

'दि हिंदू', 'फ्रंटलाइन' के मेरे तमाम सहयोगियों, खासकर आर. विजयशंकर, जो कभी अच्छा बोलने से चूके नहीं और मेरे दोस्तों—जॉन चेरियन, वेंकिटेश रामकृष्णन, वी. वेंकटेसन, पूर्णिमा त्रिपाठी, टी. के. राजलक्ष्मी, दिव्या त्रिवेदी और अक्षय देशमाने के प्रति मैं कृतज्ञ हूँ। उन्होंने मुझे खामोश समर्थन दिया और संजीदा चर्चाएँ कीं, जिनसे यह पुस्तक संभव हो सकी। मैं आमिर अब्दुल राशिद साहब, भाई अब्दुल अजीम, इफ्तिखार अली हाशमी, आफताब आलम, असलम खान, इरफान अहमद, मसरूर मियाँ, राशिद अली, मुहम्मद कुमर खान और प्रिय एस. एस. उमैर के प्रति भी कृतज्ञ हूँ। उन्होंने समय-समय पर अपनी जानकारियाँ दीं। मेरी पत्नी, बच्चों और बहनों को भी मेरे समर्थन में बने रहने के लिए बहुत-बहुत धन्यवाद। मेरे दोस्तों—विजय लोकपल्ली, अनुज कुमार, एस. रवि और मधुर का भी शुक्रिया। खादिम हुसैन जैसे अनन्य भाई का तहेदिल से शुक्रिया, जिन्होंने मुझे हमेशा यह पुस्तक लिखने के लिए हौसला अफजाई की।

इससे पहले कि हम समाप्त करें, तमाम पाठकों से एक आग्रह है : पैगंबर मुहम्मद के नाम का उल्लेख जहाँ भी हुआ है, उसके अंत में मैंने पठनीयता की दृष्टि से 'उन पर शांति रहे' (Peace be upon him) नहीं जोड़ा है, मगर यह जोड़ा जाना सही होता। इसलिए कृपया जब भी उनका नाम लें 'उन पर शांति रहे' अवश्य कहें। इसी तरह, जब भी खलीफा या पैगंबर मुहम्मद की बीवियों का उल्लेख हो, तो (उन पर शांति रहे) के साथ 'अल्लाह उनके साथ सहमत हों' (May God agree with him/her) अवश्य कहें।

अनुक्रम

1

एक-दूसरे के लिए वस्त्र की तरह

शादियाँ भले ही जन्नत में बनती हों, लेकिन उन्हें औपचारिक जामा इस जमीं पर ही पहनाया जाता है। कुरान भी हमें आश्वस्त करती है कि हर किसी के लिए एक जीवनसाथी है और उनके चिह्नों के बीच यह है कि उन्होंने आपके बीच में से ही आपके लिए जीवनसाथी बनाया है कि आप उनके साथ सुकून के साथ रह सकें और उन्होंने आपके दिलों के बीच प्यार और दया भर दी है। वास्तव में ये निशान उनके लिए हैं, जो विचार करते हैं। यह बात कुरान कहती है (सुराह रम, अध्याय 30, आयत 21)।

फिर भी, इस्लाम में विवाह अनिवार्य रूप से हमेशा के लिए नहीं है। यह एक करार होता है, जो दो पक्षों की इच्छा के मुताबिक किया जाता है। इस करार में तारीख, वक्त और जगह के साथ-साथ साफ-साफ हर चीज लिखी जाती है। दपंतियों के नामों से लेकर उनकी उम्र तक, मौजूदा और स्थायी घर का पता, एक वकील की गवाही और दोनों पक्षों के चंद गवाहों के नाम—हर चीज लिखी जाती है। निकाह पूरा होने के लिए लड़की की सहमति अनिवार्य होती है। उसकी सहमति उसके परिवार के सदस्यों की अनुपस्थिति में अकेले में ली जाती है ताकि उस पर माँ-बाप का कोई दबाव न रहे। वह अपनी स्वीकृति सिर हिलाकर या बोलकर दे सकती है। लड़की को यह पूरा हक होता है कि वह अपना महर (मोटे तौर पर दहेज) तय करे, जिसे शौहर को भुगतान करना होता है। निकाह के वक्त या बाद में नकद या वस्तु के रूप में इसका भुगतान किया जा सकता है, लेकिन तलाक होने पर शर्तिया इसका भुगतान करना होता है। महर की रकम को निकाहनामे में दर्ज करना होता है और इसके साथ यह भी उल्लेख करना होता है कि यह रकम तुरंत अथवा बाद में नकद या वस्तु के रूप में दी जानी है। इस पर शौहर-बीवी

दोनों के दस्तखत होते हैं। इसकी इतनी अहमियत है कि यदि कोई आदमी नकद में महर नहीं दे पाता है तो उसे सलाह दी जाती है कि वह अपनी बीवी को कुरान या कम-से-कम एक सुराह उसे पढ़ना सिखाए, बशर्ते वह जानता हो और उसकी बीवी नहीं जानती हो। सातवीं सदी में, पैगंबर मुहम्मद ने खुद अपने होनेवाले दामाद अली से पूछा कि उनकी बेटी फातिमा को महर के तौर पर देने के लिए उसके पास क्या है ? जब अली ने मामूली रकम तक देने में असमर्थता जताई तो पैगंबर ने उसे याद दिलाया कि उसके पास एक 'जीन' है। उन्होंने उसे सलाह दी कि महर के लिए वह उसे बेच दे। किसी तीसरे पक्ष की दखलअंदाजी के बगैर, यह लड़की का अपने शौहर पर अधिकार है। इसे सहवास के लिए कीमत के तौर पर भी नहीं आँका जाना चाहिए।

विवाह को सुन्ना समझा जाता है, यानी पैगंबर के अभ्यास का हिस्सा। तिर्मिधि हदीथ के अनुसार, बीवी अपने शौहर के आधे ईमान को पूरा करती है। यह कहता है, "जब एक आदमी विवाह करता है, तो वह दीन के आधे भाग को पूरा करता है, ताकि बाकी आधा पूरा करने के लिए वह अल्लाह से डरे।" फिर, एक अन्य हदीथ कहता है कि सबसे उम्दा इनसान वे होते हैं, जो अपनी बीवियों के लिए सर्वोत्तम होते हैं।

कुरान मानती है कि एक मर्द और एक औरत एक-दूसरे के लिए वस्त्र की तरह हैं। दूसरे शब्दों में, माना जाता है कि वे इस दुनिया से एक-दूसरे की रक्षा करें और सहारा दें। अकेले मर्द द्वारा संचालित किए जाने की बजाय विवाह एक संयुक्त प्रयास है, जिसमें बीवी अपने शौहर के प्रयासों की पूरक बनती है और शौहर अपनी बीवी के प्रयासों का पूरक बनता है। किसी भी परिस्थिति में वह अपनी पहचान नहीं खोती है। अगर वह अपनी पढ़ाई या कैरियर जारी रखना चाहती है, तो शौहर को दृढ़ता से सलाह दी जाती है कि वह इसका समर्थन करे। उसे अपना नाम बदलने, अपना उपनाम छोड़ देने और अपने शौहर के परिवार का नाम जोड़ लेने अथवा यहाँ तक कि अपने नाम में शौहर का नाम जोड़ लेने के लिए भी नहीं कहा जाता है। अगर 1400 साल पूर्व दुनिया भर में महिलाओं की दशा पर विचार करें तो यह एक क्रांतिकारी अभिव्यक्ति थी। वह ऐसा दौर था, जब मर्द यह तय करते थे कि एक कन्या शिशु को जीने का अधिकार है या नहीं। तब कन्या भ्रूण हत्या जोरों पर थी।

फिर भी, यदि दंपती के बीच मतभेद इतना बढ़ जाए कि उसे पाटा न जा सकता हो, तो इस्लाम तलाक की इजाजत देता है। तमाम चीजों की अनुमति के

बीच, तलाक का खुदा द्वारा सबसे ज्यादा तिरस्कार किया जाता है। तलाक का प्रावधान वास्तविक रूप से नाखुश विवाहों की समाप्ति के लिए किया गया। बाद में विवाहों की संख्या पर भी सीमा लगाई गई ताकि वासना के मारे मर्दों पर लगाम लगाई जा सके। जीवन भर खामोशी से दर्द सहने या बेमियादी पीड़ा झेलने की बजाय तलाक को बेहतर विकल्प माना गया। यह स्थिति शौहर–बीवी में से किसी एक के लिए या दोनों के लिए हो सकती है। यह मानना था कि यदि एक मर्द और उसकी बीवी के बीच तालमेल का गंभीर मसला है, तो शायद महिला किसी अन्य मर्द के साथ और मर्द किसी अन्य महिला के साथ शांति और आराम के साथ रह सकते हैं। इसलिए यह समझा गया कि आहों की जिदंगी जीने या किसी अन्य व्यक्ति के साथ नाजायज संबंध बनाने से बेहतर है कि वे अपने विवाह को रद्द कर दें।

यह देखते हुए कि इस्लाम एक शौहर और बीवी को एक–दूसरे की पोशाक मानता है। उन्हें दृढ़ता से सलाह दी जाती है कि वे अपने आपसी मतभेदों को सुलझाने की कोशिश करें। समस्याओं का पहला लक्ष्य दिखते ही उन्हें सलाह दी जाती है कि वे अपने परिवार या दोस्तों के पास मदद के लिए नहीं जाएँ। पेशेवर सलाहकारों से भी दूर रहें। शौहर और बीवी से अपेक्षा की जाती है कि वे आपस में बातचीत कर अपने मतभेद दूर करें। दरअसल, कहा–सुनी करते दंपतियों के बारे में एक हदीथ है, जिसमें पैगंबर एक शौहर को नसीहत देते हैं कि अपनी बीवी के प्रति अपने गुस्से पर काबू पाने के लिए वह कल्पना करे कि वह इबादत की स्थिति में है। एक अन्य हदीथ में, एक शख्स से साफ कहा जाता है कि वह अपनी बीवी में पूर्णता न खोजे। इसकी बजाय, उससे कहा जाता है कि वह उसमें सकारात्मक खूबियाँ देखे। हो सकता है कि वह ऐसी चीज में अच्छी या हुनरमंद हो, जिस पर वह ध्यान नहीं देता हो। हो सकता है कि उसका शौहर जो देखता हो, उसकी शक्तियाँ या गुण उससे भिन्न हों। इसलिए शौहर को यह सलाह दी जाती है कि वह अपनी बीवी में अच्छाइयाँ देखे। इस्लाम में दंपती की खुशी की अहमियत इतनी है कि अगर किसी का शौहर उदास या उखड़ा हुआ हो, तो महिला अपनी अत्यधिक खुशी भी छुपा ले और यदि मर्द खुशी से दमकता हुआ घर आए तो वह अपना गम या दुःख छुपा ले। यही सलाह शौहर को भी दी जाती है। विचार यह है कि दोनों को बराबरी के धरातल पर लाया जाए। पुरुषों और महिलाओं को यह भी सलाह दी जाती है कि वे कामातुर न हों। दरअसल, कुरान (सुराह नुर, आयत 30) मर्दों से

कहती है कि वे अपनी नजरें झुकाए रखें। अगली ही आयत में महिला से कहा गया कि वह भी ऐसा ही करे। कोशिश यह है कि बराबरी और निष्ठा का माहौल हो।

विवाह की शुरुआती परेशानियों से बचने के लिए पारिवारिक सदस्यों और दोस्तों को सलाह दी जाती है कि वे नव-विवाहित दंपती की निजता में बाधा न डालें। मर्द और औरत बगैर किसी व्यवधान के एक-दूसरे के साथ वक्त बिताएँ। अगर पारिवारिक सदस्य और दोस्त उनके पास मिलने जाना भी चाहते हैं तो वे अपने दौरे को संक्षिप्त रखें। यह वक्त अस्र और मगरिब (सूरज के ढलने और सूर्यास्त के वक्त, जब इबादत की जाती है) के बीच का हो।

अगर पत्नी चाहे तो वह अपने शौहर के माँ-बाप से अलग रह सकती है (या यदि उसके शौहर की एक से ज्यादा बीवियाँ हों तो उनसे भी अलग रह सकती है। उसकी इजाजत के बगैर अन्य बीवियाँ उसके घर जा तक नहीं जा सकती हैं)। उनके लिए खाना बनाना या साफ-सफाई करना उसका काम नहीं है; उसका एकमात्र कर्तव्य या दायित्व अपने शौहर के प्रति है। अपने शौहर के अन्य सदस्यों के प्रति उससे आशा की जाती है कि वह सम्मान और सद्भाव का रिश्ता बनाए रखें, लेकिन यह उसका हक है कि वह चाहे तो एकल परिवार (जिसमें बस दंपती और उनके बच्चे हों) में रह सकती है। दरअसल, इस्लाम में 'घरेलू पत्नी' (House wife) शब्द सही नहीं बैठता, गृह निर्मात्री (House Maker) शब्द सही बैठता है। इस्लाम बूढ़े माँ-बाप की देखभाल की जिम्मेदारी बेटे या बेटी पर साफ तौर पर डालता है, न कि उनकी पत्नी या पति पर। यह एकल परिवारों को प्रोत्साहित करता है कि घर की महिला को सुरक्षा का भाव प्रदान किया जाए। एक बीवी का यह हक है कि वह अपने शौहर के भाइयों के साथ रहने से इनकार कर दे, क्योंकि वे उसके मेहरम नहीं हैं (ऐसा शख्स, जिसके साथ वैवाहिक संबंध संभव नहीं है, जैसे पिता, भाई, चाचा आदि)। फिर, यह शौहर की जिम्मेदारी है कि वह अपने साधनों के अनुसार अपनी बीवी की सुख-सुविधाओं का इंतजाम करे। अपने शौहर के लिए खाना बनाना उसकी जिम्मेदारी नहीं है, बल्कि अगर शौहर की हैसियत है तो यह उसका काम है कि अपनी बीवी के लिए खाना बनानेवाले की व्यवस्था करे। अगर उसके पास ऐसी हैसियत नहीं है, तो माना जाता है कि शौहर और बीवी, दोनों मिलकर घरेलू जिम्मेदारियाँ उठाएँ। पैगंबर खुद अपनी बीवी को गेहूँ पीसकर आटा बनाने और सफाई करने आदि कामों में मदद करते थे। वे अपने जूतों और कपड़ों की मरम्मत खुद किया करते थे। दिलचस्प है कि

बीवी को अपने शौहर का पैसा लेने का हक है (एक हदीथ के अनुसार, एक महिला को यह इजाजत होती है कि वह अपने शौहर की जेब से भोजन और अन्य जरूरी खर्चों के लिए पैसे ले), लेकिन शौहर को बीवी के पैसे लेने का कोई हक नहीं है, यहाँ तक कि निकाह के वक्त वह जो महर देता है, वह भी केवल बीवी का होता है। वह अपनी स्वतंत्र इच्छा से जरूरत पड़ने पर अपने शौहर की मदद अपनी रकम से कर सकती है, लेकिन शौहर उससे उसके पैसे नहीं माँग सकता या यदि उसकी मरजी नहीं है तो वह उसे काम करने के लिए बाध्य नहीं कर सकता। पैगंबर की पहली बीवी खदीजा एक बेहद सफल कारोबारी महिला थीं और उन्होंने शुरू में उन्हें कारोबारी मैनेजर के तौर पर रखा था। शादी हो जाने के बाद, विकट परिस्थितयों में, वे अपनी अमीरी को अपने शौहर और उनके साथियों के साथ साझा कर खुश होती थीं।

बहरहाल, एक बीवी को यह कभी इजाजत नहीं होती कि वह अपने शौहर की गोपनीय बातों या कमजोरियों को अपने परिवार के सदस्यों के साथ साझा करे, चाहे यह शौहर की संपत्ति हो, उसके बच्चे हों या यहाँ तक कि वे छोटी-छोटी बातें, जो उसका शौहर उसके साथ भरोसे में साझा करता है, वे सब सिर्फ बीवी तक सीमित रहनी चाहिए। शौहर के तमाम शब्दों और संपत्ति की वह अभिरक्षक है। शौहर की अनुपस्थिति में उसके घर और चूल्हे, उसके बच्चों को संरक्षित रखने की उसकी जिम्मेदारी बनती है। वह बच्चों की पहली शिक्षक मानी जाती है। इसमें जरा भी कमी अमानत में खयानत (विश्वास का उल्लंघन) मानी जाती है। माना जाता है कि वह खुद को अपने शौहर के लिए सँवारे (और यही बात शौहर पर भी लागू होती है) और प्यार व परवाह के साथ अपने शौहर का अभिवादन करे। उसे पाक-साफ और निष्ठावान बने रहना है। जब तक वह इस मर्यादा को बनाए रखती है, तब तक उसका अपने शौहर पर हर तरह का हक है।

ऐसे स्पष्ट निर्देशों के साथ, एक दंपती को आपस में अपने मतभेदों को सुलझाने में समर्थ होना चाहिए। वे अपने शयन कक्ष की निजता में बैठकर मसले को हल कर सकते हैं अथवा बाहर टहलते हुए साझा निर्णय पर आ सकते हैं। बहरहाल, अगर वे ऐसा करने में नाकाम रहते हैं, तो कुरान के रूप में उनके लिए परामर्श उपलब्ध है। अपनी पीड़ा का सार्वजनिक तमाशा बनाने की बजाय, उन्हें सलाह दी जाती है कि वे अपने-अपने पक्ष से मदद करने के लिए दो गवाह बुलाएँ। अगर संभव हो, तो ये निकाह के भी गवाह होने चाहिए और बेहतर तो यह होगा कि

दोनों पक्षों के पारिवारिक सदस्यों को बुलाया जाए, क्योंकि इसकी ज्यादा संभावना है कि वे शौहर और बीवी, दोनों के स्वभाव और प्रवृत्ति में कमियों को जानते होंगे। कुरान सुराह निसा के जरिए आयत 35 में कहती है, 'और अगर आपको दोनों के बीच भरोसा टूटने का डर है, तो शौहर और बीवी के लोगों में से एक-एक मध्यस्थ को नियुक्त किया जाए। अगर वे समझौता चाहते हैं, तो अल्लाह उनके बीच सामंजस्य बना देगा।' मशहूर इस्लामी विद्वान् अब्दुल्ला यूसुफ अली इसे ऐसा कदम मानते हैं जो झाँसापट्टी और नियम के दुरुपयोग को रोकता है। समसामयिक विद्वान् मौलाना वहीदुद्दीन खान अपनी पुस्तक 'कंसर्निंग डाइवोर्स' में मध्यस्थ को तीसरा पक्ष मानते हैं, जिनका कोई निहित स्वार्थ नहीं है : 'विवादवाले मामलों से पूर्व में जुड़े न होने के कारण, वे (मध्यस्थ) निष्पक्ष रहेंगे और वे एक वस्तुगत निर्णय पर आने में कामयाब रहेंगे और यह दोनों पक्षों को स्वीकार्य होगा।'

यहाँ तक कि तीसरे पक्ष के जरिये बातचीत और चर्चा के चरण में भी कोशिश यह होती है कि विवाह को बचाया जाए और ऐसा समाधान पेश किया जाए, जो पति-पत्नी दोनों को स्वीकार्य हो। मध्यस्थों को झगड़नेवाले दंपतियों के साथ बस एक बार बात नहीं करनी होती है। माना जाता है कि वे साझा जमीन तैयार करने के लिए तीन महीने तक नियमित उनसे बातचीत करें—इस लंबी अवधि में दंपती के तेवर ठंडे पड़ते हैं, जिससे वे अपनी गलतियों का अहसास कर सकें और फिर से नई शुरुआत करें। मध्यस्थ भी दंपती को प्रोत्साहित करते हैं कि वे तालमेल बनाकर साथ रहें। दरअसल, मलेशिया और पाकिस्तान में मध्यस्थों के जरिये सुलह के विकल्प को तलाशे बगैर तलाक मुमकिन ही नहीं है। एक हदीथ के अनुसार, लड़-झगड़ रहे शौहर-बीवी को साथ लाने के लिए किसी शख्स को अर्ध सत्य बोलने की भी इजाजत है। मध्यस्थों से अपेक्षा की जाती है कि वे दंपती को अपना जीवन फिर से पटरी पर लाने में मदद करें और दंपती से बातचीत के दौरान यदि उन्हें किसी कड़वे सच या अर्ध सत्य के बारे में पता चलता है तो वे उसका खुलासा न करें। एक दंपती की वैवाहिक तकलीफें कभी शहर में चर्चा का विषय नहीं होनी चाहिए। इस सारी कवायद में जोर न्याय पर है। किसी भी पक्ष को दुःखी नहीं होना चाहिए। उदाहरण के लिए, मर्दों से कहा जाता है कि निकाह की बात सोचने के पहले वे यह सुनिश्चित करें कि क्या वे एक महिला की देखभाल कर पाएँगे। अगर शख्स वित्तीय रूप से सुदृढ़ नहीं है, तो उसे उपवास करने की सलाह दी जाती है, जिससे उसकी इच्छा शांत रहे। सुराह नुर, आयत 33 के एक हिस्से के अनुसार,

'और जो लोग विवाह के लिए वित्तीय साधन नहीं रखते हैं, उन्हें तब तक विशुद्ध बने रहने दें, जब तक अल्लाह उन्हें अपनी उदारता से समृद्ध नहीं कर देते हैं।'

यह भी कि एक आदमी को अपनी बीवी की संतुष्टि के लिए दांपत्य का उत्तर दायित्व निभाने में समर्थ होना चाहिए। अगर कोई शख्स नपंसुक है, तो उसे विवाह न करने की सलाह दी जाती है। ऐसा विवाह, जिसमें मर्द को पता है कि वह अपनी बीवी के साथ सहवास करने में असमर्थ है, तो उसे धोखा कहा जाता है। ऐसे मामलों में, एक महिला 'खुला' के जरिए विवाह को तुरंत रद्‌द कर सकती है। इसके लिए उसे कोई कारण बताने या सबूत देने की भी जरूरत नहीं है। इसके लिए तीन मासिक धर्म की अवधि पार करना भी आवश्यक नहीं है।

गवाहों पर वापस लौटते हुए, उन्हें सलाह दी जाती है कि वे दंपती की दुर्बलताओं अथवा कमियों को अपने तक ही सीमित रखें। बहरहाल, गंभीर मध्यस्थता और कोशिशों के बावजूद वे अपेक्षित परिणाम नहीं भी हासिल कर सकते हैं। फिर भी, मध्यस्थ जिस निष्कर्ष पर पहुँचते हैं, उसका सम्मान शौहर और बीवी, दोनों को करना होता है। चौथे खलीफा अली के शासनकाल में, एक दंपती उनके पास मध्यस्थता के लिए आया। बीवी ने संकल्प लिया कि फैसला चाहे जिस ओर भी जाए, वह उसे स्वीकार करेगी, मगर शौहर राजी नहीं हुआ, जिस पर खलीफा ने उसे कहा कि वह किसी भी बातचीत या सुलहनामे के लिए पहले उसकी शर्त कबूल करे। उन्होंने कहा, "तुम जो कहते हो, वह अनुचित है। खुदा की कसम, तुम यहाँ से तब तक हिल नहीं सकते हो, जब तक कि तुम मध्यस्थों के फैसले को उसी भाव से स्वीकार करने की इच्छा नहीं जताते हो, जैसा कि महिला ने दर्शाया है।"

बहरहाल, यदि मध्यस्थ भी महसूस करते हैं कि शांति और सुकून की राह पर लौटने का कोई रास्ता नहीं है, तो मर्द को तलाक देने की इजाजत दे दी जाती है। कुरान में तलाक की घोषणा नशे की हालत में नहीं की जा सकती है। यदि कोई शख्स इतने गुस्से में हो कि वह कुछ भी अंड-बंड बोल रहा हो तो वैसी हालत में भी वह तलाक की घोषणा नहीं कर सकता है। अगर इन दोनों स्थितियों में तलाक की घोषणा की जाती है; तो तलाक अमान्य हो जाता है। यह भी कि शौहर द्वारा तलाक की घोषणा तभी की जा सकती है, जब उसकी पत्नी तुहर (Tuhr) अवस्था में हो। तुहर वह समय होता है, जब महिला को मासिक धर्म नहीं हो रहा होता है और वह साफ या शुद्ध हालत में होती है। यह वह अवधि भी होती है, जब

शौहर अपनी बीवी के साथ शारीरिक संबंध नहीं बनाता है। अगर शौहर अपनी बीवी के मासिक धर्म की अवधि में तलाक की घोषणा करता है, तो यह खुद ही निरस्त हो जाता है। यहाँ औचित्य यह है कि इस अवधि में महिला बहुत नाजुक स्थिति में होती है और ऐसे में वह भावनात्मक रूप से ऐसी परिस्थिति को झेलने की हालत में नहीं होती है। दरअसल, पैगंबर ने आदेश दिया कि यदि मासिक धर्म की अवधि में तलाक दिया गया है, तो बीवी को शौहर द्वारा वापस लिया जाए। वस्तुतः तलाक की किसी घोषणा के पीछे वास्तविक मंशा होनी चाहिए। अगर तलाक की घोषणा के बाद आदमी अपनी मंशा से इनकार करता है, तो उसकी बात मानी जाती है और तलाक रद्द हो जाता है। यह केवल इद्दत (गणना, गिनती। मुसलमानों में पति के मरने या तलाक देने के बाद का वह समय, जिसमें स्त्री पुनर्विवाह नहीं कर सकती, यह समय सौ दिन का होता है) की अवधि अथवा इंतजार की अवधि में किया जा सकता है।

❑

2
जैसा कि कुरान कहती है

हालाँकि विधिशास्त्र के विविध स्कूलों के बीच मतांतर हैं, लेकिन वे खास हदीथों को अपनाने और कुछेक पर अन्यों की तुलना में ज्यादा जोर देने से पैदा होते हैं। बहरहाल, इस पर एकमत है कि कुरान में तलाक की जो प्रक्रिया दी गई है, उसे पूर्णतः स्वीकार किया जाए। कुरान इस्लाम में उपलब्ध विभिन्न तरह के तलाक का उल्लेख करती है—न सिर्फ तलाक, बल्कि अन्य तरीके जैसे 'खुला', 'लियन', 'जिहर' आदि। इसके 'बकराह', 'निसा', 'अहजब', 'मुजादिला' और 'तलाक' शीर्षकवाले अध्याय विविध तलाक विकल्पों और उन विशेष परिस्थितियों की चर्चा करते हैं, जिसमें ये विकल्प लागू किए जा सकते हैं। इन माध्यमों में इन विकल्पों की प्रक्रिया भी दी गई है। ये विकल्प शौहर और बीवी, दोनों को अलग-अलग और परस्पर रूप से भी उपलब्ध हैं।

'बकराह' सबसे लंबा अध्याय है, जो पूरा ब्योरा देता है। 'तलाक' शीर्षक वाला अध्याय भी प्रक्रिया के लिए स्पष्ट संदर्भ बिंदु प्रदान करता है।

सुराह बकराह की आयतें 226 से लेकर 237 प्रक्रिया का खुलासा करती हैं। आयत 226 में उन मर्दों का संदर्भ है, जिन्होंने वैवाहिक (शारीरिक) संबंध के लिए बीवी के पास न जाने का संकल्प लिया है। यह कहता है, 'जिन लोगों ने अपनी बीवियों के पास न जाने की कसम ली है, उनके लिए चार महीने की अवधि मंजूर की जाती है। अगर वे लौट आते हैं, तो निश्चित रूप से अल्लाह अकसर माफ कर देते हैं, वे सबसे ज्यादा कृपालु हैं।'

अगली आयत ऐसी स्थिति में तलाक की संभावना जताती है। यह कहती है, 'लेकिन यदि तलाक के लिए उनके इरादे दृढ़ हैं, तो अल्लाह सबकुछ सुन रहा है, सबकुछ जान रहा है।' इस बीच, महिलाओं को सलाह दी गई है कि जब

तलाक की घोषणा की जाती है तो उन्हें अपने शौहरों से अपने गर्भवती होने की बात छुपानी नहीं चाहिए। यह इसलिए किया जाता है कि यदि शौहर ने तलाक की घोषणा बिना यह जाने की हो कि उसकी बीवी गर्भवती है, तो वह अपनी बीवी को वापस विवाह-बंधन में ले सके।

इस अध्याय की अगली आयत ही है, जिसने हाल के समय में अधिकतम ध्यान खींचा है। इसका हवाला अकसर उन महिलाओं द्वारा दिया जाता है, जिन्होंने एक बार में तुरंत तीन तलाक दिए जाने को अवैध करार देने के लिए उच्चतम न्यायालय की शरण ली। महिलाओं ने दलील दी कि तलाक की हरेक घोषणा के बीच एक मासिक चक्र का फासला होना अनिवार्य है और एक ही वक्त में तलाक की कई घोषणाओं को अमान्य या अवैध करार दिया जाना चाहिए। यह माँग कई मुस्लिम देशों के कानूनों और खुद पैगंबर के आदेशों के अनुरूप थी। बीस से भी ज्यादा मुल्क एक बार में तलाक की कई घोषणाओं को एक ही घोषणा मानते हैं और इसे पलटने योग्य मानते हैं। इस आयत की रोशनी में, महिलाओं का यह हक बनता था कि वे ऐसी माँग करें।

बकराह और तलाक की आयतों पर करीबी नजर डालने से स्पष्ट हो जाता है कि पवित्र पुस्तक एक बार में तीन तलाक का उल्लेख नहीं करती। कहीं भी कुरान तुरंत तीन तलाक का संदर्भ नहीं रखती या अप्रत्यक्ष रूप से भी इसकी स्वीकृति नहीं देती, यहाँ तक कि इस आशय का संकेत तक नहीं है। पवित्र पुस्तक साफ तौर पर उजागर करती है कि तलाक की इजाजत तभी है, जब इसकी घोषणा समुचित अंतराल पर शर्तों और परिस्थितियों के साथ कड़ाई से प्रक्रिया का पालन करते हुए सर्वाधिक शांतिपूर्ण ढंग से की जाती है और यह भी तभी संभव है, जब सुलह के तमाम विकल्प समाप्त हो जाएँ। आयत 229 कहती है—

तलाक (मकसद का बयान) की इजाजत सिर्फ दो बार दी जाती है। इसके बाद पक्षों को समुचित शर्तों पर साथ या सद्भाव रखते हुए अलग-अलग रहना चाहिए। आपके (मर्दों) लिए यह वैध नहीं होगा कि आप (अपनी बीवियों से) अपना कोई भी उपहार वापस ले लें, सिवा इसके जब दोनों पक्षों को भय हो कि वे अल्लाह द्वारा तय सीमाओं को निभाने में असमर्थ होंगे।

इन पंक्तियों की सरल समझदारी भी किसी को इस निष्कर्ष पर पहुँचाती है कि एक आदमी अपनी पत्नी को ज्यादा-से-ज्यादा दो बार तलाक दे सकता है; माना कि पहली घोषणा के एक माह बाद वह दूसरी बार तलाक दे सकता है। आयत के

शुरुआती शब्दों 'अल-तलाकु मर्रतन' की व्याख्या यह की गई है कि तलाक की घोषणा दो बार की जा सकती है और हर घोषणा के बीच निर्देशित फासला होना चाहिए। अरबी विद्वान् भी इससे सहमत हैं कि 'मर्रतन' शब्द से यह ध्वनि निकलती है कि कोई भी चीज पर्याप्त अंतराल के बाद दोबारा की जा सकती है।

दूसरी बार तलाक की घोषणा के बाद, शौहर और बीवी से अपेक्षा की जाती है कि वे शांतिपूर्वक साथ-साथ रहें। अगर वे अलग-अलग रहने का फैसला करते हैं तो यह शांति और भद्रता के साथ किया जाना चाहिए। एक-दूसरे पर गंदे आरोप नहीं लगाने चाहिए या गलत दावे नहीं करने चाहिए। मर्दों को सलाह दी जाती है कि खुशहाली के वक्त में बीवी को दिए गए कोई भी उपहार वे वापस न लें। अगर तलाक ऐसे वक्त में दिया गया है, जब शिशु को स्तनपान कराने की आवश्यकता है, तो मर्दों से यह भी कहा गया है कि वे शिशु के लालन-पालन का खर्च वहन करें। महिला को दो वर्षों तक शिशु को दूध पिलाना चाहिए और इस दौरान शौहर को बीवी के भोजन, कपड़ों आदि का खर्च उठाना चाहिए। शौहर और बीवी, आपसी मशविरे के बाद, शिशु को दूध पिलाने के लिए धाय माँ रखने का फैसला कर सकते हैं और इसका खर्च भी शिशु के पिता को उठाना पड़ेगा।

इसी तरह, आयत 230 का साधारण अध्ययन हलाला के रिवाज का पर्दाफाश करने में उपयोगी है। हमारे देश में अकसर ऐसे मामले खबर में आते हैं, जब कोई मौलवी घोषणा कर देता है कि एक महिला तीसरे तलाक की घोषणा के बाद अपने शौहर के लिए हराम हो गई है और उससे फिर से शादी करने का एकमात्र रास्ता यह है कि वह पहले किसी और आदमी से शादी करे, उसके साथ सहवास करे। इस ढोंग के तहत, एक रात अथवा एक-दो दिन के लिए एक लघुकालिक शौहर खरीदने की कोशिश की जाती है। उससे कहा जाता है कि वह तलाकशुदा महिला से शादी करे और सहवास करने के बाद उसे छोड़ दे। यह रिवाज कुरान की भावना के खिलाफ है। आयत 230 कहती है :

और यदि एक शौहर ने अपनी बीवी को तलाक (तीसरी बार) दे दिया है, तो वह इसके बाद उससे दुबारा शादी तक तब नहीं कर सकता, जब तक कि महिला दूसरे आदमी के साथ विवाह न कर ले और वह उसे तलाक न दे दे। इस सूरत में, यदि वे फिर से एक होते हैं तो उनमें से किसी पर कोई दोषारोपण नहीं होगा, बशर्ते वे महसूस करें कि वे अल्लाह द्वारा तय की गई सीमाओं का पालन करेंगे। अल्लाह द्वारा तय सीमाएँ ऐसी हैं, जिसे वह उनके लिए सरल बना देता है, जो समझते हैं।

इस निर्देश का जो आशय है, वह यह कि यदि एक महिला को उसके शौहर द्वारा तीसरी बार तलाक दे दिया गया है और उसने अपनी इद्दत (इंतजार) की अवधि पूरी कर ली है, तो वह अपनी पसंद के अन्य आदमी से शादी करने के लिए स्वतंत्र है। यह स्थिति तलाक की पहली और दूसरी घोषणा से भिन्न है। पहले या दूसरे तलाक की इंतजार की अवधि को पूरा कर लेने के बाद शौहर और बीवी बगैर किसी तीसरे पक्ष को शामिल किए एक-दूसरे के साथ विवाह करने के लिए स्वतंत्र हैं। बहरहाल, तलाक के तीनों विकल्पों का इस्तेमाल कर लेने के बाद, उसकी पूर्व बीवी अब एक स्वतंत्र महिला मानी जाती है। वह अकेले रहने का फैसला कर सकती है या किसी अन्य को वैवाहिक साझीदार बना सकती है।

अब, यदि दूसरे शौहर के साथ नहीं बनती है और वह उसे अकाट्य रूप से तलाक दे देता है या वह मर जाता है, तो वह अपने दूसरे शौहर की इद्दत को पूरा करने के बाद फिर से एक स्वतंत्र महिला मानी जाएगी। इस स्थिति में, इस आयत के अनुसार, महिला अपने पहले पति के साथ फिर से शादी कर सकती है, बशर्ते वह भी इसके लिए इच्छुक हो और उन दोनों में से किसी पर भी कोई दोष नहीं लगेगा।

यह आयत कहीं भी उस हलाला प्रथा का उल्लेख नहीं करती है, जिसमें एक तलाकशुदा महिला किसी और मर्द से शादी करती है, अंतरंग संबंध का अनुभव करती है, तलाक प्राप्त करती है और फिर अपने पूर्व पति के पास लौट जाती है। भारत के कुछ हिस्सों में हलाला का जिस तरह का रिवाज प्रचलित है, वह मजहब का मजाक है। यह एक लघुकालिक विवाह की तरह होता है, आधुनिक मुता होता है, जिसमें तलाक की पूर्व शर्त होती है। कोई भी विवाह, जिसमें तलाक के लिए वक्त तय हो, इस्लाम में मान्य नहीं है। विवाह एक पवित्र बंधन है, जिसके साथ खिलवाड़ नहीं किया जा सकता है।

कुरान एक आदमी को अपनी गलतियों से सीखने के काफी मौके देती है। यदि वह नहीं सीखता है और विवाह की समाप्ति न पलटने योग्य तलाक में होती है, तो उसकी पूर्व पत्नी उसके लिए अजनबी हो जाती है। ऐसा महिला के सम्मान की रक्षा के लिए किया जाता है। जिस महिला को उसके दूसरे शौहर ने तलाक दे दिया है या वह विधवा हो गई है, उसे यह आयत अपने पहले शौहर के पास लौटने का मौका प्रदान करती है, क्योंकि उन दोनों के बीच बेहतर परिचय की

संभावना होती है। यह उसे उस खतरे से बचाती है, जिसमें वह किसी और मर्द को चुने, जिसके साथ उसका तनिक भी परिचय न हो। तब एक ताजा निकाह कराया जाता है, जिसमें नई महर राशि आदि का जिक्र होता है।

अगर तलाक की पहली और दूसरी घोषणा के बाद इद्दत काल में गेंद शौहर के पाले में थी, तो अब गेंद बीवी के पाले में होती है। वह उसकी तमाम कमियों के बावजूद उससे या चाहे तो किसी और शख्स से शादी कर सकती है।

इस आयत को उसी अध्याय की आयत 232 के साथ पढ़ने से इस मसले पर बेहतर समझदारी बनती है। तलाकशुदा महिलाओं के बारे में बात करते हुए यह कहती है, 'जब आप महिलाओं को तलाक दे देते हो और वे अवधि (तीन मासिक चक्र का इंतजार काल) पूरा कर लेती हैं, तो उन्हें अपने पूर्व शौहरों के साथ शादी करने से नहीं रोकें, बशर्ते वे दोनों उचित शर्तों के साथ इसके लिए राजी हों।'

इसी तरह, अध्याय 65, तलाक पवित्र पुस्तक के अनुसार तुरंत तलाक की अनुमति के किसी भी दावे को एकदम खारिज करता है। इस अध्याय की प्रथम दो आयतें पूरी साफगोई से कहती हैं—

ओ पैगंबर! जब आप (मुसलमान) महिलाओं को तलाक दें, तो उन्हें निर्धारित अवधियों में तलाक दें और उनकी अवधियों की (सही-सही) गिनती रखें और अल्लाह अपने मालिक से डरें और उन्हें अपने घरों से बाहर नहीं निकालें और वे (खुद भी) तब तक घर नहीं छोड़ें, सिवा उस हालात के जब वे किसी स्पष्ट और गंभीर दुराचरण (यौनाचार) की दोषी हों और ये सीमाएँ अल्लाह द्वारा तय की गई हैं और जो कोई भी अल्लाह की तय सीमाओं का उल्लंघन करता है, वह वाकई अपनी आत्मा को गलत (नापाक) करता है। आप नहीं जानते हो कि संयोगवश, अल्लाह (बाद में) कोई नई स्थिति पैदा कर दे। जब वे अपनी तय अवधि पूरी कर लें, तो उन्हें अच्छे तरीके (और सम्माननीय ढंग) से वापस ले लें और अपने बीच में से दो ऐसे गवाहों को रखें, जिनमें न्याय की भावना हो और प्रमाण को इस तरह स्थापित करें, मानो आप अल्लाह के सामने हों। जो अल्लाह में और आखिरी दिन में यकीन करते हैं, उनके लिए ऐसा दिशा-निर्देश दिया गया है। जो लोग अल्लाह से डरते हैं, उनके लिए वे हमेशा रास्ता निकालते हैं।

पैगंबर की नौ बीवियाँ थीं (हालाँकि कुछ लोग यह संख्या ग्यारह मानते हैं), लेकिन उन्होंने किसी को भी तलाक नहीं दिया। यहाँ आस्थावानों को निर्देश है कि यदि उन्हें अपनी बीवियों को अवश्य ही तलाक देना है, तो ऐसा उन्हें निर्धारित

अवधियों में करना चाहिए, यानी हरेक मासिक धर्म की समाप्ति पर। यह स्वयमेव ही तुरंत तलाक को खारिज कर देता है, क्योंकि तुरंत तलाक की घटनाओं में न तो सुलह करने के प्रयास की शर्त पूरी होती है और न तो महिला के मासिक चक्र की गिनती की शर्त पूरी होती है।

सुराह, यह भी साफ तौर पर कहता है कि तलाकशुदा महिलाएँ तीन महीने के इंतजार की अवधि के दौरान अपने शौहरों के घरों में रहना जारी रखें। ऐसा सुलह की संभावना के मद्देनजर किया जाता है। यह भी हो सकता है कि शौहर ने जल्दबाजी में तलाक की घोषणा की हो और विचार करने पर पछता रहा हो। शौहर, उसकी बीवी या उनके बच्चों के लिए किसी दीर्घकालिक गंभीर परिणामों को रोकने के लिए एक विकल्प दिया जाता है कि वे शब्द या काररवाई के जरिए इद्दत की अवधि में तलाक को निरस्त कर दें। अगर, इद्दत की अवधि के दौरान, पुरुष और महिला शारीरिक संबंध बनाते हैं, तो तलाक खुद ही समाप्त हो जाता है।

यह भी समान रूप से महत्त्वपूर्ण है कि महिला से भी कहा जाता है कि वह तलाक की पहली या दूसरी घोषणा के बाद दु:खी होकर अपने माँ-बाप या दोस्त के पास न जाए। कारण वही है: अगर शौहर और बीवी एक ही छत के नीचे एक साथ रहेंगे, तो आपस में बातचीत करने के मौके मिलेंगे और स्थिति सुधरेगी। दूर-दूर रहने से वे एक-दूसरे के खिलाफ आरोप लगाते रहेंगे। साथ रहने से इसकी संभावना भी बढ़ती है कि मनुष्य की प्राकृतिक प्रवृत्ति (आवेग) के मद्देनजर तलाक खुद ध्वस्त हो जाए। अगर आदमी और औरत अलग-अलग रहेंगे तो यह सब संभव नहीं होगा।

साथ ही, बीवी की उत्पीड़न से रक्षा के लिए, खासतौर पर पहली और दूसरी घोषणाओं के बीच, शौहर को आदेश दिया जाता है कि वह महिला को उसी तरह और उसी शैली में सुविधाएँ मुहैया कराता रहे, जैसा वह तलाक की घोषणा के पूर्व करता था। यदि अंतिम तलाक हो ही जाता है, तो महिलाओं को भी निर्देश दिया जाता है कि वे ऐसी अनुचित अपेक्षाएँ न रखें, जिसे शौहर पूरा करने में भी असमर्थ हो सकता है। पूरे मामले में यह अहम है कि शौहर की आर्थिक स्थिति को ध्यान में रखा जाए। अध्याय की आखिरी आयत कहती है, 'आदमी को अपनी हैसियत के हिसाब से खर्च करने दें और जिस शख्स के संसाधन सीमित हैं, उसे उसी अनुसार खर्च करने दें, जैसा अल्लाह ने उसे बख्शा है। अल्लाह ने जिसको जो कुछ दिया

है, वह इससे बाहर किसी व्यक्ति पर बोझ नहीं डालता। दिक्कत के बाद अल्लाह शीघ्र ही राहत देगा।'

सरल तरीके से कहें, तो शौहर को तलाक देने का बेलगाम हक नहीं दिया गया है। इसके लिए एक लंबी प्रक्रिया है, जिसमें दंपती के अलावा, दोनों के परिवारों से मध्यस्थ भी शामिल होते हैं। शौहर और बीवी को एक-दूसरे पर एक समान अधिकार हैं, सिवा इसके कि शौहर कवाम (नेता) होने के नाते एक डिग्री ऊपर है।

❑

3

जब तक तलाक हमें जुदा न कर दे

हम अपने समाज में नियमित रूप से 'तलाक' शब्द सुनते हैं। अधिकतर लोग सोचते हैं कि यह एक उर्दू भाषा का शब्द है, मगर यह अरबी से लिया गया शब्द है और इसका मतलब है 'बंधन को मुक्त करना या खोल देना'। यह देखते हुए कि विवाह एक आदमी और एक औरत के बीच एक बंधन है, इसलिए तलाक के मायने हैं कि साझेदार मुक्त कर दिए जाते हैं या वे बंधनमुक्त हो जाते हैं। इस्लाम एक आदमी को तीन प्रकार के तलाक की सुविधा देता है : इला (ब्रह्मचर्य की शपथ के कारण तलाक), जिहर (अप्राकृतिक या अस्वाभाविक तुलना के कारण तलाक) और सर्वाधिक लोकप्रिय, तलाक।

जिहर के मामले में (सुराह अहजब में उल्लिखित) एक आदमी अपनी बीवी को अपनी माँ के समान मानने लगता है, जो कि एक अस्वाभाविक तुलना है। इला के मामले में (सुराह बकराह की आयत 226 में उल्लिखित), एक शौहर अपनी बीवी के साथ चार महीने तक यौन संबंध नहीं बनाता है, मगर खराब स्वास्थ्य या पेशेवर कामों आदि के कारण बीवी से दूर रहना इला के लिए आधार नहीं बनाता। जब एक आदमी संकल्प लेकर जान-बूझकर यौन संबंध से दूर रहता है, तभी इला लागू हो सकती है।

तलाक भी दो प्रकार का है : तलाक-ए-सुन्नाह और तलाक-ए-बिद्दत। तलाक-ए-सुन्नाह को पैगंबर की मंजूरी प्राप्त है, जबकि तलाक-ए-बिद्दत को तलाक की नई ईजाद की गई विधि माना जाता है। फिर, तलाक-ए-सुन्नाह के तहत, बीवी को दो तरह से तलाक दिया जा सकता है : तलाक-ए-अहसान तलाक का सबसे पसंदीदा तरीका है और तलाक-ए-हसन दूसरा सबसे स्वीकार्य तरीका है। हालाँकि इन दोनों तरीकों को पैगंबर की स्वीकृति प्राप्त है, लेकिन इनके बीच बारीक फर्क है।

तलाक-ए-अहसान के तहत, शौहर अपनी बीवी की साफ अवधि के दौरान, बगैर शारीरिक संबंध बनाए केवल एक बार तलाक की घोषणा करता है। तलाक की घोषणा के उपरांत, बीवी तीन महीने के इंतजार-काल में पति के साथ ही रहती है। इस दौरान यदि पति उसके साथ शारीरिक संबंध बनाता है तो तलाक निरस्त हो जाता है, अन्यथा इद्दत की अवधि पूरी होने पर, महिला विवाह के बंधन से मुक्त हो जाती है और वह चाहे तो किसी और आदमी से शादी कर सकती है। उसका शौहर उसे इससे किसी भी तरह रोक नहीं सकता है।

तलाक-ए-हसन थोड़ा भिन्न है यहाँ। आदमी सिर्फ एक तलाक की घोषणा करता है, लेकिन अगले मासिक चक्र के बाद फिर एक तलाक की घोषणा करता है। अगर अगले मासिक चक्र के बाद, वह तीसरी बार इसे दुहराता है, तो तलाक प्रभावी हो जाता है। तब शौहर और बीवी एक स्वतंत्र मर्द और महिला बन जाते हैं और वे अपनी इच्छानुसार काम कर सकते हैं। कुरान स्पष्ट निर्देश देती है कि इंतजार की अवधि पूरी हो जाने के बाद महिलाओं को ऐसा कोई भी काम करने से न रोका जाए, जो वे करना चाहती हैं। वे अकेले रह सकती हैं या फिर से शादी कर सकती हैं, यह पूरी तरह उनका फैसला है। इस्लाम तलाक-ए-अहसान और तलाक-ए-हसन, दोनों को स्वीकार करता है, लेकिन एक ही आदमी से दो पुनर्विवाह पर प्रतिबंध लगाता है। पहली घोषणा और इद्दत की अवधि पूरी हो जाने के बाद, आदमी और औरत ताजा निकाह के साथ फिर से एक-दूसरे के साथ विवाह कर सकते हैं। यदि महिला को अपने शौहर द्वारा दूसरी बार तलाक दिया जाता है, तो महिला को भी यही विकल्प उपलब्ध होता है। तब भी शौहर इद्दत की अवधि के दौरान शारीरिक संबंध बना सकता है और तलाक को अमान्य बना दे सकता है। बहरहाल, अगर तीन महीने की इद्दत की अवधि के दौरान दोनों साथ नहीं आते हैं, तो भी उनके पास ताजा निकाह के साथ एक-दूसरे के पास लौटने का विकल्प होता है, मगर तीसरी घोषणा के बाद उनके पास ताजा निकाह का विकल्प उपलब्ध नहीं होता। इस्लाम दो पलटे जाने योग्य तलाकों पर पाबंदी लगाता है क्योंकि उस वक्त अरब समाज में, कई मर्द दस से लेकर तेरह तक तलाक की घोषणा करते थे। कई लोगों के लिए यह एक खेल हो गया था कि एक महीने बीवी को तलाक दो, चंद महीनों के बाद उसे वापस ले लो और इस क्रम को दुहराओ। हर बार, आदमी इद्दत की अवधि जब समाप्त होने को होती थी, तो तलाक की घोषणा को वापस ले लेता था और कुछ समय के बाद इस काम को इसी तरह करता था। महिलाओं को इस पीड़ा से

मुक्त करने के लिए, कुरान ने मर्दों से कहा कि वे अधिकतम दो बार महिलाओं को तलाक दे सकते हैं और इसके बाद उन्हें स्नेह और प्यार से रखें या तीसरी घोषणा के बाद सद्भाव के साथ अलग हो जाएँ।

तलाक-ए-अहसान और तलाक-ए-हसन, दोनों को दुनिया भर में तमाम देशों में स्वीकार किया जाता है और सारे मुसलमान, चाहे सुन्नी हों या शिया, इन्हें तलाक के मान्य तरीके के रूप में मंजूर करते हैं। बहरहाल, यह तलाक लागू करने का तीसरा तरीका है, जिसने उलेमा और वस्तुतः इस्लामी न्यायशास्त्र के विभिन्न स्कूलों को विभाजित कर रखा है। लोकप्रिय रूप से जिसे तीन तलाक कहा जाता है, वास्तव में यह तलाक-ए-बिद्दत है, जो तलाक की ईजाद की गई प्रथा है। इसका कुरान के शब्दों और उसकी भावना के द्वारा समर्थन नहीं किया जाता है। यह तुरंत तलाक है, जिसमें आदमी अपनी बीवी को तीन बार कहता है, 'मैं तुम्हें तलाक देता हूँ।' तलाक तुरंत प्रभावी हो जाता है और इसमें मध्यस्थता की कोई गुंजाइश नहीं होती, जबकि कुरान सुरा निसा की आयत 35 में इसे आवश्यक शर्त बताया गया है। यह उस निर्देश की भी अनदेखी करता है, जिसमें कहा गया है कि हरेक घोषणा के बीच में शौहर और बीवी एक साथ रहें ताकि उनके तेवर ठंडे पड़ें और झगड़ते दंपती के बीच सुलह की संभावना बने।

यह इस तथ्य की अनदेखी करता है कि कुरान के शब्दों में घोषणाओं के बीच फासले का भाव निहित है। कुरान कहती है, 'तलाक दो बार दिया जा सकता है : फिर, या तो सम्मानित ढंग से (बीवी को) रखा जाए या सद्भावनापूर्ण ढंग से मुक्त कर दिया जाए...तब, यदि वह उसे तलाक देता है, तो वह तब तक उसके प्रति वैध नहीं होगी, जब तक कि वह पहले किसी और को शौहर न बना ले।' अरबी में 'अल-तलाकु-मर्रतन' का आशय यह है कि हरेक घोषणा के बीच फासला होना चाहिए।

इस्लामी इतिहास में, पैगंबर खुद मानते थे कि तलाक की घोषणा के बाद चाहे जितनी बार तलाक बोला जाए, उसे एक घोषणा ही माना जाएगा और इसे पलटा जा सकता है। पैगंबर के साथी अब्दुल्ला इब्न अब्बास द्वारा संबंधित एक साही मुस्लिम हदीथ है। उन्होंने खुलासा किया कि पैगंबर के समय में एक बार में तीन तलाक को सिर्फ एक तलाक माना जाता था। पहले खलीफा अबू बकर के समय में भी चीजें इसी तरह रहीं। वस्तुतः खलीफा उमर इब्न अल-खत्ताब के शुरुआती वर्षों में भी, एक बार तलाक के बाद कई घोषणाओं को एक ही घोषणा माना जाता था और इसे निरस्त किया जा सकता था। यहाँ तक कि आखिरी खलीफा अली भी इसे एक

निरस्त करने लायक तलाक मानते थे, दंपती को कुछ छूट देते थे कि वे कोशिश करें और विवाह को फिर से पटरी पर ले आएँ।

तीन तलाक के बारे में एक और हदीथ है, जिसमें पैगंबर ने इसे एक तलाक माना है। रूकुनाह नामक एक आदमी ने अपनी बीवी को तीन तलाकों की घोषणा कर दी, लेकिन अपनी करतूत पर जल्द ही पछताने लगा। यह मामला पैगंबर के समक्ष लाया गया। कहा जाता है कि उन्होंने उससे पूछा, "तुमने अपनी बीवी को तलाक कैसे दिया? क्या तुमने एक बार में ही घोषणा की?" जब उसने 'हाँ' कहा तो पैगंबर ने कहा, "इसे केवल एक तलाक मानो और यदि तुम चाहो, तो तुम अपनी बीवी को वापस ले सकते हो।" उनके इस फैसले पर रूकुनाह ने अपनी बीवी को वापस ले लिया।

एक अन्य हदीथ में कहा जाता है कि पैगंबर ने तुरंत तलाक के मसले पर अपना गुस्सा जाहिर किया। ऐसा ही एक उदाहरण दर्ज है। जब उनकी जानकारी में यह बात आई कि एक आदमी ने अपनी बीवी को तीन तलाक दे दिया तो कहा जाता है कि वह रोष में खड़े हो गए और कहा, "आपने मेरे जीवनकाल में ही कुरान का मजाक बना दिया है।" यह इस्लाम के पहले की प्रथा मानी जाती थी और पैगंबर ने टिप्पणी की कि इसके इस्तेमाल का मतलब है कि कुरान के प्रावधानों का उपहास उड़ाया जा रहा है, जबकि वह अभी उनके बीच ही हैं।

बहरहाल, खलीफा उमर के शासनकाल के बाद के वर्षों में चीजें बदल गईं। जब उनके समक्ष यह बात आई कि लोग काफी तादाद में अपनी बीवियों को तलाक दे रहे हैं या इद्दत की अवधि में उनके साथ अच्छा बर्ताव नहीं कर रहे हैं, तो उन्होंने कहा, "वास्तव वे लोग इस मामले में जल्दबाजी करने लगे हैं, जबकि उन्हें इसमें विलंब करने की आवश्यकता है।"

खलीफा उमर के शासनकाल के चंद वर्षों बाद, इस्लामी ताकतों ने मिस्र, सीरिया और इराक जैसे नए स्थानों पर विजय पा ली थी। सशस्त्र बलों ने कई महिलाओं को बंदी बना लिया था। कुछ मामलों में, उन्होंने उनके साथ सिर्फ बातचीत की और वे उनकी खूबसूरती के कायल हो गए। वे उनसे विवाह करना चाहते थे। कई मामलों में, महिलाएँ अरबी मर्दों से शादी करने को राजी हो गईं, लेकिन उनकी एक शर्त थी : वे इस विचार को पसंद नहीं करती थीं कि वे अपने शौहर को उसकी दूसरी बीवियों के साथ साझा करें और चाहती थीं कि वे पहले अपनी मौजूदा बीवी/बीवियों को तलाक दे दें। यह एक बीमे की तरह था, जिसे

उन्होंने अपनी खातिर सही समझा। उनमें से कई मानती थीं कि ये मर्द उनसे विवाह भले ही कर लें, लेकिन वे अंततः अपनी पहली बीवियों के पास लौट जाएँगे, अथवा यदि मर्द अपनी बीवियों को एक तलाक दे भी दें, तो वे महीने के अंत में या इद्दत काल के दौरान इसे निरस्त कर दे सकते हैं और ऐसी सूरत में नई बीवियाँ मुश्किल में पड़ जाएँगी। इसलिए उन्होंने उन पर जोर डाला कि उनसे शादी करने के पूर्व वे अपनी मौजूदा बीवियों को इस तरह तलाक दें कि उसे पलटा न जा सके और उनकी बात उन मर्दों को माननी पड़ी। इससे उन मर्दों के लिए अपनी पूर्व बीवियों के पास लौटने की कोई गुंजाइश नहीं रह गई। कई मर्दों ने यह शर्त मानते हुए सीरिया, इराक और मिस्र की महिलाओं से शादी की। बहरहाल, इनमें से कुछ लोगों ने कुछ समय के बाद अपनी पूर्व बीवियों के पास लौटना चाहा। कुछ अन्य लोग अपनी तलाकशुदा बीवियों के साथ दुर्व्यवहार के दोषी पाए गए। इस रोशनी में यह मामला खलीफा के पास लाया गया, जिन्होंने नव-विवाहित महिलाओं के सम्मान की रक्षा की और उन्होंने एक बार में तीन तलाक की घोषणा को उसी तरह मान्य करार दे दिया, जिस तरह कुछ अंतराल के बाद दिए गए तलाक को। यह एक प्रशासकीय फैसला था, जिसका मकसद स्थिति की आवश्यकताओं से निपटना था।

हालाँकि, खलीफा उमर ने तीन तलाक को मान्य बना दिया, लेकिन उन्होंने एक शर्त लगा दी। तुरंत तलाक स्वीकार किया जाएगा, लेकिन तुरंत तलाक देनेवाले शख्स को सार्वजनिक रूप से कोड़े लगाए जाएँगे। यह सुनिश्चित करने का उनका तरीका था कि मर्द इस काररवाई (तुरंत तलाक) से दूर रहें। तुरंत तलाक की किसी भी घोषणा के बाद शौहर पर सार्वजनिक रूप से कोड़े लगाए जाते थे। जब आधुनिक मौलाना तीन तलाक को बीवी को तलाक देने का मान्य तरीका घोषित करते हैं, तो वे आसानी से इस शर्त की अनदेखी कर देते हैं।

इतिहास का यह विवरण कि अरबी मर्द दूसरे स्थानों की महिलाओं के प्रति आकर्षित थे, को विद्वानों द्वारा स्वीकार नहीं किया जाता है। वे कहते हैं कि खलीफा ने अलग कारणों से तुरंत तलाक को अपनी मंजूरी दी थी। वे कहते हैं कि खलीफा ने एक बार में तीन घोषणाओं को न पलटा जा सकनेवाला तलाक इसलिए माना कि हिंसक विवाहों में फँसी महिलाओं की मदद की जा सके। वे कहते हैं कि महिलाओं को जान का खतरा था। यह भी कि कई आदमी कुरान के सबक को तोड़-मरोड़ देते थे। कुरान उनसे कहती है कि एक तलाक की घोषणा करें और फिर अगली घोषणा के पहले कम-से-कम एक महीने तक इंतजार करें। कई आदमी महिलाओं

को प्रताड़ित करने के लिए तलाक का इस्तेमाल करते थे। विद्वान् इस पर भी सहमत हैं कि खलीफा का आदेश विकट, अपवादवाली परिस्थितियों के लिए था।

इस्लामी नियम के अन्य विशेषज्ञ तुरंत तीन तलाक की इस व्याख्या को स्वीकार नहीं करते। दरअसल, वे इसके विपरीत दावा करते हैं कि खलीफा ने कभी भी ऐसा कोई काम नहीं किया, जो कुरान की भावना अथवा पैगंबर की परंपरा के खिलाफ जाता हो। इन्हीं में से हैं ताहिर महमूद, जिनके इस विषय पर दृष्टिकोण को भारतीय मुस्लिम महिला आंदोलन (बी.एम.एम.ए.) के प्रतिनिधियों ने उच्चतम न्यायालय के सामने पेश किया। अपनी पुस्तक 'मुस्लिम लॉ इन इंडिया एंड अब्रॉड' में वे साफतौर पर कहते हैं कि खलीफा के फैसले में पीड़ित बीवी की इजाजत शामिल होती थी। माननीय अदालत के समक्ष इसे पेश किया गया। कुरान में ऐसी कोई भी आयत नहीं है, जिसकी व्याख्या इस रूप में की जाए या खींचकर यह मतलब निकाला जाए कि तथाकथित तीन तलाक की स्वीकृति दी गई है...पैगंबर के इंतकाल के वर्षों बाद, उनके दूसरे खलीफा उमर ने कुछ मामलों में बीवियों के आग्रह पर तीन तलाक को प्रभावी करार दिया, लेकिन वह भी तब, जब शौहर को परंपरागत रूप से दंडस्वरूप कोड़े लगाए जाएँ। यह सदमाजनक है कि उनकी काररवाई को हरेक मामले में ऐसी अवैध और घृणास्पद करतूत को लागू करने के लिए बंधनकारी नजीर के तौर पर पेश किया जाए।

खलीफा उमर ने तुरंत तलाक के दोषी आदमियों को कोड़े लगाने का आदेश दिया था, ताकि इस रिवाज को हतोत्साहित किया जाए। इससे उनकी जो छवि बनती है, वह इस्लामी इतिहास में अकसर पेश की गई छवि से काफी अलग है। कहा जाता है कि वह बेहद तुनकमिजाज किस्म के आदमी थे और अपने जीवन के शुरुआती दिनों में उन्हें हिंसा के इस्तेमाल से कोई परहेज नहीं था। दरअसल, उन्होंने इस्लाम भी तब अपनाया, जब एक मामले में उनकी बहन शामिल थी और उनके समक्ष सुराह ताहा का प्रकटन हुआ। कहा जाता है कि उमर ने जब इस्लाम धर्म नहीं अपनाया था, तब वह पैगंबर की जान लेने के लिए निकले थे। रास्ते में वे एक आदमी से मिले, जिसको उनके इरादे के बारे में पता था और उसने उन्हें सलाह दी कि पैगंबर पर हमला करने की कोशिश करने से पहले वह अपना घर तो दुरुस्त कर लें। वह उमर की बहन फातिमा और उसके शौहर सैद इब्न जायद का जिक्र कर रहे थे, जिन्होंने इस्लाम स्वीकार कर लिया था। कहा जाता है कि उमर तुरंत अपनी बहन के स्थान पर गए और उसे एक खर्रे से पढ़ते हुए देखा।

भयभीत होकर फातिमा ने उनसे खर्रा छिपाने की कोशिश की। रोष में आकर उन्होंने पहले सैद इब्न जायद पर हमला किया। जब फातिमा ने अपने शौहर को बचाने के लिए हस्तक्षेप किया, तो उसके माथे में गंभीर जख्म हो गया। अपनी बहन को लहूलुहान देखकर उमर विचलित हो गए। उमर ने बहन को वह खर्रा दिखाने को कहा, जिसे वह पढ़ रही थी। इस पर सुराह ता हा लिखा हुआ था। यह कुरान मक्कन-काल का एक अध्याय था। इसका पता तब चला, जब धर्मावलंबियों की कई टोलियाँ अबीसिनिया विस्थापित हुईं। इसे पढ़ने के बाद उमर ने इस्लाम अपना लिया।

शीघ्र ही, उमर का कद बढ़ता गया और इस स्तर तक आ गया कि कहा जाता है कि खुद पैगंबर ने कहा, "अगर मेरे बाद कोई पैगंबर हुआ, तो वह उमर आर.ए. हो सकता है।" कई विद्वान् मानते हैं कि उनके द्वारा दिए गए कई परामर्श बाद में कुरानी प्रकटन से औचित्यपूर्ण साबित हुए।

यह दिलचस्प है कि चौथे खलीफा अली ने तीन तलाक पर खलीफा उमर के फैसले को निरस्त कर दिया। उन्होंने सलाह दी कि सुलह हर अन्य चीज से ऊपर है। जब उनके सामने एक दंपती का केस आया, तो उन्होंने एक सुलह समिति बनाई, जिसका निष्कर्ष अंतिम माना जाएगा। आज अधिकतर इस्लामी विद्वान् मानते हैं कि उमर की कारखाइयाँ खास परिस्थितियों के लिए थीं और उनका आदेश किसी भी तरह शरीया के शब्द को नहीं बदलता और न ही इसका इस्तेमाल अल्लाह के शब्द, जैसा कि कुरान के जरिए जाहिर हुआ है, के आगे या ऊपर किया जा सकता है। तुरंत तलाक को मान्य करार देने का उनका फैसला अस्थायी फैसला था, लेकिन समुदाय के एक तबके द्वारा इसे स्थायी बना दिया गया। इसी से संभवतः विसंगति पैदा हुई, 'धर्मशास्त्र या धर्मविज्ञान में बुरा, लेकिन नियम में अच्छा'। तथ्य यह है कि तीन तलाक का उदय दूसरी इस्लामी सदी में दंपतियों के अलग होने के रूप में तब हुआ, जब उमय्यद शासकों ने पैगंबर के फैसले के ऊपर खलीफा उमर के आदेश को तरजीह दी, क्योंकि पैगंबर का फैसला मामलों को तुरंत निपटाने की उनकी जरूरत में हस्तक्षेप करता था।

❑

4

सुन्नी विचारधारा के विभिन्न स्कूल

कुरान के निर्देशों से काफी दूर, आम भारतीय, जिसमें मुसलमानों का भी एक अहम वर्ग शामिल है, मानते हैं कि इस्लाम में तलाक देने का एकमात्र उपलब्ध तरीका तुरंत तलाक है। तीन तलाक लोकप्रिय है, किंतु दोषपूर्ण है। इसमें तलाक देने के लिए महज 'तलाक' शब्द को तीन बार बोलना पड़ता है। तलाक के इस तरीके ने सामाजिक-राजनीतिक खेमों में बेहद शोर पैदा किया है। कई मानवाधिकार कार्यकताओं ने इसे महिलाओं के सम्मान पर हमला करार दिया है, क्योंकि वर्षों तक विवाह-बंधन में रहने के बावजूद वे तलाक के इस रूप से दुर्बल एवं नाजुक रहती हैं।

महिला कार्यकर्ताओं ने तलाक के इस तरीके पर नाराजगी जताई, क्योंकि यह मर्दों को महज उँगली की फटकार से वर्षों के वैवाहिक जीवन को समाप्त करने की बेलगाम शक्ति देता है। यह महिलाओं को एक मर्द के मूड खराब होने, आपा खोने या अहं के वशीभूत होने पर दुर्बल बना देता है। एक आदमी अपना आपा खो सकता है, लेकिन महिला को इसकी कीमत चुकानी पड़ती है। जबकि विवाह एक दोतरफा करार है, लेकिन हमारे समाज में अकसर तीन तलाक जिस तरह दिया जाता है, वह एक एकतरफा काररवाई है, जो महिलाओं के लिए संवाद, मध्यस्थता या बातचीत की कोई गुंजाइश नहीं छोड़ती है। बी.एम.एम.ए. द्वारा तीन तलाक के खिलाफ उच्चतम न्यायालय में जो जंग छेड़ी गई है, वह इस संघर्ष का महज सबसे नया और सबसे ज्यादा नजर आनेवाला चेहरा है।

बहरहाल, युगों से, यहाँ तक कि तीन तलाक के उल्लेख से धुर प्रतिक्रियाएँ सामने आई हैं। हालाँकि अनुदारवादी मौलानाओं ने पापपूर्ण, लेकिन तलाक का प्रभावी तरीका बताकर इसका बचाव किया है, खासतौर पर महिलाएँ शादी को

समाप्त करने के इस मनमाने तरीके के खिलाफ आवाज बुलंद करती रही हैं। न केवल वर्ष 2017-18 में, बल्कि 1970 के दशक से ही महिलाएँ तुरंत तलाक के विरोध में आवाज उठाती रही हैं। प्रधानमंत्री इंदिरा गांधी ने 1975 में जब आपातकाल लगाया था, उस दौरान दो मौलानाओं का बहिष्कार किया गया और अपने शहरों से निकाल दिया गया, क्योंकि उन्होंने एक बार में दिए गए तीन तलाक को महज एक बार दिया गया तलाक माना था, जिसे पलटा जा सकता है।

पहली घटना कलकत्ता में तब सामने आई, जब एक झगड़ रहे बांग्लादेशी दंपती मौलाना शफीउर रहमान के पास गए। लतीफ नामक आदमी ने अपनी बीवी हजरा को 'तलाक, तलाक, तलाक' बोल दिया था। लतीफ और हजरा के चार बच्चे थे और वे सभी आठ साल से कम आयु के थे। बच्चों की खातिर हजरा अपने शौहर के तेवर को बर्दाश्त करने को तैयार थी। उसके पास कोई सहारा नहीं था। उसके गरीब माँ-बाप बांग्लादेश में थे और वह खुद अपने बच्चों का लालन-पालन करने में समर्थ नहीं होती। उसने शहर में कई इमामों से संपर्क किया, जिन्होंने उसके शौहर की घोषणा को खारिज करने में लाचारी व्यक्त की। यह तथ्य कि बांग्लादेश में तुरंत तलाक की कोई अवधारणा नहीं थी, मगर इससे भी मामले में कोई मदद नहीं मिली, क्योंकि स्थानीय इमामों के अनुसार, तलाक की घोषणा कलकत्ता में की गई थी, इसलिए स्थानीय रिवाज ही लागू होंगे।

आखिरकार यह मामला मौलाना शफीउर रहमान के सामने लाया गया, जिन्होंने फजर की इबादत के बाद संक्षिप्त फैसले की घोषणा की। पैगंबर के सुन्ना, जिसमें वे एक बार में तलाक की कई घोषणाओं को एक तलाक मानते थे, जिसे पलटा जा सकता है, इसी का अनुसरण करते हुए उन्होंने लतीफ और हजरा को शौहर और बीवी घोषित कर दिया। दोनों ने सहवास करना शुरू कर दिया और उनके तीन और बच्चे हुए, मगर इस पर लोग इस दंपती की सामाजिक भर्त्सना करने से बाज नहीं आए और कई तो उनकी वैवाहिक स्थिति के बारे में खुलकर सवाल उठाने लगे।

मौलाना (शफीउर रहमान) के साथी मौलानाओं और आम लोगों ने भी उनकी तीव्र आलोचना की। पहले उनको इबादतों का नेतृत्व करने से रोका गया, क्योंकि कई आदमियों ने एक ऐसे आदमी के पीछे नमाज पढ़ने से इनकार कर दिया, जिसको धर्मशास्त्रों के बारे में पर्याप्त ज्ञान नहीं था। इसके बाद, उन्हें शहर छोड़ने को कहा गया, क्योंकि धर्मग्रंथों की उनकी व्याख्या ने उलेमा तक में काफी असंतोष पैदा कर दिया था। यह महसूस किया गया कि यदि इस पर और बहस हुई और

असंतोष बढ़ा तो यह समुदाय के लिए अच्छा नहीं होगा।

बस, इसके कुछ समय बाद मौलाना अब्दुल सत्तार को असम के निवासियों के आक्रोश का सामना करना पड़ा, क्योंकि उन्होंने एक भारतीय (एक स्थानीय निवासी) और एक बांग्लादेशी महिला के विवाह को बचाने की कोशिश की थी। यहाँ भी तीन तलाक की घोषणा गुस्से के आवेग में की गई थी। नतीजतन विवाह को समाप्त मान लिया गया, जबकि महिला इसके खिलाफ गुहार लगा रही थी। सत्तार ने दखल दिया और पैगंबर के एक हदीथ का हवाला दिया, जब उनके समक्ष तुरंत तीन तलाक का एक केस लाया गया था। पैगंबर ने महिला से पूछा कि क्या वह अपने शौहर द्वारा तलाक की घोषणा से सहमत है? जब महिला ने नकारात्मक जवाब दिया, तो उन्होंने दंपती से घर जाने और वैवाहिक जीवन बहाल करने को कहा। एक ही बार में तीन तलाक की घोषणा को पैगंबर द्वारा एक तलाक माना जाता था, जिसे पलटा जा सकता है और इस तरह दंपती अपने वैवाहिक जीवन में लौट सकता है, मगर सत्तार की काफी खिल्ली उड़ाई गई और अनवरत निंदा की गई। उन्हें बाध्य कर दिया गया कि वे पहले अस्थायी रूप से कलकत्ता चले गए और कुछ वर्षों के बाद अंततः दिल्ली चले गए।

संयोगवश, कलकत्ता में रहमान और असम में सत्तार, दोनों से अपेक्षा की गई कि वे शिकायतकर्ताओं की वैवाहिक स्थिति को खलीफा उमर के आदेश के अनुसार तय करें। खलीफा का आदेश देश के मुसलमानों में काफी लोकप्रिय हो गया था और लगभग सभी इसे स्वीकार करते थे। वे उन इमाम अबु हनीफा के अनुयायी हैं, जो एक बार में तीन तलाक को वैध करार देते थे। हमारे समाज का पितृसत्तात्मक तरीका भी इसके लिए जिम्मेदार है। माना जाता है कि महिलाएँ मर्दों के इशारों और संकेतों पर जिएँ और कई तरह से विवाह की सहज सुरक्षा प्रदान करने के लिए उनके प्रति कृतज्ञ रहें। तीन तलाक से बेहतर और क्या हथियार हो सकता है? यह एक सरल काररवाई है, जो उनकी (महिलाओं की) जिदंगी को चकरघिन्नी बना देगी। इसलिए जब चंद मौलवियों ने खलीफा के आदेश की अनदेखी की और पैगंबर के फैसलों का सहारा लिया, तो काफी बवाल मचा। किसी ने भी पैगंबर के आदेश के खिलाफ एक भी शब्द नहीं कहा (यह भी समान रूप से महत्त्वपूर्ण है कि किसी ने उसका अनुसरण भी नहीं किया), लेकिन कई लोगों ने जोर-शोर से कहा कि खलीफा भी गलत नहीं हो सकते थे।

कलकत्ता और असम की घटनाओं के बाद दिल्ली में तीन तलाक का एक

केस हुआ, जिसमें मामला बड़ा बनने की संभावना थी। आधुनिक समय में, 1980 में सायरा बानो अथवा आफरीन रहमान की तरह ही रुखसार को तुरंत तलाक की वास्तविकता का सामना करना पड़ा। बहरहाल, उसे न्याय के लिए उच्चतम न्यायालय का दरवाजा नहीं खटखटाना पड़ा। उसे वस्तुतः अपने घर के पास ही मदद मिल गई।

जामा मस्जिद के पास गली गढ़िया में रुखसार रहती थी। वह एक मध्यवर्गीय संयुक्त परिवार से थी, जिसमें उसके शौहर और सास-ससुर साथ रहते थे। एक शाम, उसके शौहर और ससुर आपस में झगड़ने लगे। शीघ्र ही, उसने अपने शौहर के पक्ष में हस्तक्षेप किया। ऐसा करते हुए उसने अपना आपा खो दिया और अपने ससुर को अपशब्द कह दिया। यह सुनकर बुजुर्ग आदमी अपने कमरे में चले गए। इस वाकये से उसके शौहर बेहद गुस्से में आ गए और उसने तुरंत तलाक की घोषणा कर दी। उसकी बीवी, जो तब तक परिवार के लिए चपातियाँ बना रही थी, एक कोने में दुबक गई। जब उसका शौहर गला फाड़कर चिल्लाया, तो उसने अपने कानों को दोनों हाथों से दबा लिया ताकि वह उन शब्दों को सुनने से बच सके, मगर ऐसी किस्मत नहीं थी। उसके शौहर की घोषणा इतनी तेज थी कि पड़ोसी भी सुन गए। पड़ोस की एक महिला रुखसार को रातभर के लिए अपने घर ले गई, ताकि उसका शौहर अपनी काररवाई पर सोच-विचार करे। अगली सुबह उसे अपनी गलती का अहसास हुआ और वह अपनी बीवी को वापस लेना चाहता था। उसने इलाके के कई मौलानाओं से बात की। सभी ने उसके वैवाहिक हक को बहाल करने में असमर्थता जताई और धीरे से बता दिया कि उसका विवाह समाप्त हो गया है।

उन मौलानाओं ने उसके तलाक को तलाक-ए-बिद्दत बताते हुए शौहर को फटकारा, यहाँ तक कि उसकी दुविधा के साथ सहानुभूति भी जताई, लेकिन कहा कि वे इसे एक न पलटा जा सकनेवाला तलाक नहीं मान सकते। उन्होंने इस मामले में इमाम हनफी के आदेश, जिसमें एक ही वक्त में तलाक की कई घोषणाओं को अंतिम तलाक माना जाता है, का हवाला दिया। संयोगवश, तलाक-ए-बिद्दत को तलाक का 'ईजाद किया गया (या पापपूर्ण) रूप माना जाता है', जिसे माननीय उच्चतम न्यायालय ने अगस्त, 2017 में इस मसले पर अपने फैसले में अवैध करार दिया। हनफी समर्थक मानते हैं कि हालाँकि तलाक का यह रूप ईजाद किया गया और पापपूर्ण है, फिर भी यह मान्य है। हनफी का नजरिया इमाम मलिक और शफी के नजरिए से कोई भिन्न नहीं है, मगर हन्बालिस इसे अलग तरह से देखते हैं।

केवल अधीर व विशुद्ध शौहर के जोर देने पर मौलवियों ने अन्य विकल्पों पर विचार किया और उसे एक स्थानीय आलिम मुफ्ती अब्दुल दयाम के पास भेजा। वे कुरान के शब्द की व्याख्या करने में विशेषज्ञ थे और हदीथ पर एक प्रामाणिक शख्सियत समझे जाते थे। रुखसार का मामला सुर्खियाँ बन गया होता, लेकिन मुफ्ती के समय रहते हस्तक्षेप और उनकी सुलझी हुई सलाह ने ऐसा नहीं होने दिया। वे मानते थे कि किसी भी शौहर और बीवी के बीच तलाक एक आखिरी उपाय है और छोटी गलतफहमी, छोटे विवाद होते ही झट से तलाक का इस्तेमाल नहीं किया जाना चाहिए। हन्बाली विद्वान् इब्न तैमियाह (1268–1328) का अनुसरण करते हुए मुफ्ती, जो ऐतिहासिक फतेहपुरी मस्जिद में पढ़ाया करते थे, ने मामले को शांतिपूर्ण ढंग से सुलझा दिया। इस खास मामले में शौहर ने गुस्से के आवेग में 'तलाक, तलाक, तलाक' कह दिया था। मुफ्ती ने इस तुनकमिजाजी के लिए शौहर को डाँटा, लेकिन राहत भी प्रदान की। मुफ्ती एक बार में बोले गए तीन तलाक को एक ही तलाक मानते थे और जिसे पलटा जा सकता था। इसका मतलब था कि आदमी को अपनी बीवी के साथ जीने का दूसरा मौका मिल गया। दोनों ने तुरंत ही सहवास कर लिया और विवेकपूर्ण सलाह से तलाक का पापपूर्ण रूप घटित होने से बच गया।

1990 के दशक की शुरुआत में, जब बाबरी मस्जिद–राम जन्मभूमि आंदोलन जोरों से चल रहा था, तो इसी किस्म के एक फैसले ने एक दंपती को राहत प्रदान की। तब हैदराबाद के एक मुफ्ती के समक्ष उत्तर प्रदेश के रामपुर के एक बाशिंदे द्वारा तुरंत तीन तलाक का मामला पेश किया गया। मुफ्ती 'बाबरी मस्जिद एक्शन कमेटी' के नजरिए को पेश करने के लिए उत्तर प्रदेश के दौरे पर थे। तभी तलाक का यह केस उनके सामने फैसले के लिए लाया गया। कुछ दिनों बाद वे मस्जिद मसले पर एक और भाषण देने के लिए मुंबई गए हुए थे। बहरहाल, वहाँ उन्होंने अहल–ए–हदीथ के उलेमा से मशविरा किया और इसके बाद उन्होंने प्रसन्नतापूर्वक शौहर से कहा कि जो तीन तलाक उसने दिया है, उसे पलटा जा सकता है और वह अपनी बीवी के साथ सहवास कर सकता है। इस तरह तत्कालीन आवेशपूर्ण माहौल में यह संभावित खतरनाक मामला सुर्खियाँ बनने से रह गया। संयोगवश, वह आदमी हनफी था, लेकिन दूसरे दर्शन को ग्रहण करने की भावना के साथ, फैसला लिया गया और उसके वैवाहिक जीवन को दूसरा अवसर मिला, जो कि दंपती के लिए राहत की बात थी।

संयोगवश, हनफी (अधिकांश भारतीय मुसलमान इमाम अबु हनीफा के

अनुयायी हैं—कुछ अनुमानों के अनुसार उनकी तादाद तकरीबन 90 फीसदी है) मानते हैं कि जब तीन तलाक की घोषणा की जाती है, तो तलाक तुरंत प्रभावी हो जाता है और बीवी उसके शौहर के लिए हराम बन जाती है। वह अपने तलाक को वापस नहीं ले सकता और न ही ताजा निकाह के साथ वह उससे दुबारा शादी कर सकता है। वह महिला सिर्फ एक ही उपाय से उसके पास लौट सकती है, जब वह किसी अन्य आदमी से विवाह करे, उस विवाह में सहवास करे और फिर उसका शौहर उसे तलाक दे दे। इसी व्याख्या ने हलाला के मामलों को जन्म दिया है, जो कि कुरान के शब्द और उसकी भावना के एकदम खिलाफ है।

मौलाना उमर अहमद उस्मानी जैसे विशेषज्ञ भी हैं, जो मानते हैं कि तीन तलाक को मान्यता न केवल इमाम अबू हनीफा से, बल्कि इमाम मलिक और इमाम शफी से भी मिलती है, केवल हन्बालिस अलग राय रखते हैं। संयोगवश, सुन्नी कानून के चार बड़े स्कूल—हनफी, मलिकी, शफी और हन्बाली—कुरान की आयतों और हदीथ की अपनी व्याख्या को लेकर ही एक-दूसरे से भिन्न होते हैं, लेकिन वे सभी अपने नियम एक ही स्रोत से बनाते हैं और वह स्रोत है—कुरान और हदीथ। बहरहाल, हर स्कूल मानता है कि खास आयत या सुन्नी की केवल उनकी व्याख्या ही सही है और इसी से मतभेद पैदा होते हैं। इसी से वह पैदा होता है, जिसे इस्लामी विद्वान् तमज्जुब (Tamazzub) और तकलीद (Taqleed) कहते हैं, जिसमें अनुयायी अपने इमाम/स्कूल (तमज्जुब) की घोषणाओं का गुणगान करते हैं और समालोचनात्मक समीक्षा (तकलीद) की तमाम बातों की अनदेखी करते हैं और हर चीज को, जैसी सामने दिखती है, उसे उसी रूप से स्वीकार कर लेते हैं। बहरहाल, विभिन्न रायों की सूरत में उदारवादी विकल्प अवश्य ही अपनाया जाना चाहिए, जैसा कि प्रो. फुरकान अहमद ने 'ट्रिपल तलाक : एन एनालिटिकल स्टडी विद इंफैसिस ऑन सोशियो-लीगल ऑस्पेक्ट्स' (Tripple Talaq : An Analytical Study with Emphasis on Socio-Legal Aspects) में वकालत की है।

यह दावा किया जाता है कि इमाम अबू हनीफा के फैसले के बाद, अन्य इमामों ने इस विषय पर अपनी राय बनाने की बजाय उनका ही अनुसरण किया। बहरहाल, इस दावे के समर्थन में कोई सबूत नहीं है कि तुरंत तीन तलाक की वैधता पर इमाम मलिक और इमाम शफी ने इमाम अबू हनीफा का अनुसरण किया। मशहूर समसामयिक इस्लामी विद्वान् ए. फैजुर्रहमान की भी यही राय है। वे महसूस करते हैं

कि ऐतिहासिक ब्यौरे बताते हैं कि तमाम इमामों के व्यक्तिगत निष्कर्ष उस वक्त उनके पास उपलब्ध प्रामाणिक हदीथ पर आधारित थे। उदाहरण के लिए, इमाम मलिक ने इस दृष्टिकोण को मंजूरी दी कि तलाक की तीन घोषणाएँ विवाह को अकाट्य रूप से तोड़ देती हैं। यह निम्न हदीथ पर आधारित थी, जिसे इमाम ने खुद अपने संग्रह मुवत्ता (Muwatta) की किताब 'अल-तलाक' में सूचीबद्ध किया है—

इब्न शिहाब से जुड़े मलिक और उनसे जुड़े याह्या ने कहा कि मर्वान इब्न अल-हाकम ने फैसला किया कि यदि कोई तलाक की तीन घोषणाएँ करता है [(Yu Tallaqu amraatahu al batta anna ha salassa tatleegat)] (यु तलाकु अम्रातहु अल बत्ता अन्ना हा सालसा तत्लीगत), तो वह अपनी बीवी को अकाट्य रूप से तलाक दे देता है।

मलिक ने कहा, "इस विषय पर मैंने जो सुना है, उसमें यह सबसे उम्दा है।" इससे रहमान निष्कर्ष निकालते हैं कि यह साफ है कि इमाम मलिक ने इमाम अबू हनीफा की व्याख्या के आधार पर अपना नजरिया नहीं बनाया, बल्कि उमय्यद खलीफा मर्वन इब्न अल-हाकम के फैसले के आधार पर खलीफा उमय्यद ने नियम बनया कि एक अल-बत्ता (Al-batta) तलाक की गिनती तीन तलाकों के रूप में होती है। पारिभाषिक रूप से, इसका संदर्भ बीवी को 'स्थायी रूप से तलाक देने की मंशा' से है।

बहरहाल, हनफी अखंडित नहीं हैं। असंतोष और बहस की गुंजाइश है। हज्जाज बिन अर्तत और मुहम्मद इब्न मुकातिल जैसे कुछ हनफी न्यायविद् हैं, जिनकी राय है कि अगर कोई तीन तलाकों की, यानी तुरंत तीन तलाक की घोषणा करता है, तो यह ऐसा तलाक नहीं होगा, जिसे पलटा न जा सके। इसी तरह, इमाम मलिक को लेकर भी एकमत नहीं है। इमाम तिल्मिसानी के अनुसार, इमाम मलिक भी मानते थे कि यदि तीन तलाकों की घोषणा की जाती है तो यह सिर्फ एक तलाक होता है।

फिर यह दलील दी जाती है कि इमाम अहमद बिन हन्बाल ने अपनी शुरुआती राय बदली और तय किया कि यह कोई अंतिम तलाक नहीं, बल्कि एक तलाक है। इमाम हन्बाल ने तलाक को लेकर अपना रुख बदला, इसे इमाम तैमियाह द्वारा सिद्ध किया गया। उन्होंने कहा कि इमाम हन्बाल ने तलाक के बारे में कुरान की आयतों पर विचार किया और इस निष्कर्ष पर पहुँचे कि एक बार में तीन तलाक को सिर्फ एक तलाक या राजी तलाक माना जा सकता है। इसका मतलब था कि शौहर को

तीन मासिक चक्र की इद्दत की अवधि में अपनी बीवी को वापस लेने का अधिकार है। अगर इद्दत की अवधि पूरी हो चुकी हो, तो वह ताजा निकाह तक कर सकता है। इसी नजरिए का पैगंबर के अधिकतर साथी भी पक्ष लेते हैं। इन साथियों में खलीफा अबू बकर, खलीफा अली और अब्दुल्ला बिन मसूद शामिल हैं।

आज, अहल-ए-हदीथ पंथ के अनुयायियों के बारे में कहा जाता है कि वे पैगंबर की परंपरा के सबसे शुद्ध अनुयायी हैं। वे तुरंत तलाक को केवल पलटा जा सकनेवाला तलाक मानते हैं। यह उन्हीं का मत है, जो उच्चतम न्यायालय के 22 अगस्त, 2017 के फैसले में परिलक्षित होता है। शिया मुसलमान भी इसी तरह सोचते हैं। इथना अशारीस तुरंत तलाक को सिर्फ एक तलाक मानते हैं, जिसे पलटा जा सकता है।

बहरहाल, तीन तलाक के खिलाफ सबसे अच्छी बात वे करते हैं, जो इमाम हनीफा का यह कहते हुए हवाला देते हैं कि 'अगर आप मेरी कथनी और करनी के बीच कुरान के संदर्भ में अंतर्विरोध पाते हैं, तो किताब (कुरान) का अनुसरण करें, न कि मेरा'। चूँकि कुरान कहीं भी तुरंत तलाक का जिक्र नहीं करती है, इसलिए तीन तलाक अमान्य हो जाता है। यह भी ध्यान देनेवाली बात है कि पैगंबर ने जो कहा और किया, उसके बारे में इमाम हनीफा ने अपनी समझ को कहीं दर्ज नहीं किया है। उनके शिष्य, इमाम अबू यूसुफ और इमाम मुहम्मद ने उनके इंतकाल के तुरंत बाद यह काम किया। इसलिए तीन तलाक पर इमाम हनीफा का कोई सीधा कथन उपलब्ध नहीं है।

❑

5

हलाला : एक अनिष्टकारी व्याख्या

जवानी की दहलीज पर कदम रखते ही तहसीन की शादी कर दी गई। एक बार जब वह पश्चिम बंगाल में आठवीं की परीक्षा पास कर गई, तो उसके गरीब माँ-बाप ने फैसला किया कि उसकी शादी करने का वक्त आ गया। आखिर वकार से शादी करने के बाद, वह दिल्ली चली जाएगी। वकार उम्र के तीसरे दशक में था। वह एक राजमिस्त्री था और तहसीन की माँ के पक्ष में दूर का एक रिश्तेदार था। तहसीन की बड़ी बहन वकार के बड़े भाई के साथ ब्याही गई थी और वह अपने शौहर से संतुष्ट दिखती थी। तीन साल से थोड़े कम समय में ही उसके दो बच्चे हो गए थे और वह खुश थी।

मगर तहसीन वैसी भाग्यशाली नहीं थी। उसकी शादी को बमुश्किल महीना भर हुआ था कि उसे उसके उत्तेजित शौहर ने तलाक दे दिया। उसने बिहार के अपने पैतृक घर के आँगन में उसे 'तलाक, तलाक, तलाक' बोल दिया। उसकी माँ और कुछ अन्य रिश्तेदार मूक गवाह बने रहे। तहसीन को तुरंत ही उसकी सास द्वारा घर से बाहर निकाल दिया गया। तहसीन पश्चिम बंगाल लौट गई, उसके माँ-बाप ने स्थानीय मौलानाओं से परामर्श किया। उन्होंने कहा कि कोई रास्ता नहीं है। विवाह समाप्त हो चुका है। तलाक के गवाह हैं।

दो हफ्ते बाद, तहसीन के शौहर को अपनी गलती का अहसास हुआ। वह अपनी बीवी को वापस लेना चाहता था और वह उसके पैतृक स्थान पर गया, मगर तहसीन के माँ-बाप, जिन्होंने मौलानाओं से मशविरा कर लिया था, ने इनकार कर दिया। बहरहाल, तहसीन भी अपने शौहर के पास लौटना चाहती थी, मगर मौलाना लोग टस-से-मस नहीं हुए। उनका बलपूर्वक कहना था कि वह उसके लिए हराम हो गई है। उनके दिमाग में यह बात थी कि एक बार में तीन बार बोले गए 'तलाक'

शब्द से शादी तत्काल समाप्त हो जाती है। लौटने का कोई उपाय नहीं था, पश्चात्ताप करने का कोई रास्ता नहीं था, कुछ भी नहीं। हन्बाली निर्देश या आदेश के अनुसार, जिसमें एक बार में की गई कई घोषणाएँ एक ही तलाक होती हैं और यह पलटने योग्य होता है। तहसीन और वकार की शादी खत्म हो चुकी थी, जब तक वह हलाला न कर ले।

उस छोटी लड़की को हलाला के बारे में कुछ पता नहीं था। पश्चिम बंगाल के 24 परगना के स्थानीय मस्जिद के इमाम ने बताया कि यह एक मर्द को उसकी तुनकमिजाजी के लिए दंडित करने का तरीका है। इससे बुरा और क्या हो सकता है कि अपनी बीवी को दूसरे आदमी के पास सोने दे।

तहसीन ने कहा, "लेकिन ये तो औरत को सजा हो गई।" उसने हलाला की व्यवस्था को मानने से इनकार कर दिया।

वह खुशकिस्मत वालों में थी। दरअसल, विवाह के किसी एक प्रावधान का यदि हमारे समाज में मजाक बनाया जाता है, तो वह है हलाला की अवधारणा। कई शादियाँ, जिनमें यदि हलाला की अवधारणा निरंकुशता से लागू नहीं की जातीं, बचाई जा सकती थीं, मगर नष्ट कर दी गईं। यहाँ तक कि तहसीन और वकार की शादी भी बचाई जा सकती थी, बस इसके लिए तुरंत तीन तलाक को अकाट्य नहीं माना जाता और इसे महज एक तलाक माना जाता। इद्दत की अवधि पूरी होने पर भी वे एक-दूसरे से शादी कर सकते थे। हमारे समाज में हलाला के बारे में तकरीबन पूरी अज्ञानता है। अधिकतर मौलानाओं का इस पर स्पष्ट नजरिया नहीं है और वे अकसर कुरान के प्रावधान के साथ अपनी अज्ञानता या जान-बूझकर गलत व्याख्या के कारण गंभीर अन्याय करते हैं।

हाल के सायरा बानो केस में, भारत के महान्यायवादी ने उच्चतम न्यायालय के समक्ष जोरदार दलील दी कि निकाह हलाला और बहुविवाह को तुरंत तीन तलाक के साथ ही अमान्य करार दिया जाए। अदालत ने शुरू में इनकार कर दिया, लेकिन जब तुरंत तीन तलाक पर सुनवाई जारी रही तो कुछ दिनों बाद बेंच हलाला और बहुविवाह को अमान्य करार देने पर विचार करने के लिए तैयार हो गई। बेंच ने स्पष्ट किया कि 'इससे भविष्य में निपटा जाएगा।' बहरहाल, यदि अदालत ने हलाला मामले पर विचार करने का वक्त निकाला होता या यदि भविष्य में वह इस रिवाज को अमान्य करार दे देती है, तो यह उन महिलाओं के लिए बेहद राहत की बात होगी जो या तो अपने शौहर के गर्म तेवर के कारण अथवा मौलानाओं की

अज्ञानता के कारण कीमत चुकाती हैं। दोनों ही तरह से, मर्द गलती करते हैं और महिलाओं को भुगतना पड़ता है।

धार्मिक पुस्तक में, हलाला को एक ऐसा मौका बताया गया है, जो अकाट्य रूप से तलाकशुदा दंपती को फिर से शादी के बंधन में बँधने के लिए दिया जाता है। कुरान के अनुसार, दो तलाकों को पलटा जा सकता है। तीन महीने की इद्दत की अवधि के दौरान, एक आदमी बोलकर अथवा बीवी के साथ शारीरिक संबंध बनाकर तलाक को रद्द कर सकता है। बहरहाल, यदि वह इद्दत की अवधि के दौरान ऐसा करने में विफल रहता है, लेकिन उसका हृदय उसके बाद बदलता है, तो वह पूर्व बीवी के साथ ताजा निकाह कर सकता है। इसमें बीवी को पहले किसी अन्य आदमी के साथ विवाह करने की जरूरत नहीं है। दोनों ताजा निकाह और महर के साथ फिर से शौहर-बीवी बन सकते हैं। ऐसा इद्दत की अवधि के अंत में तुरंत ही किया जा सकता है अथवा यदि महिला किसी अन्य आदमी से शादी नहीं करती है तो वह भविष्य में भी ऐसा कर सकता है।

बहरहाल, यदि पहला तलाक निरस्त कर दिया जाता है, लेकिन शौहर दूसरी बार तलाक की घोषणा करता है, तो यही प्रक्रिया दुहरानी पड़ेगी। वह एक बार फिर बोलकर या सहवास कर तलाक को खारिज कर सकता है। इंतजार की अवधि के दौरान यदि इन दोनों में से कोई भी काम नहीं किया जाता है, तो विवाह समाप्त हो जाता है। फिर इद्दत की अवधि के बाद, यदि वह अपनी बीवी को वापस चाहता है और वह भी ऐसा चाहती है, तो वे किसी तीसरे पक्ष को शामिल किए बगैर निकाह कर सकते हैं।

बहरहाल, वह यदि तीसरी बार तलाक की घोषणा करता है, तो वह पूरी तरह स्वतंत्र महिला बन जाती है और अपने पूर्व पति के लिए पूरी तरह प्रतिबंधित हो जाती है। उसकी इद्दत की अवधि पूरी हो जाने के बाद, वह जो चाहे, वह करने के लिए स्वतंत्र हो जाती है। वह दूसरे आदमी से विवाह कर सकती है या अकेले रह सकती है। यदि वह किसी अन्य आदमी से शादी करती है और वह मर जाता है अथवा वह इस्लाम में स्वीकृत प्रक्रिया के अनुसार तलाक की घोषणा करता है, तो बीवी फिर इद्दत की अवधि में प्रवेश कर जाती है। इस बार, वह विधवा होती है या दूसरे शौहर की तलाकशुदा बीवी होती है। इद्दत की अवधि पूरी होने के बाद वह एक बार फिर स्वतंत्र महिला हो जाती है। अब यदि वह महसूस करती है कि किसी तीसरे साझीदार को चुनने की बजाय पहले शौहर के पास जाना सही होगा और

शौहर भी इसके लिए इच्छुक है, तो वह ऐसा कर सकती है। अब, वह उसके लिए हलाल है। इस्लाम में महिला की स्वतंत्रता की यही अवधारणा है, जिसे अज्ञानियों द्वारा एक मजाक बना दिया गया है।

यह (हलाला) इस रूप में सामने आता है। यदि एक महिला को अकाट्य रूप से तलाक दे दिया जाता है (कुछेक तुरंत तीन तलाक को अकाट्य तलाक मानते हैं यानी इसे पलटा नहीं जा सकता है) और वह अपने शौहर के पास लौटना चाहती है, जैसा कि तहसीन का मामला था, तो एक स्थानीय मौलाना हलाला की सलाह देता है। इसके तहत, वह पहले एक अन्य आदमी से शादी करती है, उससे तलाक प्राप्त करती है और फिर अपने पहले शौहर से शादी करती है। चूँकि एक ऐसे आदमी को खोजना लगभग असंभव होता है, जो निश्चित रूप से महिला को तलाक दे देगा, तो ऐसे में अकसर स्थानीय मौलाना अपनी सेवाएँ पेश करते हैं। इसके तहत, मौलाना और लड़की के बीच निकाह कराया जाता है और यह समझदारी रहती है कि अगले दिन या कुछ दिनों के बाद वह लड़की को तलाक दे देगा। पूरी कवायद दबे-छुपे की जाती है, जबकि इस्लाम में सलाह दी गई है कि निकाह के बाद आदमी एक स्वागत पार्टी देता है ताकि भविष्य में कोई भी महिला की निष्ठा पर उँगली न उठा सके, मगर हलाला के इस विकृत रूप में, सबकुछ रात की आड़ में किया जाता है, इसका बमुश्किल कोई गवाह होता है। यह लगभग वैध वेश्यावृत्ति की तरह है। जैसा कि ऑल इंडिया मुस्लिम पर्सनल लॉ बोर्ड (ए.आई.एम.पी.एल.बी.) ने अदालत के समक्ष प्रस्तुत किया :

पैगंबर मुहम्मद के सुस्पष्ट और असंदिग्ध हदीथ हैं जहाँ नकली शादियाँ और नकली तलाकों को सर्वशक्तिमान अल्लाह के अभिशाप का कारण बताया गया है। इसी कथित हदीथ में हलाला का संदर्भ पाया जाता है। हालाँकि पवित्र कुरान में इसका जिक्र नहीं है। हलाला की निंदा करते हुए पैगंबर मुहम्मद के हदीथ निम्न रूप में हैं : 'अल्लाह का शाप उन पर लगता है, जो हलाला के लिए करार करते हैं (यह शाप दोनों के लिए है, यानी जो हलाला करते हैं और जिनके लिए यह किया जाता है)। अल्लाह ने उसको अभिशाप दिया है, जो एक महिला से शादी करता है और उसे तलाक दे देता है ताकि वह अपने पहले शौहर के पास लौट सके।'

सरल रूप में, ऐसी शादी को इस्लाम की कोई स्वीकृति नहीं है। यह उसी तरह है, जैसे ग्रामीण इलाकों में गायों को प्रजनन करने के लिए साँड़ को किराए या भाड़े पर लिया जाता है। विवाद के इस रूप को छोड़कर, कोई प्रजनन नहीं है, सिर्फ

आदमी के लिए मनोरंजन है और महिला के लिए अपमान है। महिला को अपने शौहर की तुनकमिजाजी के कारण कई तरह से पीड़ा सहनी पड़ती है। यह सुराह बकराह की आयत 230 के शब्दों और भाव के खिलाफ है। यह आयत कहती है :

और अगर एक शौहर अपनी बीवी को तलाक दे देता है (तीसरी बार), तो वह तब तक उससे दूसरी बार शादी नहीं कर सकता है, जब तक वह अन्य आदमी से शादी नहीं कर लेती है और वह उसे तलाक नहीं दे देता है। इस सूरत में, यदि वे फिर से एक साथ होते हैं, तो उनमें से किसी पर कोई दोष नहीं लगेगा, बशर्ते वे महसूस करें कि वे अल्लाह द्वारा तय की गई सीमाओं का पालन कर सकते हैं। अल्लाह द्वारा तय की गई सीमाएँ ऐसी हैं, जिन्हें वह उनके लिए सरल कर देता है, जो समझते हैं।

इस आयत को तत्कालीन अरब जगत में मौजूद माहौल की पृष्ठभूमि में देखना पड़ेगा। कई आदमी अपनी महिलाओं को तलाक दे देते थे, उन्हें वापस ले लेते थे और उन्हें फिर तलाक दे देते थे। यह एक खेल बन गया था। यह प्रक्रिया अनगिनत बार चलती थी। कुरान ने इस पर सीमा लगा दी : एक आदमी अपनी बीवी को सिर्फ दो बार तलाक दे सकता है। अगर वह तीसरी बार तलाक देता है, तो वह उसे वापस नहीं ले सकता। वह (बीवी) अपनी पसंद के किसी आदमी से विवाह करने के लिए स्वतंत्र है। महज चंद कानूनी विशेषज्ञों ने हलाला के प्रावधान को उसके शब्द और भावना के अनुरूप समझा है। यह महिला को सशक्त बनाने के लिए है।

आज, जिस तरह से हलाला का इस्तेमाल किया जाता है, वह सीमा लगाने के मकसद को खत्म कर देता है। पहले से तय तारीख और समय पर तलाक देने के लिए निकाह करने की इस्लाम में इजाजत नहीं है। यह मुता, एक लघुकालिक विवाह की तरह है, जिस पर फिर त्योरी चढ़ाई जाती है। विवाह एक करार (बॉण्ड) है, जिसे सिर्फ आपवादिक परिस्थितियों में समाप्त किया जा सकता है। महिला कोई खेलने की चीज नहीं है कि रात में उसका आनंद लिया जाए, सुबह में छोड़ दिया जाए और उसे अपने पूर्व शौहर के पास भेज दिया जाए। फिर भी, इस प्रावधान का हमारे समाज में जिस तरह उल्लंघन किया जाता है, वह सर्वाधिक शांतिप्रिय आदमियों को भी क्रोधित कर सकता है। इससे भी बुरी बात है कि अनिष्टकारी व्याख्या उस महिला पर थोपी जाती है, जो पहले ही तुरंत तीन तलाक के दुष्प्रभावों को झेल रही होती है। इस रिवाज में हमेशा महिलाएँ पीड़ित होती हैं। शहरी क्षेत्रों की तुलना में ग्रामीण इलाकों में यह ज्यादा प्रचलित हैं, लेकिन हलाला लागू एक समान तरीके से किया जाता है। एक आदमी गुस्से में आकर तलाक की घोषणा करता है।

कुछ समय बाद जब उसका गुस्सा ठंडा पड़ जाता है, तो उसे अपनी गलती का अहसास होता है और वह कोई रास्ता निकालने के लिए स्थानीय मौलाना के पास जाता है। शौहर अब सुलह करना चाहता है। वह (महिला) भी इच्छुक है। मर्द द्वारा अकसर तर्क दिया जता है कि उसका आशय तीन तलाक नहीं था, बल्कि सिर्फ एक तलाक देना था, जिसे पलटा जा सकता है, या यह दलील दी जाती है कि जब उसने तीन भयावह शब्दों की घोषणा की तो वह अपने होशो-हवास में नहीं था। फिर भी, जब मौलाना से मशविरा किया जाता है, तो शायद ही वह कभी यह फैसला करता है कि कुरान में निर्धारित प्रकिया का अनुसरण किए बगैर एक बार में दिया गया तुरंत तीन तलाक बस एक तलाक है, जिसे पलटा जा सकता है। वह (मौलाना) वैसा नहीं करता, जैसा कि पैगंबर ने ऐसी स्थिति में किया था। पैगंबर ने एक आदमी, जिसने इसी तरह से अपनी बीवी को तलाक दे दिया था, को यह इजाजत दे दी कि यदि वह चाहे तो अपनी बीवी के पास वापस जा सकता है और इस तरह उसे अपने विवाह को बहाल करने का एक मौका दिया। अधिकांश मौलाना दंपती से यह कभी नहीं पूछते कि क्या वे अपने विवाह को बहाल करना चाहेंगे। वे तो बस तुरंत तीन तलाक को मान्य करार देते हैं, जिसे पलटा नहीं जा सकता है, हालाँकि वे इसे तलाक-ए-बिद्दत मानते हैं, यानी पापपूर्ण तलाक। तर्क और विवेक की बात है कि यदि कोई चीज पापपूर्ण है, तो धर्मग्रंथ द्वारा इसकी इजाजत कैसे दी जा सकती है? यहाँ तक कि हलाला के मौजूदा रिवाज को कुरान द्वारा समर्थन प्राप्त नहीं है।

❑

6
बहुविवाह पर कुरान

और यदि तुम्हें डर है कि तुम अनाथों के साथ उचित व्यवहार नहीं कर सकते हो, तो जो महिलाएँ तुम्हें अच्छी लगती हैं, उनसे शादी कर लो : दो या तीन या चार। अगर तुम्हें भय है कि तुम उनके साथ न्यायपूर्ण व्यवहार नहीं कर पाओगे, तो सिर्फ एक के साथ शादी करो, या उनमें से शादी करो, जो तुम्हारे दाहिने हाथ के कब्जे में हैं। इससे यह ज्यादा संभावना बनती है कि तुम अन्याय से बचोगे।

—आयत 3, सुराह निसा

तुम अपनी बीवियों के साथ पूरी तरह न्याय नहीं कर पाओगे, भले ही ऐसा करने की तुम्हारी दिली इच्छा हो। यह पर्याप्त है (अल्लाह के नियम का पालन करने के लिए) कि तुम किसी एक के प्रति पूरी तरह नहीं झुक जाओ और बाकी को अधर में छोड़ दो। अगर तुम सही ढंग से काम करते हो और अल्लाह से डरते हो, तो निश्चित रूप से अल्लाह सबसे क्षमावान और दयालु हैं।

—आयत 129, सुराह निसा

कुरान के अध्याय चार की ये आयतें, जैसा कि जाहिर है, बहुविवाह के संदर्भ में हैं। ये एक आदमी को चार महिलाओं के साथ शादी करने की इजाजत देती हैं। उसे यह निर्देश दिया जाता है कि वे उनके प्रति न्यायपूर्ण एवं सम्मानजनक व्यवहार करें। अगर वह ऐसा करने में समर्थ नहीं है, तो उसे सलाह दी जाती है कि वह सिर्फ एक महिला से शादी करे।

सायरा बानो बनाम भारत सरकार एवं अन्य केस में, याचिकाकर्ताओं ने उच्चतम न्यायालय से कहा कि बहुविवाह को, तलाक-ए-बिद्दत और निकाह हलाला के साथ ही इस आधार पर अवैध और असंवैधानिक घोषित कर दिया जाए, क्योंकि वे उन अधिकारों का उल्लंघन करते हैं, जो भारत के संविधान के अनुच्छेद 14,15, 21 और 25 के तहत सुनिश्चित किए गए हैं।

अदालत ने तब केवल तुरंत तीन तलाक के मसले पर सुनवाई की और निकाह, हलाला व बहुविवाह को भविष्य के लिए छोड़ दिया।

सायरा बानो ने दलील दी कि माननीय अदालत ने प्रकाश बनाम फूलवती, जावेद एवं अन्य बनाम हरियाणा एवं अन्य, (2003) 8 एस.सी.सी. 369 और श्रीमती सरला मुद्गल, अध्यक्ष कल्याणी एवं अन्य बनाम भारत सरकार एवं अन्य (1995) 3 एस.सी.सी. 635 जैसे केसों में जो फैसले दिए हैं, यदि उनका अवलोकन कर लिया जाए तो उससे निम्न जाहिर होता है :

बहुविवाह की प्रथा को सार्वजनिक नैतिकता के लिए हानिकारक बताया गया है और इसे सरकार द्वारा उसी तरह प्रतिबंधित किया जा सकता है, जिस प्रकार यह मानव बलि या सती प्रथा को प्रतिबंधित कर सकती है। दरअसल, खुर्शीद अहमद खान बनाम उत्तरप्रदेश सरकार एवं अन्य, (2015) 8 एस.सी.सी. 439 केस में इस माननीय (उच्चतम) न्यायालय ने यह भी नजरिया जाहिर किया था कि जिन रिवाजों या प्रथाओं की इजाजत दी गई है या जिन पर प्रतिबंध नहीं लगाया गया है, वे धार्मिक रिवाज या धर्म के एकात्मक मत नहीं बन जाते हैं,एक प्रथा या रिवाज को महज इस आधार पर धर्म की स्वीकृति नहीं मिल जाती कि इसकी इजाजत दी गई है। तदनुरूप यह अपील की जाती है कि सार्वजनिक व्यवस्था और स्वास्थ्य के हक में बहुविवाह पर प्रतिबंध लंबे समय से वक्त की जरूरत है। आगे यह भी सामने रखा जाता है कि इस माननीय अदालत ने पहले ही यह दृष्टिकोण व्यक्त किया है कि बहुविवाह धर्म का अभिन्न हिस्सा नहीं है और अनुच्छेद 25 महज धार्मिक विश्वास की रक्षा करता है, न कि उन रिवाजों की, जो सार्वजनिक व्यवस्था, नैतिकता या स्वास्थ्य के खिलाफ जा सकते हों।

याचिकाकर्ता चाहते थे कि सर्वोच्च न्यायालय बहुविवाह पर प्रतिबंध लगा दे, क्योंकि यह महिला विरोधी माना जाता है। यह ऐसी प्रथा है, जो पत्नी की स्थिति और भारत के एक नागरिक के रूप में उसके मूलभूत अधिकारों के साथ समझौता करती है।

फिर, दो प्रतिवादियों, जाफिया सोमान और नूरजहाँ साफिया नियाज ने दलील दी कि ये आयतें तत्कालीन अरब जगत में मौजूद विशेष परिस्थितियों के लिए बनाई गई थीं। उन्होंने माना कि वे आज लागू नहीं होतीं।

नूरजहाँ कहती हैं, "कुरान में ऐसी आयतें हैं, जो चार बार शादी की इजाजत देती हैं (4:3)। यह खास आयत एक प्रसंगगत आयत है, जो उहुद की जंग के बाद तब सामने आई थी, जब बड़ी तादाद में मर्द मारे गए थे और अनेक महिलाएँ विधवा और अनाथ हो गई थीं। उनकी संपत्ति की रक्षा करने और उनके साथ अन्याय को रोकने के वास्ते यह खास आयत सामने आई थी, इसका एक खास प्रसंग है।" नूरजहाँ ने दलील दी कि इसी सुराह में एक अन्य आयत है, जिसकी मानवीय सुसंगति है। "यह आयत (4:129) एक मानवीय आयत है, जो सर्वकालिक है। कुरान में ऐसी कई आयतें हैं, जो प्रसंगगत हैं, जो उस समय की खास स्थिति से निपटने के लिए सामने आईं, लेकिन ऐसी भी आयतें हैं, जो एक बेहतर और न्यायपूर्ण समाज की ओर बढ़ने में मदद देने के लिए हैं। यह कहती है कि यदि तुम्हारी प्रबल इच्छा हो कि अपनी अनेक बीवियों के साथ समान व्यवहार करें, तो भी तुम कर नहीं सकते हो, इसलिए एक से ही शादी करो। दुःख की बात है कि तमाम प्रसंगगत आयतों को तो उद्धृत किया जाता है, लेकिन बेहतर समाज की ओर जाने के कुरान के दृष्टिकोण की खामोशी से अनदेखी कर दी जाती है।"

जब याचिकाकर्ताओं ने निकाह हलाला पर प्रतिबंध लगाने की माँग की तो वे ठोस जमीन पर खड़े थे, क्योंकि कुरान में कहीं भी हलाला का उल्लेख नहीं है, खासकर यह जिस तरह हमारे देश में लागू किया जाता है। बहरहाल, जब बहुविवाह पर आयतों की बात आती है, तो उनकी स्थिति उतनी मजबूत नहीं रहती। अलबत्ता, संबंधित आयतों के खास लक्ष्यों और मकसदों की व्याख्या करने की गुंजाइश रहती है।

कथित आयतों पर विशेष अथवा तत्काल बनाम अनंतकाल वाली बहस को किनारे करते हुए, देश में निकाह और तलाक के इतिहास पर सामान्य नजर डालें, तो तसवीर साफ हो जाएगी। राज्य (सरकार) अथवा अदालत से किसी प्रतिबंध की कोई जरूरत ही नहीं पड़ेगी। जब विवाह संपन्न किया जा रहा हो, तो ऐसी शर्त निकाहनामा में रखी जा सकती है। दरअसल, यह सदियों से किया जाता रहा है। दिल्ली सल्तनत से लेकर मुगलकाल तक, बहुविवाह अथवा द्विविवाह पर पाबंदी रही है। इस बात के सबूत हैं कि ऐसी शर्तें विविध निकाहनामों में शामिल की जाती

थीं, जो एक और बीवी रखने पर प्रतिबंध लगाती थीं। अगर निकाह के बाद आदमी इस शर्त का उल्लंघन करता था, तो विवाह भंग हो जाता था। कुछ मामलों में, आदमी को दूसरी बीवी रखने की इजाजत दी गई, लेकिन इसमें कुछ निश्चित शर्तें लागू होती थीं। अकसर, दूसरी बीवी अलग रहती थी और किसी भी अवसर पर पहली बीवी की अनुमति के बगैर वह उसके निवास पर नहीं आती थी।

डॉ. कौसर इडप्पागाथ, जो केरल में जिला एवं सत्र न्यायाधीश थे, ने अपनी पुस्तक 'डाईवोर्स एंड जेंडर इक्विटी इन मुस्लिम पर्सनल लॉ ऑफ इंडिया' में चर्चित सैनुद्दीन बनाम लतीफान्नीसा बीवी केस का उल्लेख किया, जहाँ शौहर ने निकाहनामा में तलाक देने की शक्ति अपनी बीवी को दे रखी थी। निकाहनामे में सैनुद्दीन इसके लिए राजी हुआ था कि वह अपनी पहली बीवी की सहमति के बगैर दूसरी बीवी से शादी नहीं करेगा, बीवी के साथ मारपीट या गलत व्यवहार नहीं करेगा और उसे अपने माँ-बाप के पास जाने की इजाजत देगा। जब शौहर ने दूसरी बार शादी की, तो उसकी बीवी उसे छोड़कर चली गई। शौहर ने अपने वैवाहिक अधिकार बहाल करने के लिए केस कर दिया। इस पर निकाह के वक्त तलाक देने का बीवी को जो अधिकार मिला था, उसका मुस्लिम कानून के अनुसार इस्तेमाल करते हुए उसने खुद को तीन बार तलाक दे दिया। अदालत ने उसकी अपील या दलील को स्वीकार किया कि वह अब उसकी बीवी नहीं है, इसलिए वैवाहिक (सहवास करने) अधिकार की बहाली का मामला नहीं बनता।

इसी तरह, कलकत्ता हाईकोर्ट ने बदरुन्निसा बनाम मफियातल्ला केस में माना, जहाँ शौहर ने अपनी बीवी के साथ निजी करार किया हुआ है कि यदि वह उसके जीवनकाल में उसकी सहमति के बगैर दूसरी बार शादी करता है और बीवी यह सबूत दे देती है कि उसके शौहर ने उसकी सहमति के बगैर दूसरी बार शादी की है तो वह तलाक के लिए अधिकृत है।

संयोगवश, तलाक-ए-तफवीज प्रचलित है और देशभर में इसका सम्मान किया जाता है। जैसा कि डॉ. इडप्पागाथ द्वारा कहा गया है, यह पूरी तरह लागू करने योग्य है। मुस्लिम पर्सनल लॉ (शरीयत) एप्लीकेशन एक्ट, 1937 विशेष रूप से तलाक के इस रूप का उल्लेख करता है। यदि निकाह के लिए एक विवाह को शर्त बना लिया जाता है, तो आयतों के ब्योरे या उसकी उपयुक्तता पर बहस शांत हो जाती है। बहरहाल, इस्लामी विद्वानों के बीच नूरजहाँ और जाफिया सोमान की दलीलों के लिए कोई समर्थन नहीं है। 'तफ्सीर इब्न काथिर' में यह कहा गया है कि

अल्लाह ने बीवियों की संख्या चार तक सीमित रखी, क्योंकि उस वक्त कई आदमी अनेक बीवियाँ, कभी-कभी तो सैकड़ों बीवियाँ रखने के शौकीन हो गए थे, जैसा कि 'तफ्सीर इब्न काथिर' जाहिर करता है—

जैसा कि आयाह आदेश देता है, फिर भी आदमियों के लिए चार से ज्यादा बीवियाँ रखने पर पाबंदी है। जैसा कि इब्न अब्बास और अधिकतर (इस्लामी) विद्वान कहते हैं, चूँकि आयाह स्पष्ट करता है कि मर्दों के लिए चार बीवियों की इजाजत है…इमाम अहमद ने दर्ज किया कि सलीम ने कहा कि उसके बाप ने बताया कि घिलन बिन सलमाह अथ—थफाकी जब मुस्लिम बना तो उसकी दस बीवियाँ थीं और पैगंबर ने उससे कहा, "इनमें से कोई चार चुन लो (और बाकी को तलाक दे दो)।" उमर के शासनकाल में, घिलन ने बाकी बची बीवियों को भी तलाक दे दिया और अपने पैसों को बच्चों (तीन) के बीच बाँट दिया। जब उमर ने इस बारे में सुना, तो उन्होंने घिलन से कहा, "उसकी कनसुइया के दौरान शैतान ने जो कुछ सुना, उससे मैं सोचता हूँ कि शैतान ने तुम्हारे दिल को तुम्हारी आसन्न मौत की खबर बता दी है…अल्लाह की कसम! तुम अपनी बीवियों और अपने पैसों को वापस लोगे, अन्यथा मैं इस सब पर कब्जा कर लूँगा।"

इसलिए यदि मर्दों को एक से ज्यादा बीवियाँ—चार बीवियों तक रखने की इजाजत दी गई—तो ऐसा जीवन और संपत्ति के नुकसान के कारण, जैसा कि उहुद की जंग में हुआ था, सिर्फ खास परिस्थितियों में इजाजत दी गई थी, तो पैगंबर और खलीफा ने घिलन से कहा होता कि वह सिर्फ एक बीवी रखे। यह तथ्य कि पैगंबर ने उससे चार बीवियाँ रखने को कहा, यह सिद्ध करता है कि एक आदमी को सामान्य परिस्थितियों में चार महिलाओं के साथ शादी करने की इजाजत है। पैगंबर के आदेश का समर्थन खलीफा के फैसले द्वारा भी किया गया, क्योंकि उन्होंने घिलन को बाकी तीन बीवियों को तलाक देने के उसके फैसले के लिए फटकारा और गंभीर परिणाम भुगतने की चेतावनी दी। अगर खलीफा भी सोचते कि एक आदमी को सिर्फ एक महिला से शादी करने की अनुमति है, तो उन्होंने तीन महिलाओं को तलाक दे देने के लिए घिलन की तारीफ की होती।

फिर, जैसा कि सईद अब्दुल अला मावडुडी (जफर इशाक अंसारी द्वारा अनुवादित) द्वारा 'टुवड्र्स अंडरस्टैंडिंग कुरान' में कहा गया कि इस्लामी इतिहास में इस बात को पुष्ट करनेवाले अन्य दृष्टांत हैं कि सुराह निसा की कथित आयतें आनेवाले हरेक काल के लिए हैं। आयत 3 के बारे में वे तीन नजरिये देते हैं, जिनमें

से एक पैगंबर की बीवी आइशा का है। कहते हैं, उन्होंने कहा—

…आदमी उन अनाथ लड़कियों के साथ शादी करना चाहते थे, जो उनके अभिभावकत्व में होती थीं। इसके पीछे या तो उनकी संपत्ति, खूबसूरती का खयाल होता था या वे सोचते थे कि वे अपनी इच्छा (सनक) के अनुसार उनके साथ व्यवहार कर सकेंगे, क्योंकि उनकी रक्षा करनेवाला कोई नहीं था। विवाह के बाद, ऐसे आदमियों ने इन लड़कियों पर कभी-कभी कुछ ज्यादतियाँ कीं। इसी संदर्भ में मुसलमानों से कहा गया कि यदि उन्हें भय है कि वे अनाथ लड़कियों के साथ न्याय नहीं कर पाएँगे, तो उन्हें उन अन्य लड़कियों के साथ शादी कर लेनी चाहिए जिन्हें वे पसंद करते हैं।

इसी सुराह की आयत 127 से भी इस व्याख्या को समर्थन मिलता है। माननीय विद्वान् इब्न अब्बास और उनके शिष्य इक्रिमाह का दृष्टिकोण ज्यादा स्पष्ट है। जैसा कि मावडुडी ने प्रस्तुत किया, उन्होंने निम्न मत जाहिर किया—

जहिलियाह (अज्ञानता) की अवधि में इस बात की कोई सीमा नहीं थी कि कोई आदमी कितनी बीवियाँ रख सकता है। परिणामस्वरूप, कभी-कभी एक आदमी ने दस-दस महिलाओं से शादी कर ली और जब बड़े परिवार की वजह से खर्चे बढ़ गए, तो उसने अपने अनाथ भतीजों या अन्य रिश्तेदारों के अधिकारों का अतिक्रमण किया। इसी संदर्भ में अल्लाह ने चार बीवियों की सीमा तय कर दी और मुसलमानों को निर्देश दिया कि वे ज्यादा-से-ज्यादा चार महिलाओं से शादी कर सकते हैं, बशर्ते वे उनके साथ समान व्यवहार करने का सामर्थ्य रखते हों।

सुराह अपने शौहर के हाथों महिला को सम्मानजनक एवं न्यायपूर्ण व्यवहार के अधिकार को मान्यता देता है, जैसा कि मावडुडी ने कहा—

मुस्लिम न्यायविद् सहमत हुए कि इस आयत के अनुसार बीवियों की अधिकतम संख्या चार तय कर दी गई है। इस निष्कर्ष का इस्लामी परंपरा द्वारा भी समर्थन किया जाता है। यह बताया गया कि जब घिलन, तैफ के प्रमुख ने इस्लाम अपनाया, तो उसकी नौ बीवियाँ थीं (एक अन्य टीका के अनुसार, यह संख्या दस थी)। पैगंबर ने उसे आदेश दिया कि वह सिर्फ चार बीवियों को रखे और बाकी को तलाक दे दे। एक अन्य व्यक्ति नावफल बी. मुवियाह की पाँच बीवियाँ थीं। पैगंबर ने उसे आदेश दिया कि वह उनमें से एक को तलाक दे दे। यह आयत अनुबंध लगाती है कि ज्यादा बीवियों के साथ शादी करने की सिर्फ इसी शर्त पर इजाजत है कि वह अपनी बीवियों के साथ समान व्यवहार करेगा। एक व्यक्ति, जो अल्लाह द्वारा दी

गई इजाजत के अनुसार कई बीवियाँ रखता है और अल्लाह द्वारा तय इस शर्त का मान नहीं रखता है कि वह उनके साथ एकसमान व्यवहार करे, तो वह अल्लाह के साथ विश्वासघात करता है।

कई बीवियाँ रखने के बारे में एक हदीथ भी है। कहते हैं, पैगंबर ने कहा : 'अगर किसी की दो बीवियाँ हैं और वह उनके साथ न्यायपूर्ण व्यवहार नहीं करता है, तो वह कयामत के दिन पक्षाघात से पीड़ित शख्स के रूप में सामने आएगा।'

हाँ, कुरान बहुविवाह पर रोक लगाने का मकसद नहीं रखती। इसने इसके मनमाने, निर्बाध, चुनौतीहीन रिवाज पर पाबंदी लगाई। एक आदमी को चार महिलाओं के साथ शादी की इजाजत दी गई, लेकिन यदि वह उन सभी से समान व्यवहार करने में असमर्थ हो, तो उसे सलाह दी गई कि वह बस एक महिला से शादी करे। इसने न तो बहुविवाह को अनिवार्य बनाया और न ही इस पर प्रतिबंध लगाया। एक महिला, जो अपने शौहर को साझा नहीं करना चाहती है, वह अपने निकाह के वक्त इस प्रावधान को शामिल करने के लिए स्वतंत्र है। यही बात आदमी के लिए है—वह ऐसी पूर्व शर्त के लिए राजी हो सकता है या उसे ठुकरा सकता है। अगर वह महसूस करता है कि वह उन सभी के साथ समान व्यवहार नहीं कर सकता है, तो बेहतर यही होगा कि वह अपना सारा प्यार, ध्यान और समय एक महिला को ही दे। यह उसके लिए बेहतर होगा।

❑

7

एक महिला का तलाक देने का अधिकार

एक सुविधाजनक, घिसी-पिटी छविवाली दुनिया में, मुस्लिम महिला को एक असहाय, बिसूरते इनसान के रूप में देखा जाता है, जिसके सिर पर वर्षों के वैवाहिक जीवन के बावजूद तीन तलाक का खतरा मँडराता रहता है। अखबार पढ़नेवाले लगभग तमाम पुरुषों और महिलाओं ने तीन तलाक के बारे में पढ़ा होगा, मगर ऐसे बहुत लोग नहीं होंगे, जिन्होंने तलाक देने के महिलाओं के अभिन्न अधिकार, खुला के बारे में सुना होगा। इससे भी बुरी बात है कि मुस्लिम महिलाएँ तक इस अधिकार से वाकिफ नहीं प्रतीत होती हैं। चीजें तब निराशाजनक हो जाती हैं, जब यह महसूस होता है कि जिन लोगों को खुला के बारे में जानकारी है, वे भी इसके प्रावधानों को लेकर स्पष्ट नहीं हैं। इस बार कोई एक राय नहीं है कि यह केवल महिला का अधिकार है, अथवा जैसा कि पुरुष प्रभुत्व के कुछ पैरोकार मानते हैं, अलग होने का यह अधिकार पति-पत्नी दोनों का पारस्परिक अधिकार है।

खुला के तहत, एक महिला को मर्द के समान ही शादी भंग करने का हक होता है। इतना ही नहीं, तलाक को प्रभावी करने के लिए उसे कोई खास आधार बताने की भी जरूरत नहीं है। उसे परेशान किए जाने या दुर्व्यवहार का भी कोई सबूत नहीं देना है। किसी को अपने शौहर का चेहरा पसंद नहीं हो तो यह भी खुला के जरिए तलाक देने का पर्याप्त कारण हो सकता है, जैसा कि इस्लामी इतिहास में यह सिद्ध है। एक चर्चित हदीथ में यह कहा जाता है कि एक महिला पैगंबर के पास आई और उसने घोषणा की कि वह अपने शौहर को तलाक देना चाहती है। पैगंबर ने उसे अपने फैसले पर पुनर्विचार करने को कहा। इस पर, उसने पैगंबर से पूछा कि यह उनकी सिफारिश है या निर्देश है। पैगंबर ने कहा कि यह सिर्फ एक सिफारिश है। महिला ने जब सिफारिश नामंजूर कर दी और उसे खुला की मंजूरी मिल गई।

पैगंबर के वक्त की एक चर्चित घटना है। जमीला नाम की एक महिला थी, जो सबित बिन कुआयस की बीवी थी। उसका शौहर जिस तरह का दिखता था, उससे वह घृणा करती थी। बहरहाल, शौहर उसे बेहद पसंद करता था। महिला ने पैगंबर से कहा, "अगर मुझे अल्लाह का भय नहीं होता तो जब भी वह मेरे पास आता था, मैं उस पर चोट करती।" इस पर पैगंबर ने शौहर से कहा कि उसे जो बाग पेश किया गया है, उसे वापस ले लो और जमीला को तलाक दे दो। यह दृष्टांत दरशाता है कि पैगंबर एक मुस्लिम बीवी के तलाक देने के अधिकार को मानते थे। जब यह स्पष्ट हो जाए कि दोनों पक्ष अल्लाह द्वारा तय सीमाओं में नहीं रह सकते हैं, तो महिला तलाक ले सकती है। इससे विदित होता है कि पैगंबर के समय में एक महिला को कितनी आजादी मिली हुई थी। वस्तुतः, खुला का अस्तित्व तब से है, जब से कुरान है और यह संभवतः इतिहास की पहली ज्ञात घटना है, जहाँ एक महिला को शादी को भंग करने का हक दिया गया है।

कोई भी काजी महिला के फैसले को खारिज नहीं कर सकता है और न ही वह उसकी काररवाई में कारणों के बारे में पूछताछ कर सकता है, यहाँ तक कि वह यह भी नहीं कह सकता कि वह अपने फैसले पर पुनर्विचार करे। इस तलाक को प्रभावी होने के लिए उसे किसी काजी, किसी मध्यस्थ की जरूरत नहीं है। काजी को बस इतना करना है कि वह सुविधा मुहैया करानेवाले की भूमिका निभाए और यह सुनिश्चित करे कि जुदाई अप्रिय न हो। खुला के तहत, एक महिला को तलाक लेने की अपनी मंशा जाहिर करनी होती है और शौहर को राजी होना होता है। अगर वह नहीं मानता है, तो मामला काजी के समक्ष पेश किया जा सकता है और काजी महिला के फैसले को अमान्य नहीं ठहरा सकता। काजी को बस यह पक्का करना होता है कि वह (महिला) इस बारे में गंभीर है। वह तब आदमी से कहता है कि वह महिला को विवाह-बंधन से मुक्त कर दे। इसके लिए कोई आधार नहीं बताना है। आदमी इनकार नहीं कर सकता है। यह सरल, न पलटने योग्य, तुरंत तलाक है। पूरी प्रक्रियाओं में, जिसमें काजी भी शामिल है, एक महीने से ज्यादा वक्त नहीं लगता। यह हमारी लोक अदालतों से भी तीव्र है।

जब मर्द द्वारा तलाक की घोषणा की जाती है, वैसा खुला में नहीं होता। खुला के प्रभावी होने पर महिला अपने शौहर के साथ नहीं रहती। तेवर ठंडे पड़ने या फैसले पर पुनर्विचार करने का कोई वक्त नहीं है और खुला के बाद बीवी के लिए यह कतई जरूरी नहीं है कि वह अपने शौहर के साथ रहे। ऐसा उसकी पवित्रता

की रक्षा के लिए किया जाता है, क्योंकि खुला के बाद उसका पूर्व पति उसके लिए अजनबी माना जाता है। अगर वह उसके साथ ठहरे, तो शारीरिक रूप से ज्यादा ताकतवर होने के नाते वह उसे दबा सकता है, जिससे हालात और बिगड़ जाएँगे और यह दोनों पक्षों के लिए ज्यादा कष्टकारी होगा।

खुला का फैसला किए जाने के पूर्व यदि आदमी ने अपनी बीवी को महर का भुगतान नहीं किया है, तो वह इसकी माँग नहीं कर सकती। कुछ न्यायविद् महसूस करते हैं कि यदि शौहर ने महर का भुगतान कर दिया है, तो बीवी को उसे वापस कर देना चाहिए। बहरहाल, अन्य लोग इस तथ्य को इंगित करते हैं कि कुरान आदमियों को उदार होने के लिए कहता है और कोई भी उपहार, जो उसने बीवी को खुशहाली के दिनों में दिए हों, उसे वापस नहीं लेने के लिए कहता है। कुरान, सुराह बकराह की आयत 229 के एक हिस्से के जरिए तसवीर साफ करती है। यह कहती है—

> *यह वैध नहीं है कि आप (मर्द) कोई भी उपहार वापस लें (अपनी बीवियों से)। सिवा इसके जब दोनों पक्षों को भय हो कि वे अल्लाह द्वारा तय सीमाओं का पालन नहीं कर सकेंगे। अगर आपको (जजों को) डर है कि वे अल्लाह द्वारा तय सीमाओं का पालन नहीं कर पाएँगे, तो यदि बीवी अपनी आजादी के लिए कुछ देती है तो किसी भी पक्ष पर कोई दोष नहीं लगेगा।*

जैसा कि मशहूर इस्लामी विद्वान् मौलाना मुहम्मद अली इसे पेश करते हैं, 'ये शब्द बीवी को तलाक का दावा करने का हक देते हैं। यह इस्लाम की एक उल्लेखनीय खासियत है कि यदि वह अपने दहेज को पूर्ण या आंशिक रूप से छोड़ देने को तैयार है, तो बीवी को तलाक का दावा करने का अधिकार है।'

खुला मौखिक रूप से लागू हो सकता है या एक लिखित दस्तावेज, जिसे खुलानामा कहते हैं, के जरिये कार्यान्वित हो सकता है। तलाक की तरह इसे भी अंतिम उपाय के तौर पर देखा जाना चाहिए। जब महिला महसूस करे कि वह धर्मग्रंथ द्वारा तय सीमाओं को नहीं निभा पाएगी, तो वह खुला ले सकती है।

नामी इस्लामी विद्वान् मौलाना मावडुडी ने 'हुकुक-अल-जावजैन' में लिखा—

> *इस्लामी कानून मर्दों और महिलाओं के तलाक देने के अधिकारों के बीच एक खूबसूरत संतुलन रखता है। यह भारी गलती है कि हमने व्यावहारिक रूप से अपनी महिलाओं से खुला का हक वापस ले लिया है। हमने इस तथ्य का तनिक भी ध्यान नहीं रखा कि शरीयत तलाक के बराबर उन्हें जो अधिकार देता है, उसे उस हक से महरूम करना एकदम गैर-इस्लामी है। यह वाकई*

शरीयत का मखौल है कि हम खुला को कुछ ऐसा मानते हैं कि यह या तो शौहर की सहमति या काजी के फैसले पर निर्भर करता है। मुस्लिम महिलाओं को इस मामले में जिस तरह उनके अधिकार से वंचित रखा जाता है, उसके लिए इस्लाम का कानून जिम्मेदार नहीं है।

फिर भी, खुला की हमारे सामाजिक-राजनीतिक एवं मीडिया के क्षेत्रों में काफी अनदेखी की जाती है। मीडिया खुला पर यह रोशनी नहीं डालता है कि यह शरीया का एक कम जाना-पहचाना पहलू है, जो महिलाओं की मदद कर सकता है। इसकी बजाय मीडिया आमतौर पर मुस्लिम महिलाओं को ऐसे दुर्बल प्राणी के रूप में पेश करता है, जिसे धर्म और समाज, दोनों द्वारा अपने अधिकारों से वंचित रखा गया है और सच कभी सामने नहीं आता। अर्ध-शिक्षित मौलाना भी कोई मदद नहीं करते। वे शायद ही अपने विद्यार्थियों को कुरान की आयतों के अर्थ बतलाते हैं और अकसर खुद ही अनभिज्ञ रहते हैं। महिलाओं से यह कभी नहीं कहा जाता कि इस्लाम ने उन्हें ये शक्तियाँ दी हुई हैं। इसलिए अधिकतर काजियों के यहाँ ऐसी काफी शिकायतें पड़ी होती हैं, जिसमें एक शौहर अपने तुरंत तीन तलाक को खारिज कराने के लिए लड़ रहा होता है, लेकिन इसकी अपेक्षा ऐसी शिकायतें काफी कम होती हैं, जिसमें बीवियों ने खुला ले लिया है और काजी से औपचारिक कागजात की प्रतीक्षा कर रही हैं। बहरहाल, ऐसे कई माामले हैं, जब महिलाओं ने विवाह-बंधन से मुक्त होने के लिए कानूनी अदालतों की शरण ली है, जबकि मर्द अकसर अपने वैवाहिक अधिकारों की बहाली के लिए अदालतों में शिकायतें लेकर जाते हैं।

खुला, तलाक का एक रूप है, जिसे भारतीय कानून द्वारा मान्यता प्राप्त है। मुस्लिम पर्सनल लॉ (शरीयत) एप्लीकेशन एक्ट, 1937 बीवी द्वारा शुरू किए गए तलाक के एक रूप में इसका जिक्र करता है। डॉ. इडप्पागाथ अपनी पुस्तक में इंगित करते हैं, 'मुस्लिम विवाहों एवं तलाक के पंजीकरण के सरकारी नियम असम, बिहार, मेघालय, ओडिशा और पश्चिम बंगाल में लागू हैं और इन राज्यों में खुला के रजिस्ट्रेशन की भी सुविधा है।'

बहरहाल, भारतीय अदालतें अकसर खुला के लिए तलाक के वास्ते शौहर की सहमति पर निर्भर करती हैं। जैसा कि इडप्पागाथ बताते हैं :

इलाहाबाद उच्च न्यायालय ने भी यही नजरिया अपनाया और कहा कि 'एक मुस्लिम बीवी द्वारा दर्ज किया गया यह केस कि उसका शौहर उसे खुला दे, सिर्फ शौहर का काम है और इस शक्ति का इस्तेमाल करने का मामला पूरी तरह उसके

अपने विवेक के अधीन है और मुस्लिम कानून के तहत बीवी द्वारा अपने अधिकार के रूप में माँग नहीं की जा सकती है।'

यह इस्लामी प्रावधान की ऐसी व्याख्या है, जो महिलाओं के हितों और पैगंबर की परंपरा के भी खिलाफ जाती है। यह महिलाओं के एक स्थापित हक के साथ छेड़छाड़ करती है।

सरल रूप में कहें, तो खुला महिला का तलाक का अभिन्न अधिकार है। जैसे ही शौहर राजी हो जाता है, यह एक न पलटे जानेवाले तलाक के रूप में प्रभावी हो जाता है और शौहर सहमति देने से इनकार नहीं कर सकता है।

❑

8

उसके लिए अन्य रास्ते

माननीय उच्चतम न्यायालय ने अगस्त 2017 में जब तीन तलाक को अमान्य करार दिया, तो इसका गर्मजोशी से स्वागत हुआ, लोगों ने खुलकर खुशी जाहिर की। प्रधानमंत्री नरेंद्र मोदी ने सुप्रीम कोर्ट के 3-2 के बहुमत के फैसले को 'ऐतिहासिक' बताया। उन्होंने कहा, "यह एक ऐसा फैसला है, जो मुस्लिम महिलाओं को समानता देता है और महिला सशक्तीकरण के लिए यह एक ताकतवर हथियार है।" तत्कालीन मुख्य न्यायाधीश जे.एस. खेहर के फैसले के पूर्व कई महीनों से प्रधानमंत्री जन मंचों से इसी तर्ज पर बोलते रहे थे। इसलिए जब अदालत का फैसला आया, तो उन्होंने इसमें मुस्लिम महिलाओं के सशक्तीकरण के लिए एक साधन देखा। उन्होंने कहा कि यह ऐसी चीज है, जो मुस्लिम महिलाओं को बेहद वैवाहिक सुरक्षा प्रदान करेगी। उनकी भावनाओं को उनकी पार्टी के अध्यक्ष अमित शाह ने उपयुक्त ढंग से व्यक्त किया। उन्होंने दोहराया, "यह फैसला मुस्लिम महिलाओं के लिए गर्व और समानता के एक नए युग की शुरुआत करता है।"

जैसे कि कुरान में तुरंत तलाक का वस्तुतः कोई जिक्र नहीं है, उसी तरह अन्य पहलुओं में भी, पवित्र ग्रंथ और पैगंबर के हदीथ महिलाओं को सुरक्षा प्रदान करते हैं। वे कष्टकर विवाह बंधन से मुक्त होने के लिए पुरुषों पर उतनी निर्भर नहीं हैं, जितना व्यापक तौर पर माना जाता है। खुला के बारे में अपेक्षाकृत बेहतर जानकारी है, लेकिन यदि विवाह सही ढंग से नहीं चल रहा है तो इससे बाहर निकलने के लिए महिलाओं के पास अन्य रास्ते भी हैं। एक विवाह को भंग करने का उनका अधिकार मुस्लिम पर्सनल लॉ (शरीयत) एप्लीकेशन एक्ट, 1937 और डिजॉल्यूशन ऑफ मुस्लिम मैरिज एक्ट, 1938 (मुस्लिम विवाह भंग करने का कानून, 1938) द्वारा अच्छी तरह सुरक्षित है। इसके अलावा बेमेल, हिंसक या निंदक शौहरों से छुटकारा

पाने के लिए उनके पास कम-से-कम पाँच उपाय और हैं। इसके दायरे में हर तरह की शर्तें शामिल हैं—दहेज की माँग से लेकर बीवी के चरित्र पर लांछन लगाने या वैवाहिक दायित्वों को पूरा करने में असमर्थता जैसी हर चीज शामिल है।

इन अन्य उपायों में से जिसका सबसे ज्यादा चलन है, वह है तलाक-ए-तफवीज, जिसके तहत शौहर अपनी बीवी को उसे तलाक देने का अधिकार देता है। यह शर्त आदर्श रूप से शादी के वक्त निकाहनामे में लिखी जानी चाहिए और इससे तलाक की दर कम करने में काफी मदद मिल सकती है। दुर्भाग्य से, बमुश्किल ऐसा कोई निकाहनामा तैयार किया जाता है, जिसमें तलाक की यह शर्त शामिल हो। यह भी अहम है कि यदि निकाहनामे में तलाक-ए-तफवीज के लिए जगह हो, तो यह शौहर को दूसरी बीवी लाने से भी रोक सकता है और इससे बहुविवाह सीमित हो सकेगा। निकाहनामे पर दस्तखत करते वक्त, बीवी यह शर्त अनुबंधित कर सकती है कि शौहर कोई दूसरी बीवी नहीं करेगा या कम-से-कम उसके घर में दूसरी बीवी को नहीं लाएगा। यह प्रावधान उसकी आजादी की हिफाजत करेगा और उसे अपने घर को एक अन्य महिला के साथ साझा नहीं करना पड़ेगा। मुगलों के वक्त में भी कई शादियों में यह पूर्व शर्त होती थी। बीसवीं सदी में, भारत की आजादी के पूर्व और बाद, दोनों काल में तलाक-ए-तफवीज के कई न्यायिक केस हुए हैं।

चर्चित सैफुद्दीन शेख बनाम सोनेका बीवी केस में, असम उच्च न्यायालय ने कहा कि काबिन्नामा (Kabinnama) में इस आशय का एक विवाह-पूर्व करार किया जाए कि यदि शौहर अपनी किसी अन्य बीवी को याचिकाकर्ता की सहमति के बगैर साथ रहने के लिए लाता है, तो वह तलाक के अधिकार का इस्तेमाल करने के लिए स्वतंत्र होगी। यह आदेश कलकत्ता उच्च न्यायालय के आदेश के अनुरूप ही था, जिसमें अदालत ने मोहरम अली बनाम आयशा खातून केस में इस तरह के समझौते को सही करार दिया, जिसके तहत यदि शौहर किसी अन्य महिला के साथ शादी करता है तो पहली बीवी को अपने शौहर को तलाक देने का अधिकार होता है।

मुस्लिम महिलाओं को आपसी सहमति के जरिए भी तलाक उपलब्ध है। इसे मुबारात कहते हैं। इसे सुन्नियों और शियाओं द्वारा भी न पलटा जानेवाला तलाक माना जाता है। कोर्ट के बाहर इस तलाक का उल्लेख मुस्लिम पर्सनल लॉ (शरीयत) एप्लीकेशन एक्ट, 1937 में है। यह बहुत कुछ उसी तरह है, जैसे आधुनिक अदालतें झगड़ते हुए दंपती को सलाह देती हैं कि वे कोर्ट के बाहर एक वकील की मौजूदगी में चीजें सुलझा लें। मुबारात द्वारा तलाक में सिर्फ यही फर्क है कि वकील की कोई

जरूरत नहीं होती है।

जिन महिलाओं को अपनी निजता के अतिक्रमण का सामना करना पड़ता हो या इश्कबाज शौहर को झेलना पड़ता हो, वे फस्ख या न्यायिक तलाक के लिए भी आवेदन कर सकती हैं। यहाँ उन्हें एक काजी के सामने आवेदन करना होता है, जो उनके आवेदन पर विवाह को समाप्त कर सकता है। फस्ख के लागू होने के लिए मान्य और गंभीर आधार होने चाहिए—उदाहरण के लिए, जब चार वर्षों से शौहर का अता-पता नहीं हो, जैसा कि कश्मीर में आतंकवाद के चरम के दिनों में हुआ था। कई आदमी वर्षों से लापता थे, जिससे उनकी बीवियाँ अर्ध-विधवा समान हो जाती थीं। ऐसे मामलों में महिला विवाह को समाप्त करवा सकती है और अपने जीवन में आगे बढ़ सकती है। इसी प्रकार, फस्ख का सहारा तब भी लिया जा सकता है, जब शौहर दो वर्षों से गुजारा मुहैया कराने में असफल या अपने वैवाहिक दायित्वों को पूरा करने में असमर्थ रहा हो। दूसरे शब्दों में, यदि शौहर नपुंसक हो तो महिला के लिए यह तलाक का आधार बनता है। इसी तरह यदि शौहर विक्षिप्त या यौन रोग से पीड़ित हो जाता है, तो बीवी फस्ख के जरिए विवाह भंग करवा सकती है। शौहर को अपनी बीवी के प्रति क्रूर होने की इजाजत नहीं थी, जैसा कि मध्यकाल में चलन था। वैवाहिक हिंसा के अलावा, क्रूरता के दायरे में किसी अन्य महिला को घर लाना भी शामिल था। यह बात महत्त्वपूर्ण है। अगर निकाहनामे में द्विविवाह के खिलाफ प्रावधान रख दिया जाता है, तो इससे महिलाओं को अपने विवाह को तलाक-ए-तफवीज या फस्ख के जरिए भंग करने में मदद मिलती है।

यह भी अहम है कि इस्लामी कानून विवाह की निष्ठा और महिला की प्रतिष्ठा की रक्षा करता है। कुरान सुराह नुर की आयत 4 के जरिए कहती है, 'जो पाक, सम्मानीय महिलाओं पर आरोप (अपवित्रता का) लगाते हैं, लेकिन चार गवाह पेश नहीं करते, उन्हें अस्सी कोड़े लगाए जाएँ और इसके बाद उनके कथन पर कभी भी भरोसा न किया जाए। वे दरअसल पापी हैं।' और जो शौहर अपनी बीवियों पर अनैतिक आचरण का आरोप लगाते हैं, उनके लिए आयत 6 कहती है :

जो लोग अपनी बीवियों पर आरोप (अपवित्रता का) लगाते हैं और उनके पास अपने सिवा और कोई गवाह नहीं है, तो वे चार बार अल्लाह की शपथ लेकर कहें कि वे सच बोल रहे हैं (आरोप को लेकर) और पाँचवीं बार कहें कि यदि वे झूठ बोल रहे हों (आरोप को लेकर) तो अल्लाह का कहर उस पर टूटे और उन महिलाओं को दंड से वंचित रखा जाएगा तो चार बार अल्लाह की कसम लेकर

कहें कि आदमी झूठ बोल रहा है और पाँचवीं बार कहें कि अगर आदमी सच हो (आरोप को लेकर) तो अल्लाह का कहर उस पर टूटे।

अगर शौहर अपनी बीवी पर व्यभिचार का आरोप लगाता है और इसके समर्थन में सबूत पेश नहीं कर पाता, तो वह तलाक ले सकती है, जिसे 'लियन' कहते हैं। यह तलाक का एक अलग रूप है, जिसे शरीयत कानून, 1937 द्वारा मान्यता प्राप्त है।

साल 1977 में, नूरजहाँ बीवी बनाम मोहम्मद काजिम अली केस में, शौहर द्वारा बीवी पर झूठे आरोप लगाने का दोषी पाया गया। अपने आरोपों के बारे में सबूत पेश करने में उसके असमर्थ रहने पर, अदालत ने लियन के प्रावधान के तहत बीवी के विवाह को भंग कर दिया। फिर भी, यह ऐसा विकल्प नहीं है, जिसका इस्तेमाल अकसर भारतीय महिलाओं द्वारा किया जाता है। यह बात अतिया साबरी की कहानी से सामने आती है। उसके शौहर ने उस पर झूठे आरोप लगाए, फिर भी वह विवाह-बंधन में बनी रही और शौहर को तुरंत तीन तलाक द्वारा विवाह समाप्त करने का एक मौका दिया। अगर साबरी ने लियन के तहत विवाह भंग करने का विकल्प चुना होता, तो ऐसा वह अपने अधिकार के तहत ही करती। इस स्थिति के लिए अनुकूलन या मुस्लिम समाज की सामान्य अज्ञानता को दोषी माना जा सकता है।

इस्लाम बाल-विवाह में फँसी लड़की को भी सुधार का मौका देता है। अगर किसी लड़की को मासूमियत वाली उम्र में ब्याह दिया जाता है, तो वह वयस्क होने पर इसे रद्द कर सकती है। इस तरह का तलाक यौवनारंभ पर प्रभावी किया जा सकता है और इसे 'ख्यार-उल-बुलुघ' कहते हैं।

❑

9

शियाओं के तलाक के तरीके

शानदार कुरान सार्विक और शाश्वत है। यह पूरी मानवता का ग्रंथ है, जितना मुसलमानों का, उतना ही गैर-मुसलमानों का, जितना एक सुन्नी पर लागू, उतना ही एक शिया पर लागू होता है। तलाक से जुड़े अध्याय और आयतें दोनों ही पंथों के लिए एक समान हैं। जब तलाक के मामलों को तय करने की बात आती है तो शियाओं और सुन्नियों, दोनों द्वारा सुराह बकराह, सुराह निसा एवं सुराह तलाक से आयतें उद्धृत की जाती है। तब सुन्नियों की तुलना में शियाओं में तलाक बेहद मुश्किल क्यों है और इसका चलन कम क्यों है ? इसका जवाब कुरान में है, क्योंकि किसी भी अन्य चीज के पहले वे इसके संदेश से जुड़े रहते हैं।

सुन्नियों का एक तबका, जहाँ खलीफा उमर की प्रशासकीय काररवाई पर काफी जोर देता है, मगर शियाओं के साथ ऐसी समस्याएँ नहीं हैं। इस समुदाय के लिए, किसी भी अन्य चीज से पहले कुरान का अनुसरण किया जाता है, उसको व्यवहार में लाया जाता है और उसे ही आदर्श माना जाता है, यहाँ तक कि वे उन कुछ हदीथ की भी अनदेखी कर देते हैं, जिनकी प्रामाणिकता के बारे में सभी दृढ़तापूर्वक नहीं कह सकते हैं।

तलाक से बचने की कोशिश में पहला कदम शौहर और बीवी के बीच आपस में परामर्श करना है। दंपतियों को सलाह दी जाती है कि वे एक-दूसरे से बातचीत करें और उदारता और क्षमा-भाव से अपने मसलों को सुलझा लें, यहाँ तक कि उन्हें प्रोत्साहित किया जाता है कि महसूस की गई समस्याओं से निपटने के लिए वे एक-दूसरे को जगह दें। यह इतना भी सरल तरीका हो सकता है कि दंपती एक ही बिस्तर पर या एक ही कमरे में न सोएँ। इसमें यह बात भी शामिल हो सकती है कि वे कुछ दिनों के लिए एक-दूसरे से अलग रहें। एक दंपती को

इस सलाह का सम्मान सुन्नियों और शियाओं, दोनों द्वारा किया जाता है। बहरहाल, इसके अगले चरण में, दोनों समुदायों के बीच फर्क पैदा हो जाते हैं।

सुन्नियों के बीच, अगर दंपती किसी समाधान पर पहुँचने में विफल रहते हैं, तो हरेक पक्ष से एक-एक मध्यस्थ नियुक्त किया जाता है। शियाओं के बीच, यह संख्या दोगुनी हो जाती है और हरेक पक्ष से दो गवाह भी होते हैं। इससे सुलह की संभावना का दायरा बढ़ जाता है। ज्यादा लोगों के शामिल किए जाने का मतलब है कि मसले पर ज्यादा लोग विचार-विमर्श करेंगे और सार्वजनिक तलाक के रास्ते पर जाने की बजाय घर की चहारदीवारी के अंदर ही मसले को सुलझाने का अवसर बढ़ेगा। फिर, अकसर समुदाय के नेताओं और इमामों को शामिल किया जाता है। इमामों का समुदाय पर पर्याप्त प्रभाव होता है। वे इसका इस्तेमाल झगड़ते हुए शौहर-बीवी पर करते हैं और उन्हें एक-दूसरे की कमियों को नजरअंदाज करने के लिए और सहवास बहाल करने के लिए कहते हैं। यह सुदृढ़ सामाजिक समर्थन प्रणाली हमेशा सुन्नियों के बीच नजर नहीं आती है। सुन्नियों में तुरंत तीन तलाक अनभिज्ञ दंपतियों के लिए स्वविनाशकारी हथियार हो सकता है।

सुन्नी और शिया, दोनों ही तलाक-ए-अहसन और तलाक-ए-हसन, जो कि तलाक की एक घोषणा है और इसके बाद तीन माह की इद्दत की अवधि होती है और तीन महीने के लिए हर महीने तलाक की घोषणा करनी होती है। बहरहाल, शिया समुदाय में तुरंत तीन तलाक की कोई अवधारणा नहीं है, मगर सुन्नी हनफी तुरंत तीन तलाक का अकसर अनुसरण करते हैं। शियाओं में तलाक के लिए हमेशा फासला (अंतराल) होना चाहिए, हर घोषणा के बीच कम-से-कम एक महीने का अंतर होना चाहिए। स्थानीय इमाम, समुदाय और परिवार के नेताओं द्वारा सुलह कराने में असफल रहने पर, दंपती को अलग होने दिया जाता है, लेकिन किसी भी तलाक के प्रभावी होने के लिए, दंपती की शारीरिक मौजूदगी अनिवार्य होती है। कोई शौहर अपनी बीवी की अनुपस्थिति में उसे तलाक नहीं दे सकता। दो गवाहों की मौजूदगी भी समान रूप से आवश्यक है। इससे लिखित संदेशों, व्हाट्सऐप संदेशों, इ-मेल, स्पीड पोस्ट अथवा टेलीफोन या स्काइप से तुरंत तीन तलाक की बात खत्म हो जाती है। लिखित शब्द तलाक के लिए पर्याप्त नहीं हैं। आदमी द्वारा तलाक की मौखिक घोषणा जरूरी है। शियाओं के लिए तलाक सिर्फ व्यक्त किया जा सकता है या सौंपा जा सकता है—तलाक-ए-तफवीज। बहरहाल, सुन्नियों के लिए यह व्यक्त किया जा सकता है, सौंपा जा सकता है या यहाँ तक कि निहितार्थ हो सकता है। शियाओं में भी शराब के नशे

में (खुद पी हो या दबाव में पी हो) या जबरन तलाक की घोषणा को अमान्य करार दिया जाता है। इसके अलावा, शौहर द्वारा तलाक की घोषणा करने में कोई अस्पष्टता रहती है, तो भी तलाक अमान्य हो जाता है। हनफी सुन्नियों का एक तबका है, जो मानता है कि दिल्लगी में भी तलाक की घोषणा की जाए तो वह एक मान्य तलाक है, लेकिन शिया मानते हैं कि दिल्लगी या मजाक में तलाक की घोषणा न्यायशास्त्र के फिकाह जाफरी स्कूल के तहत मान्य नहीं है। फिर यहाँ सुन्नियों के साथ एक समानता है—एक माह या एक मासिक चक्र में तलाक की सिर्फ एक घोषणा की जा सकती है।

यह महत्त्वपूर्ण है कि यदि मासिक चक्र के दौरान दंपती सहवास कर लेते हैं तो उस मासिक चक्र के दौरान की गई तलाक की घोषणा निरस्त हो जाती है। तलाक की किसी भी घोषणा के लिए, आदमी और औरत को उस अवधि के दौरान शारीरिक संबंध अनिवार्यतः नहीं बनाने चाहिए।

तीन अलग-अलग महीनों में तीन क्रमिक घोषणाएँ तलाक को आखिरी रूप दे देती हैं, जिसे पलटा नहीं जा सकता है। यहाँ सुन्नियों के साथ एक समानता है : आदमी अवधि के दौरान बोलकर या शारीरिक संबंध बनाकर तलाक को समाप्त कर सकता है और तलाक की घोषणा रद्द हो जाती है।

बहरहाल, जब इला की अवधारणा की बात आती है तो दोनों समुदायों के बीच फर्क हो जाता है। सुन्नियों के बीच, एक शौहर यह शपथ ले सकता है कि वह अपनी बीवी के साथ शारीरिक संबंध नहीं बनाएगा। अगर वह जान-बूझकर चार महीने तक अपनी बीवी के साथ शारीरिक संबंध नहीं बनाता है, तो विवाह भंग हो जाता है और इसे पलटा नहीं जा सकता है, मगर शिया के इथना अशरा स्कूल के तहत, इला सिर्फ तभी मान्य होता है, जब कानूनी अदालत का आदेश मिल जाए। चार महीनों के समापन पर, बीवी न्यायिक तलाक के लिए आवेदन कर सकती है या वह वैवाहिक (सहवास का) अधिकार बहाल करने के लिए याचिका दायर कर सकती है। दूसरे शब्दों में शियाओं के बीच, इला शौहर का एक चुनौती-विहीन अधिकार नहीं है।

इसी तरह, जिहर, जो शौहर द्वारा असहज तुलना के कारण तलाक है, के सवाल पर भी शियाओं को घोषणा के वक्त दो गवाहों की मौजूदगी की जरूरत होती है। बहरहाल, यहाँ, सुन्नियों के जैसे ही, शौहर के पास तलाक को खारिज करने के लिए चार महीने का वक्त होता है और इसके लिए उसे बस अपनी बीवी के साथ सहवास करना होता है। अगर वह चौथे महीने के समापन पर ऐसा करना

चाहेगा, तो भी उसके पास यह विकल्प है। बहरहाल, इसके लिए एक शर्त है : उसे दो महीने तक उपवास करना पड़ेगा अथवा कम-से-कम साठ लोगों को भोजन कराना पड़ेगा या एक दास को मुक्त करना होगा।

तलाक की मुबारात प्रणाली में भी दोनों पंथों के बीच एक अंतर है। सुन्नियों के बीच, यदि शौहर और बीवी, दोनों अलग होने को राजी हैं, तो उनकी राह में कोई बाधा नहीं है। बहरहाल, शियाओं के बीच, इसके लिए मान्य कारण होना जरूरी होगा और साथ में एक उपयुक्त फॉर्म भरना होगा। अगर दोनों पक्ष अरबी भाषा जानते हैं, तो उन्हें सब स्पष्ट रूप से लिखना होगा। बहरहाल, एक बार प्रभावी हो जाने पर मुबारात दोनों पंथों के लिए ऐसा तलाक है, जिसे पलटा नहीं जा सकता है। इसमें अदालतों के किसी हस्तक्षेप की जरूरत नहीं होती है। अगर मुबारात की इद्दत की अवधि के दौरान, महिला एक तय रकम देने के वचन से मुकर जाती है तो आदमी भी मेल-मिलाप कर सकता है और बगैर ताजा निकाह के वे शौहर और बीवी बने रहते हैं। तलाक मुबारात के बाद आदमी, महिला से जो रकम प्राप्त करता है, वह महर से कम होनी चाहिए, मगर खुला के तहत यह महर से ज्यादा हो सकती है।

बहरहाल, जब तलाक के मामलों की बात आती है, तो न सिर्फ सामाजिक समर्थन प्रणाली और 'तलाक' शब्द की मौखिक घोषणा को लेकर शिया समुदाय, सुन्नियों से भिन्न है, बल्कि वे पहले चरण, निकाह में भी अलग हैं। शिया समुदाय के सदस्यों के बीच किसी भी निकाह के साथ दो चीजें जुड़ी हुई मानी जाती हैं : अक्द और महर। अक्द में पहले पक्ष द्वारा तैयार विवाह की शर्तें और प्रस्ताव होता है और जिस पर दूसरा पक्ष राजी होता है। महर मोटे तौर पर दहेज या महिला का प्राप्य होता है। हालाँकि तमाम शिया निकाहों में हमेशा यह शर्त पूरी नहीं होती है, लेकिन सुन्नी निकाहनामा में तो बमुश्किल कभी कोई पूर्व शर्त होती है। इसमें दंपतियों के नाम और अस्थायी एवं स्थायी पते, वकील और गवाहों के नाम और दस्तखत के अलावा सिर्फ महर का उल्लेख होता है। शियाओं के बीच, दो पक्षों के बीच समझौते की वार्त्ता का प्रयास किया जाता है। यह बाद में किसी गलतफहमी को रोकने में मदद करता है और संभवतः समुदाय में तलाक की दर को कम करने में भी भूमिका निभाता है।

यह उपयुक्त है कि एक शिया लड़की की पहली शादी के वक्त, उसके पिता की सहमति निकाह होने के लिए पर्याप्त मानी जाती है। जाहिर है, इसका समर्थन लड़की द्वारा किया जाता है, लेकिन या तो बाप या दादा को भी स्वीकृति देनी होती है। सुन्नी परंपराओं से हटते हुए एक और बात यह होती है कि निकाह में लड़की

को परिवार के एक बुजुर्ग या गवाह द्वारा सौंपा जाता है। सुन्नियों के बीच, ग्राहक-खरीददार संबंध की कोई अवधारणा नहीं है; लड़की को उसके पिता या एक पुरुष बुजुर्ग द्वारा विवाह में सौंपा नहीं जाता है।

किसी शिया विवाह के संपन्न होने के लिए निकाह के वक्त दो गवाहों का होना आवश्यक नहीं है। गवाहों की जरूरत तलाक के वक्त होती है, निकाह के दौरान नहीं, यहाँ तक कि एक महिला भी प्रतिनिधि बन सकती है और कह सकती है सीघा-ए-निकाह (निकाह के लिए फॉर्मूला)। यह आवश्यक नहीं है कि सिर्फ एक आदमी ही सीघा-ए-निकाह कह सकता है। आदमी और औरत अपने लिए सीघा-ए-निकाह कहने के वास्ते सिर्फ एक अटॉर्नी नियुक्त कर सकते हैं। उनके पास यह भी विकल्प होता है कि वे अपनी शादी को संपन्न करने के लिए खुद ही सीघा-ए-निकाह कह सकते हैं।

महर के मामले में भी एक अहम फर्क है। हालाँकि यह अब ज्यादातर कम आमदनी वाले लोगों में प्रचलित है, लेकिन शिया समुदाय में महर की राशि अकसर महर-ए-फातिमी होती है। यह वह राशि है, जो पैगंबर की बेटी हजरत फातिमा को अपनी शादी के वक्त मिली थी। उनका शौहर, जो बाद में खलीफा अली बने, एक रईस आदमी नहीं थे। अत: वे बस एक जीन दे सके थे। इसे बेचकर जो रकम उन्होंने प्राप्त की, उसमें बेहद जरूरी घरेलू चीजें खरीदीं। आज भी, कई शिया महर की राशि जीन खरीदने योग्य राशि के बराबर ही रखते हैं। हालाँकि, अन्य लोग वक्त के साथ आगे बढ़ गए हैं। वे महर को दूल्हे की कमाई की क्षमता के अनुसार तय करते हैं। इस तरह, खासी कमाई करनेवाले शख्स के लिए महर की राशि महर-ए-फातिमी से काफी ज्यादा हो सकती है।

यह भी कहा जाता है कि शियाओं का एक तबका मुता या तय वक्त के लिए लघुकालिक विवाह में विश्वास करता है। वैसे यह इस उपमहाद्वीप में शायद ही, और भारत में तो विरले ही व्यवहार में लाया जाता है। पहले से तय अवधि के समाप्त होने पर आदमी और औरत में अपने आप तलाक हो जाता है, जब तक कि वे इसे जारी न रखना चाहें। लघुकालिक विवाह का यह प्रावधान सुन्नियों में स्वीकार्य नहीं है और दरअसल इस पर रोष जताया जाता है।

कुछ सुन्नी विद्वान् हलाला की प्रथा की आलोचना करते हुए, महिला की दूसरी शादी को मुता या अस्थायी विवाह करार देते हैं, क्योंकि इसमें तलाक का दिन और वक्त पहले से तय होता है। शियाओं के साथ ऐसा कोई मामला नहीं है।

❑

10

मुगलकाल के दौरान तलाक

सायरा बानो एवं भारत सरकार एवं अन्य केस की सुनवाई के दौरान, बी.एम एम.ए. की महिला अधिकारवादी कार्यकर्ता जाकिया सोमान ने वरिष्ठ अधिवक्ता आनंद ग्रोवर के जरिये दलील दी कि तलाक-ए-बिद्दत को ब्रिटिश अदालतों द्वारा स्वीकार किए जाने के आधार पर मान्यता मिली। जो कहा गया, वह जाहिर था, जो निहित था, वह यह कि तलाक-ए-बिद्दत की मुगलों के वक्त में कोई पवित्रता नहीं थी। उच्चतम न्यायालय के समक्ष यह कहा गया कि 'ब्रिटिश अदालतों द्वारा दिए गए फैसलों को राशिद अहमद केस में प्रिवी काउंसिल द्वारा प्रामाणिक घोषणा में औपचारिक रूप से ठोस रूप दिया गया।'

यह देखते हुए कि अंग्रेजों के पहले, मुगलों का शासन कश्मीर से लेकर दक्षिण तक फैला हुआ था, यह एक दिलचस्प टिप्पणी थी। मुगल हनफी थे। तार्किक रूप से उनके शासन के तहत तुरंत तीन तलाक का प्रचलन होना चाहिए था। हालाँकि कोई प्रामाणिक लेखा-जोखा नहीं है, लेकिन बादशाहों के चंद फरमान और प्रशासकीय रिकॉर्ड अन्य ही तथ्य साबित करते हैं। मुगलों ने विवाह का एक तरीका विकसित कर लिया था, जिसमें निकाहनामा शर्तों का स्पष्ट उल्लेख करता था। कम-से-कम उच्च वर्ग के निकाहनामे में ऐसा किया ही जाता था। अकसर ही, द्विविवाह पर रोक होती थी। दिलचस्प है कि सुप्रीम कोर्ट में पेश केस में, याचिकाकर्ताओं ने निकाह, हलाला और बहुविवाह पर भी प्रतिबंध लगाने की माँग की। मुगलकाल में वैवाहिक हिंसा पर भी रोक थी। अगर इन दोनों बातों में से कोई भी बात होती थी तो विवाह को खारिज कर दिया जाता था, लेकिन इन नियमों के ऊपर था बादशाह का आदेश। अगर वे चाहते थे, तो किसी भी विवाह को टूटने नहीं दिया जाता था या गुजारे के भरोसे नहीं रखा जाता था। वे काजी के फैसले को भी पलट सकते थे।

विवाह और तलाक वर्ग स्तर पर होते थे। निम्न वर्ग, गरीबों के पास हमेशा मान्य निकाहनामा अथवा विवाह दस्तावेज नहीं होता था। यहाँ, परिवार के बुजुर्गों की मौजूदगी में दूल्हे का शब्द ही पर्याप्त होता था। बहरहाल, गरीबों के बीच भी यह प्रयास किया गया कि महिलाओं को सामाजिक एवं आर्थिक सुरक्षा प्रदान की जाए। मर्द को निर्देश दिया गया कि वह अपनी बीवी को निश्चित गुजारा दे और दूसरी महिला से शादी न करे। एक उदाहरण है कि इब्राहिम नाम का एक आदमी मुहम्मद जियू नामक एक शख्स के लिए गारंटी देनेवाला बना। यह सहमति बनी कि यदि जियू अपनी बीवी मरयम को गुजारे के लिए रोजाना ताँबे का एक सिक्का और हर साल दो साड़ियाँ प्रदान नहीं करेगा, तो इब्राहिम ये चीजें दे सकता है। यह घटना सन् 1612 की है। बहरहाल, सात साल बाद मार्च, 1619 में शौहर ने काजी से शिकायत की कि उसकी बीवी घर छोड़ गई है, मगर जब बीवी ने वह दस्तावेज पेश किया, जिसमें जियू ने गुजारे के रूप में रोजाना ताँबे का एक सिक्का और साल में दो साड़ियाँ देने का वचन दिया था, तो उनका विवाह भंग घोषित कर दिया गया, क्योंकि जियू और इब्राहिम चार वर्षों तक इस शर्त को पूरी करने में विफल रहे थे।

ज्यादा सुखी-संपन्न लोगों के बीच एक निकाहनामा होता था, जिसमें नियमों एवं शर्तों का स्पष्ट उल्लेख होता था। ऐसे चर्चित दृष्टांत हैं, जब एक महिला ने अपने शौहर को इन शर्तों के लिए उत्तरदायी ठहराया और उसके इन्हें पूरा करने में विफल रहने पर खुला हासिल कर लिया।

इतिहासकारों के अनुसार, शादी के वक्त चार नियम तय किए जाते थे। पहली शर्त एकल विवाह को लेकर होती थी—शौहर को निर्देश दिया जाता था कि वह दूसरी बीवी नहीं करेगा। फिर, सत्रहवीं सदी के लिए यह एक उल्लेखनीय आदेश था, महिलाओं को घरेलू हिंसा से बचाने का प्रयास किया गया। निकाहनामे पर दस्तखत करते वक्त आदमियों से वैवाहिक हिंसा में लिप्त न होने के लिए कहा जाता था। यह शर्त अकसर करार में लिखी जाती थी। उन्हें यह भी कहा जाता था कि वे अपनी बीवियों के साथ हिंसक बर्ताव न करें। रखैलों और विवाहेतर संबंधों के खिलाफ भी सुरक्षा का बंदोबस्त था। यह लिखित शर्त होती थी कि एक आदमी लंबे समय तक अपनी बीवी से दूर नहीं रहेगा। अगर उसे पेशेवर आवश्यकता या किसी निजी जिम्मेदारी के कारणों से दूर रहना है, तो उसे इस अवधि में अपनी बीवी को गुजारा देना पड़ेगा। कई आदमी फौज में होते थे और गुलाम लड़कियों पर आसानी से हाथ डाल सकते थे, इसलिए निकाहनामे में ऐसी शर्तें शामिल की

जाती थीं कि एक आदमी द्वारा गुलाम लड़की को घर लाने पर प्रतिबंध था, या यदि उसने ऐसा किया, तो बीवी को यह हक होता था कि वह उस लड़की को बेच दे और रकम अपने पास रख ले। एकल विवाह, वैवाहिक अहिंसा और गुजारा को लेकर यदि शौहर अपने वचन निभाने में विफल रहता था,तो अकसर विवाह भंग हो जाते थे। निकाहनामा आधुनिक विवाह समझौते की तरह होता था, जिसमें दंपती के बीच सुलह के लिए शर्तों और संभावित तलाक के कारणों का भी जिक्र होता है। यह महत्त्वपूर्ण है कि ऐसा कोई रिकॉर्ड नहीं है कि किसी काजी ने निकाह हलाला पर जोर दिया हो या तुरंत तीन तलाक के बाद सहवास की इच्छा रखनेवाले दंपती के सामने इस तरह की कोई शर्त रखी गई हो।

हालाँकि यह दर्ज नहीं है, लेकिन उस वक्त भी तुरंत तीन तलाक के मामले होते थे, लेकिन यह कोई प्रचलित सामाजिक घटना नहीं थी। अकबर और जहाँगीर के काल में कुछ काजियों ने इसे मंजूर किया, लेकिन मशहूर इतिहासकार एवं धर्मविज्ञानी अब्दुल कादिर बदाऊनी द्वारा इसकी खूब भर्त्सना की गई। उन्होंने अकबर के शासनकाल के दौरान 1595 में लिखा—

जिन रिवाजों की अनुमति है, उनमें तलाक न केवल सबसे ज्यादा अस्वीकार्य है, बल्कि इसे लागू करना मानवता के खिलाफ भी है। मुसलमानों ने भारत में अच्छी परंपरा डाली है कि वे तलाक के रिवाज को घृणित मानते हैं और इसे सबसे बड़ी बुराई मानते हैं। दरअसल, यदि कोई किसी को 'तलाकशुदा' कहता है, तो कुछ लोग ऐसी गाली देनेवाले को मार डालने को तैयार हो जाएँगे।

उनके शब्द दरशाते हैं कि मुगलकाल में तलाक-ए-बिद्दत को न्यायिक अथवा धार्मिक स्वीकृति का पूर्ण अभाव था।

फिर, बदाऊनी के शब्दों को जहाँगीर से सन् 1611 में समर्थन मिला। जहाँगीर अपनी न्याय प्रणाली के लिए जाने जाते थे। 'मजलिस-ए-जहाँगीरी' में यह बात दर्ज है कि बादशाह ने खास परिस्थितियों में तुरंत तीन तलाक को अमान्य करार दिया। इसमें लिखा है कि 20 जून, 1611 को उन्होंने आदेश दिया कि बीवी की गैरमौजूदगी में शौहर द्वारा तलाक की घोषणा वैध नहीं है। काजी ने भी बादशाह से सहमति जताई, मगर बीसवीं सदी में इसकी विरोधी बातें हुईं, जब अतिया साबरी और आफरीन रहमान जैसी महिलाओं को उनकी जानकारी के बगैर तलाक दे दिया गया और स्थानीय काजियों ने तलाक को मान्यता दे दी।

इसी तरह, इस्लामी धर्मशास्त्र के अन्य पहलुओं में महिलाओं के अधिकारों की

रक्षा करने में मुगल बिल्कुल द्रष्टा साबित हुए। सूरत का एक दस्तावेज, जिस पर सन् 1628 की तारीख है, तब शाहजहाँ ने अपने पिता जहाँगीर से सत्ता सँभाली ही थी, में दर्ज है कि एक बीवी ने खुला की घोषणा कर दी और इससे सहमति जताने के लिए शौहर ने अपनी बीवी से मुआवजा स्वीकार किया। कहा जाता है कि विवाह को भंग करने के लिए उसने 42 रुपए प्राप्त किए। खुला के एक अन्य उदाहरण में, सूरत में ही एक आदमी को उसकी बीवी द्वारा स्थानीय काजी के समक्ष लाया गया। उससे कहा गया कि भविष्य में वह शराब और ताड़ी से दूर रहे और अगर वह ऐसा करने में विफल रहा तो इसका मतलब होगा कि उसकी बीवी काजी के सामने तलाक ले सकती है और शौहर की सहमति अनिवार्य होगी। वह इसमें न तो विलंब कर सकता है और न ही सहमति देने से इनकार कर सकता है। यह वाकया जहाँगीर के वक्त का है। उनके पिता जलालुद्दीन अकबर एक महान् द्रष्टा थे। सोलहवीं सदी के मध्य में, उन्होंने लड़कियों के लिए शादी की न्यूनतम उम्र तय करने को कहा। वे नहीं चाहते थे कि यौवनारंभ के पूर्व लड़कियों की शादी की जाए। तब लड़कियों के लिए शादी की न्यूनतम आयु 12 साल तय की गई। यह नियम हिंदुओं के लिए भी लागू किया गया।

मुगल और संभवत: उनके पहले सुल्तान, सभी हनफी थे। अंग्रेजों के आगमन के पूर्व भारत पर हनफीवाद का वर्चस्व था। चेन्नई स्थित इस्लामिक फोरम फॉर दी प्रमोशन ऑफ मॉडरेट थॉट (मध्यमार्गी विचार प्रोत्साहन इस्लामी मंच)के महासचिव ए. फैजुर रहमान कहते हैं कि सन् 1206 में मामलुक वंश की स्थापना के वक्त से ही हनफी मुस्लिम बहुसंख्यक का 'औपचारिक' या सरकारी मजहब रहा है। इसकी वजह यह रही कि हनफी उलेमा विजेताओं के साथ ही मध्य एशिया से आए थे। ये उलेमा अल-मार्घिननि की हिदया जैसे मध्ययुगीन हनफी कानूनी समझौतों के निर्देशों पर भरोसा करते थे, मगर वक्त की जरूरतों से निपटने के लिए उन्होंने अपने आदेशों का संग्रह भी पेश किया। उसमें से सबसे मशहूर था, फतवा-ए-आलमगिरी। यह न सिर्फ सुल्तान के फतवों का संग्रह है, बल्कि हनफी कानून का एक व्यापक मूल-पाठ है।

यह विचार करते हुए कि देश में हनफीवाद का वर्चस्व था, बदाऊनी के शब्द और मजलिस-ए-जहाँगीरी में दिए गए दृष्टांत सिद्ध करते हैं कि अगर परिस्थिति की माँग होती थी तो मुगल अन्य इमामों के आदेशों का अनुसरण करने से गुरेज नहीं करते थे।

❑

11

उच्चतम न्यायालय का सायरा बानो बनाम भारतीय संघ एवं अन्य केस में फैसला

उच्चतम न्यायालय की संविधान पीठ, जिसमें तत्कालीन मुख्य न्यायाधीश जे.एस. खेहर और न्यायमूर्तिगण कुरियन जोसेफ, आर.एफ. नरीमन, यू.यू. ललित एवं एस. अब्दुल नजीर शामिल थे, ने 3–2 के बहुमत फैसले में तुरंत तीन तलाक के रिवाज को दरकिनार कर दिया। संविधान पीठ के जज पाँच विभिन्न धर्मों से आते थे। इसमें बहुसंख्यक धर्म के बस एक प्रतिनिधि थे। यह पीठ तुरंत तीन तलाक से पीड़ित मुस्लिम महिलाओं द्वारा दायर पाँच याचिकाओं की सुनवाई कर रही थी। मुख्य याचिका सायरा बानो की थी और इसी के साथ आफरीन रहमान, गुलशन परवीन, इशरतजहाँ और अतिया साबरी की याचिकाओं को भी जोड़ दिया गया था। इन याचिकाओं में माँग की गई थी कि मुस्लिम पर्सनल लॉ के तहत तीन तलाक (तलाक-ए-बिद्दत), निकाह हलाला और बहुविवाह को अवैध, असंवैधानिक और एक महिला को संविधान के अनुच्छेद 14,15, 21 और 25 के तहत प्रदत्त मूल अधिकारों का उल्लंघन करनेवाला घोषित किया जाए।

सुप्रीम कोर्ट के फैसले की प्रशंसा की गई, क्योंकि इसने संविधान के तहत गारंटी दी गई धार्मिक स्वतंत्रता की निरपेक्ष प्रकृति को रेखांकित किया। कई महिला कार्यकर्ताओं ने इसे लिंगगत न्याय की ओर एक महत्त्वपूर्ण कदम बताया। अन्य लोगों ने इसे समाज के अनुदारवादी या कट्टरपंथी तत्त्वों, जिसका प्रतिनिधित्व उलेमा द्वारा किया जाता है, के ऊपर मुस्लिम महिलाओं की जीत करार दिया। फिर भी, यह युगांतकारी फैसला एकदम से नहीं आया। यह फैसला एक एकदम असंबद्ध मामले के जरिये आया, जो एक हिंदू महिला के उत्तराधिकार से जुड़ा हुआ था।

तीन तलाक पर सर्वोच्च न्यायालय का 395 पृष्ठों का फैसला, अविश्वसनीय रूप से, एक ऐसे केस से निकला, जिसमें हिंदू उत्तराधिकार कानून में 2005 में किए गए संशोधनों के कारण हिंदू महिलाओं को अधिकारों से वंचित कर दिया गया था। एक हिंदू महिला ने बॉम्बे हाईकोर्ट में एक केस जीता था। प्रकाश एवं अन्य बनाम फूलवती एवं अन्य केस में मामला यह था कि महिला के भाइयों ने हिंदू उत्तराधिकार (संशोधन) कानून, 2005 को पहले की तारीख (पूर्वप्रभावी) लागू करते हुए महिला को उत्तराधिकार नहीं दिया था। इसे महिला ने बॉम्बे हाईकोर्ट में चुनौती दी और वह केस जीत गई। बहरहाल, सुप्रीम कोर्ट ने अक्टूबर, 2015 में हाईकोर्ट के फैसले को यह कहते हुए निरस्त कर दिया कि इस कानून के लागू होने के लिए बाप और बेटी, दोनों को संशोधन के वक्त जीवित होना चाहिए था। तभी न्यायमूर्ति आदर्श कुमार गोयल और अनिल आर. दवे की पीठ ने महसूस किया कि मुस्लिम कानून भी भेदभाव करनेवाला है और एक पी.आई.एल. (जनहित याचिका) पेश किए जाने की बात रखी। इसे वर्ष 2015 की सुओ मोटो सिविल रिट पिटिशन-2 (अपनी ओर से नागरिक लिखित याचिका-2) के रूप में जाना गया। इसका शीर्षक था—'समानता के लिए मुस्लिम महिलाओं की तलाश बनाम जमीयत-उलेमा-ए-हिंद'। इसी के बाद सायरा बानो ने एक केस दर्ज कराया, जिसमें तीन तलाक, हलाला और बहुविवाह को अवैध घोषित करने की माँग की। पाँच जजों की बेंच ने अलग-अलग राय दी : यह आश्चर्यजनक नहीं था कि मुख्य न्यायाधीश ने अपने फैसले की जैसे ही चंद पंक्तियाँ पढ़ीं, जिसमें उन्होंने तीन तलाक को 1400 साल पुरानी प्रथा कहा, कई समाचार चैनलों और वेबसाइटों ने खबर चलानी शुरू कर दी कि सुप्रीम कोर्ट ने तीन तलाक को मान्य करार दिया है और सरकार को इस पर कानून बनाने के लिए छह माह का वक्त दिया है।

मुख्य न्यायाधीश ने 272 पृष्ठों के अपने आदेश में धर्म की स्वतंत्रता को माना। उन्होंने कहा कि तीन तलाक को असंवैधानिक घोषित करना धर्म की स्वतंत्रता को नकारना होगा। तीन तलाक को निरस्त करने से इनकार करते हुए, उन्होंने इसे जन स्वास्थ्य, व्यवस्था या नैतिकता या यहाँ तक कि संवैधानिक नैतिकता का उल्लंघन करनेवाला नहीं ठहराया, जैसी कि याचिका में माँग की गई थी। उन्होंने इस प्रथा को संविधान में उल्लिखित अन्य मूलभूत अधिकारों के विरोध में भी नहीं पाया।

माननीय मुख्य न्यायाधीश ने कहा, "तलाक-ए-बिद्दत सुन्नी मुसलमानों के

'पर्सनल लॉ' (निजी कानून) का मामला है'''हमने परखा है कि क्या यह प्रथा अनुच्छेद 25 के तहत दिए गए प्रतिबंधों को पूरा करती है (धर्म को मानने एवं प्रसार करने की स्वतंत्रता) और इस निष्कर्ष पर पहुँचे हैं कि यह उनमें से किसी का भी उल्लंघन नहीं करती है।"

अनुच्छेद 142 के तहत, उन्होंने आदेश दिया कि छह माह के लिए कोई भी तीन तलाक नहीं हो सकता। इस अवधि के दौरान, उन्होंने विविध मुस्लिम देशों द्वारा अपनाए गए तरीकों के आधार पर सुधारात्मक कानून बनाने की अपील की। उनके फैसले का न्यायमूर्ति अब्दुल नजीर ने भी समर्थन किया और इस तरह यह दो जजों का फैसला बन गया।

उन दोनों जजों के फैसले के खिलाफ था, दो अन्य जजों का फैसला। ये थे, न्यायमूर्ति नरीमन और न्यायमूर्ति ललित। उन्होंने तुरंत तीन तलाक के खिलाफ फैसला दिया और पाया कि सुलह की प्रक्रिया की अनुपस्थिति में यह तलाक समानता के अधिकार का उल्लंघन करता है। उन्होंने अपना फैसला शरीया कानून, 1937 द्वारा तुरंत तीन तलाक की मान्यता पर आधारित किया और पाया कि यह कानून संविधान का उस हद तक उल्लंघन करता है, जिस हद तक यह तीन तलाक को मान्यता देता है। माननीय न्यायधीशों ने लिखा—

> *तलाक के इस रूप को, अवश्य ही भारत के संविधान के अनुच्छेद 14 में निहित मूल अधिकार का उल्लंघन करनेवाला माना जाना चाहिए। इसलिए, हमारी राय में, 1937 का कानून, जहाँ तक यह तीन तलाक को मानता और लागू करता है, वह अनुच्छेद 13 (1) में 'प्रचलित कानून' की अभिव्यक्ति के अर्थ के दायरे में है, इसलिए इसे उस हद तक अवैध करार दिया जाना चाहिए, जहाँ तक यह तीन तलाक को मानता और लागू करता है।*

इन दोनों जजों ने यह भी महसूस किया कि जिस तीन तलाक को खुद समुदाय द्वारा पापपूर्ण माना जाता है, उसका बचाव अनुच्छेद 25 में प्रदत्त धर्म की स्वतंत्रता की गारंटी के तहत नहीं किया जा सकता। यह निश्चित रूप से आस्था (धर्म) के लिए अनिवार्य नहीं है। संयोगवश, यह वह दलील थी, जिसे पहली बार नामी कानूनी विशेषज्ञ ताहिर महमूद ने व्यक्त किया था और इस फैसले में उन्हें काफी विस्तार से उद्धृत किया गया। महमूद ने माना था कि तीन तलाक इस्लाम के लिए अनिवार्य नहीं है। दरअसल, वे एक कदम और आगे गए और दलील दी कि तलाक खुद मजहब (इस्लाम) का अनिवार्य तत्त्व नहीं है।

न्यायमूर्ति नरीमन और न्यायमूर्ति ललित का फैसला तीन तलाक को दरकिनार करने का था। दो जज तुरंत तलाक को रद्द किए जाने के पक्ष में थे, किंतु दो अन्य जजों की राय इसे बनाए रखने के पक्ष में थी, मगर जिस फैसले ने तुरंत तीन तलाक को अवैध करार देने के पक्ष में पलड़ा झुकाया, वह था न्यायमूर्ति जोसेफ का फैसला। उन्होंने दो फैसलों के बीच संतुलन बनाया, लेकिन अहम रूप से तुरंत तीन तलाक के खिलाफ फैसला दिया। इसे गैर-इस्लामी और शरीया के खिलाफ करार देते हुए, वे न्यायमूर्ति नरीमन की इस बात से सहमत हुए कि यह मुस्लिम पर्सनल लॉ का एक अनिवार्य हिस्सा नहीं है, लेकिन धर्म की स्वतंत्रता की पवित्रता पर वह मुख्य न्यायाधीश से सहमत थे। हालाँकि वह शरीयाह कानून पर न्यायमूर्ति नरीमन के नजरिये से सहमत नहीं थे, लेकिन उन्होंने कहा कि चूँकि तीन तलाक का कुरान में उल्लेख नहीं है, इसलिए इसे शरीया का हिस्सा नहीं कहा जा सकता है। उन्होंने लिखा—

> *पवित्र कुरान ने विवाह को पवित्रता और स्थायित्व प्रदान किया है। बहरहाल, अत्यंत अपरिहार्य स्थितियों में तलाक की इजाजत है, लेकिन इससे पहले कि तलाक अंतिम रूप ले, सुलह के लिए प्रयास होना चाहिए और यदि यह सफल हो तो तलाक को रद्द किया जाना चाहिए। ये कुरान के अनिवार्य कदम हैं। तीन तलाक में यह दरवाजा बंद कर दिया जाता है, इसलिए तीन तलाक पवित्र कुरान के मूल तत्त्वों के खिलाफ है और परिणामस्वरूप, यह शरीयत का उल्लंघन करता है।*

यह महत्त्वपूर्ण है कि उन्होंने तीन तलाक को इसलिए अमान्य करार नहीं दिया कि यह संविधान का उल्लंघन करता है, बल्कि इस आधार पर अमान्य घोषित किया कि यह शरीया का उल्लंघन करता है। इस तरह उन्होंने भारत के प्रसिद्ध बहुलवाद को बनाए रखा।

और फिर इस्लाम में तलाक के मसले पर चिकोटी काटते हुए मशहूर पंक्ति जड़ी, 'जो धर्मशास्त्र में पापपूर्ण है, वह कानून में भी अवश्य ही बुरा होना चाहिए' और इस तरह से पाँच जजों की बेंच ने तुरंत तीन तलाक को अमान्य करार दे दिया।

एक स्तर पर, मुसलमानों के मामलों में कुरान की पवित्रता को प्रतिष्ठित करने में यह फैसला एक युगांतकारी घटना है। यह माना गया कि एक मुसलमान के लिए कानून एवं दिशा-निर्देश के अन्य स्रोतों, जिनमें हदीथ, इजमा या कियास शामिल हैं, को सिर्फ कुरान का पूरक माना जा सकता है, विरोधात्मक नहीं। इमाम

अबू हनीफा के अनुयायियों के लिए तीन तलाक एक पापपूर्ण, किंतु तलाक का प्रभावी तरीका माना जाता है, मगर हन्बालिस इसे एक तलाक मानते हैं, जिसे पलटा जा सकता है। इस राय से अहल-ए-हदीथ पंथ और शिया भी सहमत हैं। हालाँकि हनफियों द्वारा इसे एक मान्य और अपरिवर्तनीय तलाक माना जाता है, लेकिन तुरंत तीन तलाक का कुरान में कोई जिक्र नहीं है। पवित्र ग्रंथ तलाक की एक स्पष्ट प्रक्रिया बताता है, जिसमें सुलह और मध्यस्थता पर जोर दिया जाता है। जब एक दंपती के बीच मतभेद पाटने के तमाम प्रयास विफल हो जाते हैं, सिर्फ तभी एक आदमी को तलाक की घोषणा का अधिकार मिलता है। फिर तलाक की हर घोषणा के बीच कम-से-कम एक माह का या पत्नी के एक मासिक चक्र का फासला होना चाहिए। यह अंतराल तेवर ठंडे पड़ने जैसा है, जिसमें आदमी को एक मौका दिया जाता है कि वह तलाक को वापस ले ले। इस काररवाई से स्वेच्छाचारिता और निरंकुशता को एकदम समाप्त कर दिया जाता है, साथ ही, यह एक एकदम बेमेल साझेदार के साथ जीवनभर कष्ट सहने से आजादी प्रदान करता है। अदालत का फैसला कुरान के इसी पहलू पर बल देता है, चाहे यह अल्पसंख्यक फैसला हो या बहुसंख्यक। एक मुसलमान की जीवनशैली और विवाह को तय करने में सुप्रीम कोर्ट कुरान को सर्वोपरि मानता है।

दरअसल, उलेमा के डर के विपरीत, यह हमेशा से ऐसा रहा है। गुवाहाटी उच्च न्यायालय, दिल्ली उच्च न्यायालय, बॉम्बे उच्च न्यायालय और मद्रास उच्च न्यायालय द्वारा दिए गए विविध फैसलों में, माननीय जजों ने हमेशा अपने फैसलों का आधार किसी खास समुदाय या पंथ के विश्वासों की बजाय कुरान को बनाया है। कुरान की सार्विक निरंतरता का बार-बार सम्मान किया गया है। दरअसल, सुप्रीम कोर्ट का फैसला 2008 के मसरूर अहमद बनाम राज्य (राष्ट्रीय राजधानी क्षेत्र दिल्ली) केस में दिए गए फैसले की पुनरावृत्ति हो सकता था। शीर्ष अदालत ने अपने फैसले में इस फैसले को उद्धृत किया है। बदर दुरेज अहमद द्वारा दाखिल इस केस में अदालत ने एक ही बार में तीन तलाक को एक तलाक माना और इसे पलटने योग्य बताया। इसी तरह, शमीम आरा केस (2002) में, जिसका संदर्भ न्यायमूर्ति जोसेफ द्वारा भी दिया गया, सुप्रीम कोर्ट ने खुद घोषणा की थी कि तलाक सिर्फ तभी मान्य है, जब यह धर्मग्रंथ में बताई गई प्रक्रिया का अनुसरण करे। वस्तुतः अदालत ने विवाह को भंग करने के लिए तलाक को एक कदम-दर-कदम प्रक्रिया माना, न कि एक तुरंत की क़वायद।

शीर्ष अदालत को सायरा बानो केस के काफी पहले तीन तलाक की संवैधानिक मान्यता को परखने के दो अवसर मिले थे। दोनों ही केस 1990 के दशक के थे। शीर्ष अदालत ने सन् 1993 में महर्षि अवधेश बनाम भारतीय संघ केस में हस्तक्षेप करने से इनकार कर दिया, क्योंकि मामला विधायी मामलों से जुड़ा था। महर्षि अवधेश ने संविधान के अनुच्छेद 32 के तहत सुप्रीम कोर्ट में एक रिट याचिका डाली थी। उन्होंने गुहार लगाई :

प्रतिवादियों के लिए एक परमादेश जारी किया जाए कि वे भारत के तमाम नागरिकों के लिए समान आचार संहिता बनाने के सवाल पर विचार करें; मुस्लिम महिलाओं के (तलाक पर अधिकारों की रक्षा) कानून 1986 को अवैध करें, क्योंकि यह मनमाना एवं भेदभावपूर्ण है और भारत के संविधान के अनुच्छेदों 14 एवं 15 तथा अनुच्छेदों 44, 38, 39 एवं 39-ए का उल्लंघन करता है।

शीर्ष अदालत ने याचिका को यह कहते हुए खारिज कर दिया कि ये सारे मामले विधायिका के लिए हैं। इन मामलों पर अदालत कानून नहीं बना सकती है।

बाद में, 1997 में अहमदाबाद वीमंस एक्शन ग्रुप बनाम भारतीय संघ केस में अदालत ने फिर परहेज किया, क्योंकि मामला राज्य की नीति से जुड़ा था।

यह अहम बात है कि सबसे ताजा केस में सुप्रीम कोर्ट ने न केवल तुरंत तीन तलाक को अमान्य करार दिया, बल्कि तलाक के अन्य रूपों की शुचिता को बनाए रखा। जैसा कि न्यायमूर्ति नरीमन और न्यायमूर्ति ललित द्वारा कहा गया, "सिर्फ तीन तलाक चुनौती का विषय है, तलाक के अन्य रूप नहीं। यह साफ है कि यह रूप (तीन तलाक) जाहिर तौर पर इस अर्थ में मनमाना है कि वैवाहिक बंधन को एक मुस्लिम आदमी द्वारा मनमाने एवं सनकी ढंग से तोड़ा जा सकता है और वह भी विवाह को बचाने के लिए सुलह की कोई कोशिश किए बगैर।" अदालत ने मुस्लिम आदमियों के इस अधिकार की रक्षा की कि वे अपनी बीवियों को अदालत के बाहर तलाक दे सकते हैं और इस तरह महान्यायवादी मुकुल रोहतगी की दलील को नकार दिया, जो इस्लामी तलाक पर पूर्ण प्रतिबंध की माँग कर रहे थे। इसलिए मुस्लिम मर्द कुरान द्वारा प्रदत्त तलाक के अधिकार का उपयोग करने के लिए स्वतंत्र बताए गए। बस, उन्हें सबसे पसंदीदा तलाक-ए-अहसन या पसंदीदा तरीका तलाक-ए-हसन का अनुसरण करना है।

इस फैसले से निकाह, महिलाओं के तलाक देने के अधिकार—खुला और उत्तराधिकार का तरीका भी अप्रभावित रहते हैं। यह एक ऐसा फैसला है, जो न

केवल महिलाओं, बल्कि पुरुषों के लिए भी न्यायपूर्ण है। ऐसे असंख्य पुरुष होते हैं, जो जल्दबाजी में की गई तलाक की घोषणा को वापस लेना चाहते हैं। उनका विवेक जाग उठता है। यह फैसला दोहराता है कि इस्लाम उन्हें एक दूसरा मौका देता है।

लाखों महिलाएँ अपने विवाह को सँवारने के लिए प्यार, समझ और देखभाल में जतन से जुटी रहती हैं और उन्हें यह पूरा हक है कि अपने शौहर के साथ गरमागरम बहस या टकराव के बावजूद वे उनके साथ रहें। यह फैसला दोनों ही दंपतियों को एक अवसर देता है कि जो गुजर गया, उसे गुजर जाने दें, जैसा कि कुरान जोर देती है। यह फैसला महिलाओं के अधिकारों की रक्षा करता है और विवाह के तहत उन्हें सुरक्षा भाव प्रदान करता है, जैसा कि कुरान कहती है। यह फैसला गुस्से के विस्फोट को माफ करने के लिए और धैर्य से काम लेने को कहता है।

जो अभी भी तुरंत तीन तलाक का पक्ष लेते हैं, वे पितृसत्तात्मक सोच से पीड़ित हैं। वे खलीफा उमर के प्रशासकीय आदेश का सिर्फ आधा अनुसरण करते हैं। हाँ, उन्होंने विशेष परिस्थितियों में तुरंत तलाक की इजाजत दी थी, लेकिन उन्होंने इसके दोषी मर्दों को सार्वजनिक रूप से कोड़े लगाने का भी ओदश दिया था। तुरंत तीन तलाक के आज के पैरोकार सिर्फ उतना ही अनुसरण करते हैं, जो उनके माकूल होता है, दूसरे खलीफा के संपूर्ण आदेश को नहीं। यह दुहराया जाना चाहिए कि उन्होंने तुरंत तलाक को माफ नहीं किया, जैसा कि हमारे उच्चतम न्यायालय ने भी नहीं किया।

यह भी समान रूप से महत्त्वपूर्ण है कि तत्कालीन मुख्य न्यायाधीश खेहर और न्यायमूर्ति अब्दुल नजीर के फैसले तथा न्यायमूर्ति जोसेफ के पृथक् फैसले में यह माना गया कि निजी कानूनों का उल्लंघन नहीं किया जा सकता है। 'निजी कानून को संवैधानिक सुरक्षा प्राप्त है। निजी कानून को यह सुरक्षा संविधान के अनुच्छेद 25 के जरिये प्राप्त है। यह ध्यान में रखने की बात है कि निजी कानून का कद मूलभूत अधिकार के समान है।' तत्कालीन मुख्य न्यायाधीश खेहर और न्यायमूर्ति अब्दुल नजीर ने कहा—

> *(तीन तलाक) यह प्रथा 'निजी कानून' का अवयव है और इसे संविधान के अनुच्छेद 25 की सुरक्षा प्राप्त है। धर्म एक विश्वास की चीज है, तर्क की नहीं। यह एक अदालत के लिए खुला नहीं है कि एक प्रथा या रिवाज,*

जो मजहब का अभिन्न भाग है, उस पर वह एक समतावादी दृष्टिकोण को स्वीकार करे। संविधान हरेक धर्म के अनुयायियों को अपने विश्वासों एवं धार्मिक परंपराओं का अनुसरण करने की अनुमति देता है··· धर्म और 'निजी कानून' को उसी रूप में देखा जाना चाहिए, जिस रूप में उसके अनुयायियों द्वारा स्वीकार किया गया है और उस तरह नहीं, जैसा कि कोई दूसरा उसे बनाना चाहेगा (इसमें वे भी शामिल हैं, जो उसी धर्म के स्वघोषित बुद्धिवादी हैं)। अनुच्छेद 25 तमाम संवैधानिक अदालतों को यह दायित्व सौंपता है कि वे 'निजी कानूनों' की रक्षा करें और उनमें खोट न ढूँढ़ें। 'निजी कानून' के मामले में हस्तक्षेप साफ तौर पर न्यायिक पड़ताल के दायरे के बाहर है।

उनके नजरिए का न्यायमूर्ति जोसेफ के पृथक् फैसले द्वारा भी समर्थन किया गया। दरअसल, निजी कानूनों को सुरक्षा की इसी गारंटी की बदौलत शुरुआत में ऑल इंडिया मुस्लिम पर्सनल लॉ बोर्ड (ए.आई.एम.पी.एल.बी.) ने सर्वोच्च न्यायालय के फैसले में जीत का दावा किया; मुख्य न्यायाधीश ने अपने फैसले में भी ए.आई.एम.पी.एल.बी. के नजरिये का हवाला दिया। दो हफ्ते बाद, भोपाल में एक बैठक में ए.आई.एम.पी.एल.बी. के सदस्यों ने इसी कारण से सर्वोच्च न्यायालय में समीक्षा याचिका न डालने का फैसला किया। सदस्यों ने समझा कि उनके विरोध के बावजूद, अदालत ने भले ही तीन तलाक को अमान्य करार दिया हो, लेकिन वे इस बात से खुश थे कि निजी कानूनों में भविष्य में किसी भी दखल के दरवाजों को सर्वोच्च न्यायालय द्वारा प्रभावी ढंग से बंद कर दिया गया।

वैसे, एक-दूसरे स्तर पर, उच्चतम न्यायालय याचिकाकर्ताओं—सायरा बानो, आफरीन रहमान, इशरत जहाँ, गुलशन परवीन और अतिया साबरी की तात्कालिक चिंताओं का समाधान करने में विफल रहा। सायरा बानो को उसके शौहर द्वारा डाक सेवा के जरिए तीन तलाक दिया गया था, रहमान के दादा और भाई को उसके शौहर द्वारा भेजा गया तलाक स्पीड पोस्ट से मिला था। परवीन जब अपने माँ-बाप के घर में थी तो उसके शौहर ने 10 रुपए के स्टांप पेपर पर तलाकनामा भेजा था। इशरत जहाँ को दुबई स्थित उसके शौहर ने फोन पर 'तलाक, तलाक, तलाक' कहा था।

अदालत ने तीन तलाक को अमान्य करार दे दिया। बहरहाल, इसने यह खुलासा नहीं किया कि ये शादियाँ (बनी हुईं) गुजारा-आश्रित हो गईं या ये महिलाएँ अपने शौहरों के पास वापस जा सकती हैं। अगर उनके तलाक को

अमान्य घोषित कर दिया गया है, तो क्या संबंधित महिलाओं को पिछली अवधि के लिए गुजारा मिलेगा? और अगर वे अपने वैवाहिक घरों को लौटती हैं, तो क्या उन्हें यह खतरा नहीं रहेगा कि उनके शौहरों द्वारा ताजा तलाक दिया जाए और इस बार हो सकता है कि कदम-दर-कदम तरीके से दिया जाए? अदालत के फैसले ने शौहरों से भी नहीं कहा कि वे उन्हें वापस लें।

इस स्थिति से कई सवाल खड़े होते हैं। अगर ये महिलाएँ किसी और से फिर शादी करना चाहती हैं और उनके तलाक को अदालत द्वारा अमान्य करार दिया गया है,तो वे किस तरह ऐसा कर सकती हैं? कानूनन, वे उन शौहरों की शादीशुदा हैं, जिन्होंने उन्हें तुरंत तीन तलाक दिया था, यह भी कि हरेक मामले में, तेवर ठंडे पड़ने या घोषणाओं के बाद तीन माह की इद्दत की अवधि समाप्त हो चुकी है। अगर बिछुड़े हुए दंपती अब फिर से एक साथ रहना चाहते हैं, तो क्या उन्हें ताजा निकाह करना होगा? लेकिन यदि शौहर ताजा निकाह के लिए या बीवी को वापस लेने के लिए अनिच्छुक है, तो इन याचिकाकर्ताओं की क्या स्थिति है? क्या तुरंत तीन तलाक को तमाम व्यावहारिक मकसदों के लिए अंतिम तलाक मान लिया जाना चाहिए? याद रखें कि तलाक-ए-अहसन तक में, एक तलाक की घोषणा के बाद, तीन महीने की समाप्ति के पूर्व यदि शौहर द्वारा तलाक को वापस नहीं लिया जाता तो शादी भंग हो जाती है अथवा अगर उनकी शादियाँ तकनीकी रूप से गुजारा-आश्रित बनी रहती हैं, लेकिन शौहर उन्हें वापस लेने को तैयार नहीं हैं, तो क्या ये महिलाएँ खुला के जरिए तलाक ले सकती हैं और अकेली होने का दर्जा हासिल कर सकती हैं? इन सवालों के जवाब दिए जाने की जरूरत है। उनकी अर्द्ध-तलाकशुदा की स्थिति, जैसा कि कश्मीर में अर्द्ध-विधवाओं की थी, का समाधान किए जाने की आवश्यकता है, संभवत: यह काम एक ताजा केस के जरिये हो। सिर्फ तभी पीड़ित महिलाओं को कुछ राहत मिल सकती है।

फैसले के पूर्व, सुनवाई के दौरान ताजा हवा का झोंका तब आया, जब ऑल इंडिया मुस्लिम पर्सनल लॉ बोर्ड के सचिव ने एक प्रतिवादी के रूप में कहा—

> *मैं कहता हूँ और प्रस्तुत करता हूँ कि ऑल इंडिया मुसलिस पर्सनल लॉ बोर्ड अपनी वेबसाइट, प्रकाशनों और सोशल मीडिया मंचों से परामर्श जारी करेगा कि जो लोग निकाह संपन्न करवाते हैं, वे निकाह के वक्त यह करें : वे दूल्हे को सलाह देंगे कि यदि उनके बीच मतभेद उभरते हैं और तलाक की नौबत आ जाती है, तो वे एक ही बार में तीन तलाकों की घोषणा नहीं करेंगे,*

क्योंकि यह शरीयत में एक अवांछनीय प्रथा है। वे दूल्हा और दुलहन, दोनों को सलाह देंगे कि वे निकाहनामे में एक शर्त शामिल करें कि शौहर द्वारा एक ही बार में तीन तलाकों की घोषणा नहीं की जाएगी।

यह शपथ-पत्र समुदाय की ओर से निजी कानूनों में सुधार की दिशा में एक छोटी जीत है, मगर इसके लिए सुप्रीम कोर्ट में केस लड़ना पड़ा। यह बात सारी कहानी बयाँ कर देती है। वैसे, इस बात से भी हर कोई आश्वस्त नहीं था। कई लोगों ने याद दिलाया कि कोई पंद्रह साल पहले बोर्ड ने एक मॉडल निकाहनामे का प्रारूप तैयार करने का वचन दिया था। दुर्भाग्यपूर्ण ढंग से यह इंतजार जारी है।

❑

12

बदलाव के पीछे महिलाएँ

आम आदमी के दिमाग में सायरा बानो बनाम भारतीय संघ एवं अन्य केस में बस यह बात समझ में आई कि उच्चतम न्यायालय का फैसला मुस्लिम पुरुषों को अपनी बीवियों को तुरंत तीन तलाक देकर अपने विवाह को खत्म करने से रोकता है। बहरहाल, अगर आप थोड़ा गहराई से झाँकें, तो आप पाएँगे कि यह फैसला और इसके लिए लड़ी गई लड़ाई समाज में बदलाव की बयार की द्योतक है। यह एक दृष्टांत था, जहाँ न केवल पाँच महिला याचिकाकर्ताओं ने राहत के लिए सर्वोच्च न्यायालय का दरवाजा खटखटाया, बल्कि उन्हें दो मुस्लिम महिला कार्यकर्ताओं—जाकिया सोमान और नूरजहाँ साफिया नियाज का नैतिक और अन्य समर्थन प्राप्त था। यह रोचक है कि थोड़ा पहले इन्हीं कार्यकर्ताओं ने मुंबई की हाजी अली दरगाह को महिलाओं के वास्ते खुलवाया था। हालाँकि उन्हें हमेशा धर्मग्रंथों का समर्थन हासिल नहीं था, लेकिन तीन तलाक मामले में उन्होंने अपनी बात को जोरदार ढंग से रखने के लिए कुरान से विस्तृत रूप से उद्धृत किया। उन्होंने कहा कि इस्लाम इस तरह के तलाक की इजाजत नहीं देता है।

वे एक कदम और आगे गईं और उन्होंने हलाला की घृणित प्रथा पर भी सवाल खड़े किए। उन्होंने फिर पाया कि भारत में जिस तरह हलाला को अंजाम दिया जाता है, वह कुरान के शब्दों और उसकी भावना के एकदम खिलाफ है। उन्होंने पाया कि महिला को सशक्त बनाने की बजाय, यह उसके शौहर की गलती के लिए उसे दंडित करता है।

इन महिलाओं ने साथ मिलकर धर्म की सीमाओं से बाहर जाकर तमाम पितृसत्तात्मक समाजों में आमतौर पर पाए जानेवाले स्थापित रिवाजों और रीतियों पर सवाल खड़े किए। आनेवाले दिनों और सालों में, उन्हें हमेशा समाज का समर्थन

न भी मिले, वे हमेशा अपनी माँगों को लेकर सही न भी हों, लेकिन उन्होंने मुस्लिम पुरुषों को बातचीत करने, तर्क करने, सोचने और विचार-विमर्श करने के लिए बाध्य कर दिया है। यह कोई छोटी उपलब्धि नहीं है। इस लड़ाई की बदौलत, इस्लाम में आस्था रखनेवालों के जीवन में नागरिक मामलों से जुड़े तमाम मसलों को सुलझाने में कुरान केंद्र-बिंदु बन सकता है। मजहब पर अब सिर्फ पुरुषों का एकाधिकार नहीं रह जाएगा।

जाकिया सोमान

वे ऐसे वक्त में जीवन बिता चुकी हैं, जब उनकी दादी और चाचियाँ अहमदाबाद के कालूपुर स्थित पैतृक घर में बंडल या पोटला तैयार रखती थीं। शुरू में उन्होंने इस पर गौर नहीं किया, लेकिन यह छोटे होल्डॉल की तरह था, क्योंकि समुदाय (मुस्लिम) अहमदाबाद में हिंसा और सांप्रदायिक हमलों के भय में जीता था। पोटलों में परिवार की संपदा रहती थी और परिवार खुद पल भर की सूचना पर अपने घर से भागकर 'सुरक्षित' मुस्लिम इलाके में जाने को तैयार रहता था। उनकी दादी और चाचियाँ हिंसा की पहली खबर मिलते ही एक-एक पोटला उठाती थीं और जमालपुर की ओर जाना शुरू कर देती थीं। वस्तुतः जाकिया सोमान के बचपन की यादों में उनकी दादी के ध्वस्त कर दिए घर की तसवीर प्रमुखता से बनी हुई है।

जब वे मुस्लिम महिलाओं के अधिकारों के लिए आंदोलन का संचालन करती हैं, तो यह उनका अनुभव ही है, जो उन्हें दृढ़ता प्रदान करता है। बी.एम.एम.ए. की सह-संस्थापक (नूरजहाँ साफिया नियाज के साथ) के रूप में, उन्होंने मुंबई में हाजी अली दरगाह में महिलाओं के प्रवेश करने की लड़ाई लड़ी। वे उन महिलाओं में शामिल थीं, जो चाहती थीं कि उच्चतम न्यायालय तुरंत तीन तलाक को रद्द कर दे और वे सफल रहीं। कुछ वक्त पहले दरगाह के दरवाजे महिलाओं के लिए खोले गए। यह यकीन करना मुश्किल होता है, जब कोई उन्हें मुस्लिम महिलाओं के हक में एक नेतृत्वकारी आवाज के रूप में देखता है, लेकिन जाकिया की सफलता इससे निकलती है कि वह वर्षों तक अपने वैवाहिक जीवन में जद्दोजहद करती रहीं। ऐसा वक्त भी था, जब उन्हें नियमित रूप से अपने गुस्ताख शौहर की नाराजगी को खामोशी से झेलना पड़ता था। वह दौर भी उन्होंने सहा, जब विवाह को जारी रखने के लिए उन्होंने अपनी पहचान छोड़ दी और वह वक्त भी झेला,

जब हिंसा ने शारीरिक रूप अख्तियार कर लिया। आखिरकार, एक दिन विवाह समाप्त हो गया। जाकिया को अपना वजूद तलाश करने के पूर्व सोलह साल तक असंतुष्ट विवाह की पीड़ा सहनी पड़ी।

वे एक गुजराती मुस्लिम महिला हैं। उनका जन्म अहमदाबाद में हुआ और वहीं परवरिश भी हुई। उनके पिता एक कॉलेज से प्रिंसिपल के तौर पर रिटायर हुए और उनकी माँ भी शिक्षा के क्षेत्र में ही कार्यरत थीं। किशोरावस्था को पार करते ही, जाकिया को 'एम' नामक शख्स से प्यार हो गया। वे अभी भी सतर्क रहती हैं कि वे उसका नाम सार्वजनिक न करें। जल्द ही, उन्होंने तमाम सलाहों, तमाम रिवाजों के खिलाफ जाते हुए उससे शादी कर ली। वह शख्स उनसे न केवल उम्र में बारह साल बड़ा था, बल्कि पहले से ही तलाकशुदा था। शादी की चमक जल्द ही धूमिल पड़ गई। साल 1987 में निकाह के महीने भर के अंदर ही उन्हें महसूस हो गया कि उन्होंने गलती की।

वे कहती हैं, "मैं नादान थी। मैं भोली-भाली थी। मैंने सोलह साल तक भरपूर प्रयास किया कि मेरी शादी कारगर हो। शादी के साल भर के अंदर, मेरा बच्चा पैदा हो गया और वह मेरी संचालक शक्ति बन गया। मैंने महसूस किया कि मुझे यदि अपनी खातिर नहीं, तो अपने बच्चे की खातिर अपनी शादी को सुचारु बनाना चाहिए। मैंने तमाम किस्म के त्याग किए। मैंने अपनी भावनाओं, अपनी इच्छाओं, अपनी पसंदों और नापसंदों को दबाया। मैंने सोचा कि मैंने हरेक की इच्छा के विरुद्ध जाकर इस आदमी से शादी की, अब मैं इसे कारगर बनाऊँ। मैंने उसके हरेक इशारे पर इस उम्मीद में काम किया कि इससे उसका शौहर खुश होगा और मेरी शादी और मेरा परिवार बच जाएगा, मगर वह एक निरंकुश बाप निकला और मैंने इस आशा के साथ पूरी अधीनता सहन करना जारी रखा कि एक दिन यह सब बदलेगा। इस शख्स की जागीर में मैं एक गुलाम थी, कैदी थी। मुझे कोई सहारा नहीं था। मैंने हरेक की इच्छा के खिलाफ विवाह किया था और मेरे शौहर ने यह सुनिश्चित किया कि मैं अपने परिवार से फिर से न जुड़ सकूँ। वह मेरी हर धड़कन और हर साँस को नियंत्रित करता था।"

यह वह तय करता था कि वह किनसे मिल सकती है, वह किनसे बात कर सकती है, वह क्या पहन सकती है, वह किस चुटकुले पर हँस सकती है और कितने घंटे वह सो सकती है और इससे किसी भी विचलन के लिए शारीरिक यातना दी जाती थी।

जाकिया याद करती हैं, "ऐसी महिलाएँ होती हैं, जो अपने विवाह को कामयाब बनाने के लिए जीती और मरती हैं। मैं खुशकिस्मत रही कि मैं सोलह वर्षों के बाद ही विवाह तोड़कर मुक्त हो गई।" उन्हें उच्च शिक्षा ग्रहण करने की 'इजाजत' दी गई (हालाँकि इसके लिए उन्हें कीमत चुकानी पड़ी), इंगलिश लिटरेचर (अंग्रेजी साहित्य) में मास्टर्स कोर्स करने दिया गया और फिर एम.फिल. भी करने दिया गया। उन्हें एक अंग्रेजी अखबार में पहले एक उप-संपादक के रूप में काम करने की भी 'इजाजत' दी गई, फिर गुजरात विश्वविद्यालय के एक कॉलेज के लेक्चरर के रूप में, अंततः एक तकनीकी शिक्षा कंपनी के लिए काम करने दिया गया, लेकिन इस पूरे दौर में, यह उसका शौहर था, जो उनके विवाह में डोर खींचता था और उनके जीवन पर शासन करता था।

वर्ष 2002 की गुजरात हिंसा ने सबकुछ बदल दिया। तभी उन्होंने करीब से पीड़ा को देखा। ऐसी महिलाएँ थीं, जिनके घर राख में तब्दील कर दिए गए थे, ऐसी महिलाएँ थीं, जिनके शौहरों को जिंदा जला दिया गया था, लेकिन राहत शिविरों में इन महिलाओं ने अपना मान और धैर्य बनाए रखा और फिर से अपने जीवन के बिखरे टुकड़ों को संजोना शुरू किया। उन पर भीड़ ने हमला किया था, उनके घर जला दिए गए थे, लेकिन इन महिलाओं ने न्याय पाने की इच्छा नहीं छोड़ी थी।

जब जाकिया ने अपने पति के साथ उन महिलाओं के बीच काम किया, उन्हें भोजन, कपड़े और दवाइयाँ उपलब्ध कराईं, तो वह उन महिलाओं की शक्ति, तात्कालिक त्रासदी को भूलने की उनकी योग्यता की कायल हो गईं। उन्होंने देखा कि ये महिलाएँ किस तरह न्याय पाने के लिए अदालतों के चक्कर काट रही हैं, यहाँ तक कि उन्होंने संसद के दरवाजे भी खटखटाए। वे खुद पर शर्मिंदा हुईं।

उनके पास बढ़िया शिक्षा और काम का अनुभव था, लेकिन अपनी अपमानजनक शादी का वह अभी भी कोई निदान नहीं निकाल पाई थीं। कुछ समय बाद, जब वैवाहिक हिंसा और बदतर हो गई, उनके शौहर ने उन्हें इतने जोर से चाँटा मारा कि उसके अपने ही हाथ की हड्डी टूट गई—तो जाकिया ने अपने बेटे अरस्तू को लिया और घर से बाहर निकल आईं। वे अपनी बहन के पास गई, जहाँ उन्होंने अगले तीन माह बिताए या फिर से अपने पैरों पर खड़े होने की कोशिश की। राहत शिविरों में दंगा-पीड़ितों के बीच काम करने के उनके अनुभव ने उनका धैर्य बनाए रखा। उन्होंने अपने जीवन के बिखरे तारों को फिर से सुलझाया और वे सामाजिक क्षेत्र में काम करने लगीं। वे अब कोई कैदी नहीं थीं। वे खुली साँस ले सकती थीं। निरंकुश शौहर परिदृश्य से हट गया था। शौहर ने सुलह करने की

कोशिश की, लेकिन जब जाकिया ने अपना फ्लैट खरीद लिया तो उसने प्रयास छोड़ दिए। जाकिया ने एक महिला के रूप में अब अपना स्वतंत्र वजूद तलाश कर लिया था। वे स्वीकार करती हैं कि उनके शौहर ने उन्हें महर के रूप में 25 हजार रुपए और गुजारे के रूप में एक लाख रुपए दिए, इसके अलावा उसने बेटे की परवरिश के वास्ते 50 हजार रुपए और दिए, लेकिन जाकिया के लिए यह क्षतिपूर्ति के सवाल से काफी कुछ ज्यादा था। उन सोलह सालों में उन्होंने अपने जीवन का उत्कृष्ट समय गँवा दिया था, उनके बेटे को खुशहाल बचपन नहीं नसीब हुआ। अलगाव के वक्त उन्हें ऐसा महसूस हुआ कि वह अपने शौहर की गोली मारकर जान ले ले, और उसकी पीड़ा को बढ़ाने के लिए वह इस प्रक्रिया को दुहराए।

बहरहाल, औपचारिक तलाक जल्दबाजी में नहीं हुआ। जाकिया ने लखनऊ में दारुल उलूम नद्वातुल उलामा से संपर्क किया, जहाँ उनके खुला को औपचारिक रूप दिया गया और वह एक स्वतंत्र महिला घोषित कर दी गई। कुछ वक्त बाद, वर्ष 2007 में, उनकी मुलाकात सोमान नाम्बियार से हुई और जिनके साथ 2008 में उनकी शादी हुई। जाकिया ने इक्कीस साल की उम्र में 'एम' से अपनी इच्छा से शादी की थी। फिर इसी तरह उन्होंने नाम्बियार से विवाह किया। दोनों की यह दूसरी शादी थी।

जाकिया की पहली शादी दासता और दमन की कहानी रही थी, जिसमें उन्हें भावनात्मक, सामाजिक और शारीरिक पीड़ा सहनी पड़ी। वे घर के अंदर अकेले कष्ट झेलती रहीं और उनका बेटा इसका गवाह बना और साथ में वह भी दुःख उठाता रहा। उनके मध्यवर्गीय लालन-पालन ने उन्हें अन्याय के खिलाफ मुँह खोलने की इजाजत नहीं दी। उन्हें खुशी तब मिली, जब उन्होंने दूसरी शादी की। बहरहाल, इस मिलन की पितृसत्तात्मक सोच वालों ने काफी निंदा की। यह तथ्य कि सोमान एक हिंदू हैं, इसलिए जब जाकिया ने मुस्लिम महिलाओं के अधिकारों के लिए मुहिम छेड़ी तो इस तथ्य का हवाला देकर मुहिम की आलोचना की गई।

उनकी कानूनी शादी हुई। इस तथ्य का इस्तेमाल यह अफवाह फैलाने के लिए किया गया कि उनकी शादी हिंदू रीतियों के अनुसार हुई है। यह और बात है कि सोमान जब पहली बार जाकिया के माँ-बाप से मिले, तो उन्होंने उनके पिता से कहा, "अगर आप चाहें तो आप मुझे सोमानुल्लाह कह सकते हैं।" जो लोग जाकिया पर हमले कर रहे हैं, उनसे वे आश्चर्यचकित नहीं हैं। वह तंजपूर्वक कहती हैं, "जब में सोलह साल तक पीड़ा झेल रही थी तो वे लोग कहीं नहीं थे और अब वे मेरी व्यक्तिगत जिंदगी में दखल देना चाहते हैं।"

बाद में जब उन्होंने सनकी शौहरों द्वारा तुरंत तीन तलाक की घोषणा से पीड़ित मुस्लिम महिलाओं को न्याय दिलाने के लिए मुहिम छेड़ी, तो समुदाय (मुस्लिम) में से कई लोगों ने आश्चर्य व्यक्त किया कि क्या वे एक मुस्लिम हैं और यदि वे मुस्लिम हैं, तो उनका पति कैसे गैर-मुस्लिम है ? रूढ़िवादी तत्त्वों ने उनके काम को जले पर नमक छिड़कने जैसा लिया। उनकी तमाम अपील कि कुरान में उल्लिखित प्रक्रिया के अनुसार ही तलाक की इजाजत दी जानी चाहिए, जाकिया समुदाय के रूढ़िवादी स्व-नियुक्त प्रतिनिधियों के बीच स्वीकार्य नहीं हो पाई, मगर सनकपूर्ण तलाकों की मारी और विषम परिस्थितियों में फँसी मुस्लिम महिलाएँ मदद और मार्ग-निर्देशन के लिए उनके पास पहुँचती रहीं।

उनके संगठन की सदस्यता निरंतर रूप से बढ़ती रही है। जैसा कि वर्ष 2002 में था, जाकिया 2007 के बाद उन्हें रास्ता दिखाने के लिए मौजूद थीं। जब हाजी अली दरगाह और तीन तलाक का विवाद उभरा तो तब तक जाकिया को भरपूर अनुभव हो चुका था। अन्य बहादुर महिलाएँ, जो प्रताड़ित और बेदखल थीं, लेकिन हार मानने को तैयार नहीं थीं, उनका साथ देने के लिए जाकिया तैयार थीं। हाजी अली दरगाह के लिए संघर्ष वर्ष 2012 में शुरू हुआ और 2015 में अंजाम पर पहुँचा। तीन तलाक की लड़ाई अपेक्षाकृत छोटी रही। जाकिया ने मई, 2016 में जनहित याचिका डाली और सुप्रीम कोर्ट ने अगस्त, 2017 में तुरंत तीन तलाक के खिलाफ आदेश दे दिया।

आज जो लोग जाकिया पर आर.एस.एस. से संपर्क का आरोप लगाते हैं और उनकी मुहिम को राजनीतिक रंग देते हैं, उनका वे खुशी-खुशी मुकाबला करती हैं। वे खुलकर कहती हैं कि ऐसे लोग 2007 के पहले उनके काम को देखें, जब उन्होंने गुजरात में मोदी के नेतृत्व वाली सरकार के खिलाफ मुहिम छेड़ी थी। उन्हें यह भी पता है कि उन पुरुषों के खिलाफ भी इसी तरह के आरोप मढ़े जाते हैं, जिन्होंने स्थापित ताकतों को चुनौती दी है—मुस्लिम महिलाओं से उनकी शादी के बावजूद उन्हें बड़ी स्वीकृति हासिल नहीं हुई।

नूरजहाँ साफिया नियाज

नूरजहाँ साफिया नियाज के लिए जीवन शांतिपूर्ण, नियमित और मोटे तौर पर घटनाविहीन चल रहा था। उन्होंने हाल ही में टाटा इंस्टिट्यूट ऑफ सोशल साइंसेज से सोशल वर्क (सामाजिक कार्य) में मास्टर की डिग्री हासिल की थी। वे अपने

परिवार के साथ दादर में रहती थीं। महानगर मुंबई में वे अपने पड़ोसियों के साथ बात-व्यवहार करती थीं। बहरहाल, बाबरी मस्जिद-राम जन्मभूमि की आग, जिसने कई निर्दोष सपनों को राख में तब्दील कर दिया था, ने उनके अपार्टमेंट परिसर को भी अनछुआ नहीं छोड़ा। बाबरी मस्जिद विध्वंस की प्रतिक्रिया देश भर में हुई। उत्तर प्रदेश, महाराष्ट्र, मध्यप्रदेश, राजस्थान आदि राज्यों में सांप्रदायिक दंगे भड़क उठे। वैसे, नूरजहाँ किस्मत वाली थीं। उनके पड़ोसियों, जिनमें अधिकांश हिंदू थे, ने उनके परिवार का साथ दिया। उन्होंने उनसे कहा कि वे लोग चिंता न करें अथवा मुस्लिम मुहल्ले में जाने की न सोचें। एक रात, जब भीड़ ने उनकी कॉलोनी को घेर लिया, तो दरअसल उनके पड़ोसियों ने कुछ दंगाइयों से कहा कि मुस्लिम परिवार यहाँ से चला गया है।

बहरहाल, जल्द ही तनाव बढ़ने लगा और हिंसा की घटनाओं की खबरें नियमित रूप से आने लगीं। तब पड़ोसियों ने नूरजहाँ के माँ-बाप से कहा कि वे यहाँ से सुरक्षित निकल जाएँ। नूरजहाँ का परिवार छह महीने के लिए वहाँ से चला गया और जब हालात ज्यादा शांतिपूर्ण हुए, तो वे लौट आए।

बाबरी मस्जिद के विध्वंस और उसके बाद भड़के दंगे ने नूरजहाँ को दहला दिया। वे सदमे में थीं। उन्होंने महसूस किया कि कुछ करना पड़ेगा। वे अकसर कहती हैं, "6 दिसंबर, 1992 को, मैं अपनी मुस्लिम पहचान को लेकर सजग हुई।" वे हालाँकि घटनाक्रम से गमगीन थीं, लेकिन नूरजहाँ आत्मनिरीक्षण की मन:स्थिति में आ गई। 'मस्जिद क्यों ध्वस्त कर दी गई? जो लोग शासन करते हैं, उनके द्वारा अल्पसंख्यकों के अधिकारों की रक्षा क्यों नहीं की जाती है? क्या एक समुदाय के रूप में अपने मसलों को हल करने के लिए हमें कुछ करना चाहिए? वह क्या है, जो हम रचनात्मक रूप से कर सकते हैं, बजाय हर बार पीड़ित होने के?' उन्होंने अपने आपसे ये सवाल पूछे और सीधे दंगा-पीड़ित महिलाओं के राहत एवं पुनर्वास कार्य में कूद गईं।

शोषितों के लिए काम करने के इस जुनून में उनके दिन और रात कटने लगे। महिलाओं के आर्थिक उत्थान के लिए बनाए गए एक राज्य सरकार के संगठन के लिए कुछ समय काम करने के बाद, वे 'युवा' (YUVA—यूथ फॉर यूनिटी एंड वॉलेंटरी एक्शन) नामक संगठन से जुड़ गईं। उन्होंने महसूस किया कि समाज में महिलाओं के लिए स्वतंत्रता के नाम पर कुछ भी नहीं है। 'युवा' शहरी गरीब लोगों को उन मुद्दों पर लामबंद करता था, जो उन्हें प्रतिकूल ढंग से प्रभावित करते थे

और नूरजहाँ ने उनके जीवन को फिर से पटरी पर लाने के लिए अथक रूप से काम किया। बहरहाल, जोगेश्वरी में उन्होंने एकदम जमीनी स्तर पर काम किया। यहाँ उन्हें निम्न आयवाले मुस्लिम परिवारों के बीच काम करने का मौका मिला। इसी दौरान धर्म और समाज के प्रति उनका नजरिया बना। जैसे-जैसे उन्होंने हाशिये पर धकेल दी गई औरतों को रोजमर्रा की लड़ाई लड़ने में मदद की, इससे नूरजहाँ को आगे की चुनौतियों का अहसास हो गया। परिणामस्वरूप, उन्होंने जाकिया सोमान के साथ मिलकर बी.एम.एम.ए. की स्थापना की। सोमान ने भी वर्ष 2002 के गुजरात दंगे के बाद अपनी आत्मशक्ति को जगाया था।

इन दोनों जीवटवाली महिलाओं ने बी.एम.एम.ए. को आकार देना शुरू किया। इस संगठन के आज एक लाख से भी ज्यादा सदस्य हैं। इस संगठन को देशभर से पीड़ित महिलाओं के मेल नियमित रूप से आते रहते हैं। इसलिए जब सायरा बानो उच्चतम न्यायालय में अपना केस लड़ रही थीं, तो बी.एम.एम.ए. उनकी मदद को आगे आया। शीघ्र ही आफरीन रहमान, इशरत जहाँ और अन्य की याचिकाएँ सायरा बानो की मूल याचिका के साथ जोड़ दी गईं।

जब सुप्रीम कोर्ट ने अपने उल्लेखनीय फैसले में तुरंत तीन तलाक को अमान्य करार दे दिया तो देशभर में खुशियाँ मनाई गईं, लेकिन नूरजहाँ और उनके सहयोगियों के लिए सतर्क होने की भी बात थी। यह महसूस किया गया कि अदालत ने याचिकाकर्ताओं की वैवाहिक स्थिति को लेकर सीधे कुछ नहीं कहा है और अदालत के फैसले के बावजूद, वास्तविक जिंदगी में तुरंत तीन तलाक को दरकिनार करना आसान नहीं हो सकता है।

नूरजहाँ कहती हैं, "मैं समझती हूँ कि यह फैसला पाँच याचिकाकर्ताओं की तात्कालिक समस्याओं या हितों का समाधान नहीं करता है। हम योजना बना रहे हैं कि विधायिका के पास जाएँ और निजी कानून के संहिताकरण की माँग करें, जैसा कि सर्वोच्च न्यायालय ने निर्देश दिया है। हम इस बात से संतुष्ट हैं कि अदालत ने तुरंत तीन तलाक को दरकिनार कर दिया है, लेकिन हमने हलाला और बहुविवाह को भी अमान्य करार देने की माँग की थी।"

हलाला को अमान्य घोषित करने की माँग को समझा जा सकता है, क्योंकि कुरान में इसका कोई जिक्र नहीं है, खासकर जिस तरह से कुछ तबकों में इसे अमल में लाया जाता है, लेकिन कुरान एक आदमी को चार बीवियाँ रखने की इजाजत देती है, बशर्ते उनके साथ न्यायपूर्ण एवं समानतापूर्ण व्यवहार करे। तो क्या नूरजहाँ

कुरान के खिलाफ जाने की कोशिश कर रही हैं?

नूरजहाँ अपने फैसले का बचाव करते हुए कहती हैं, "हरगिज़ नहीं। आयतों में मर्दों को चार बीवियाँ करने की इजाजत है, लेकिन उनसे कहा गया है कि यदि उन चारों के साथ समुचित व्यवहार नहीं कर सकते हैं तो बेहतर है सिर्फ एक शादी करें और फिर यह इस्लामी इतिहास के एक खास दौर के लिए था। बहुविवाह का बचाव सुराह निसा में एक आयत के आधार पर किया जाता है। वह आयत विशेष परिस्थितियों में सामने लाई गई थी और इसका मतलब व्यापक इजाजत नहीं था।"

संयोगवश, अधिकतर मुस्लिम बच्चों की तरह, नूरजहाँ ने मूल अरबी रूप में कुरान पढ़ना सीखा, लेकिन चूँकि वे अरबी भाषा नहीं जानती थीं, इसलिए वे कभी भी इनका अर्थ नहीं समझ पाईं। वे नहीं समझ पाईं कि महिलाओं को इसमें क्या अधिकार दिए गए हैं, यह अपने अनुयायियों से किस तरह की जीवन-शैली की अपेक्षा करती है आदि-आदि। तब उन्होंने एक कार्यकर्ता होने के नाते कुरान का अंग्रेजी अनुवाद पढ़ने का फैसला किया। फिर उन्होंने पवित्र ग्रंथ की स्पष्ट समझ बनाने के लिए कई आलिमों की रचनाओं का भी अध्ययन किया। ये प्रयास उन्होंने तब किए, जब जोगेश्वरी और अन्यत्र काम करते हुए मुस्लिम महिलाओं की समस्याओं से उन्हें रू-ब-रू होना पड़ा। उनकी रोजाना की समस्याओं के लिए, उन्हें कुरान में समाधान ढूँढ़ना पड़ता था। बहरहाल, हदीथ अकसर उन्हें एक ऐसा ऊँचा पर्वत लगा, जिसे पार करना मुश्किल है।

"मैंने महसूस किया कि अगर मैं न केवल यह जिंदगी, बल्कि दो जीवन लगा दूँ, तो भी मैं हदीथ की तमाम किताबें नहीं पढ़ पाऊँगी। फिर, हमेशा यह भी सवाल था कि कौन प्रामाणिक है और कौन अप्रामाणिक हदीथ है? इसलिए मैंने मूल स्रोत कुरान के पास जाने का निर्णय किया। मैंने इसे यह समझने के लिए पढ़ा कि इसने महिलाओं को क्या शक्तियाँ दी हैं? मौलाना लोग इन शक्तियों के बारे में बात नहीं करते हैं, क्योंकि हम पितृसत्तात्मक समाज में रहते हैं और मौलाना नहीं चाहेंगे कि उन्हें चुनौती मिले।"

मुस्लिम महिलाओं के साथ काम करने के दौरान उन्होंने महसूस किया कि कई महिलाओं द्वारा दासता या अधीनस्थता की भावना को आत्मसात् कर लिया गया है। जब नूरजहाँ और उनके सहयोगियों ने उनके साथ तर्क करने की कोशिश की, तो कई महिलाओं ने उनका विश्वास करने से ही इनकार कर दिया, क्योंकि बचपन से उन्हें मर्दों के द्वारा धर्म का एक खास तरीका पढ़ाया गया था।

उनके तमाम बहादुर कार्यों के बावजूद, यह उँगली उठाई जाती है कि जाकिया सोमान के साथ नूरजहाँ को दक्षिणपंथी सरकार द्वारा सामने लाया गया है। नूरजहाँ इसका प्रतिवाद करती हैं, "बदलाव और सुधारों की बात करने का अच्छा वक्त कब है? अगर अभी नहीं, तो कब? हमने सत्तर वर्षों तक इंतजार किया है, लेकिन कुछ भी बदला नहीं है, यहाँ तक कि ऑल इंडिया मुस्लिम पर्सनल लॉ बोर्ड के पास भी परिवर्तन लाने के लिए बहुत वक्त था, लेकिन हमें जो मिला, वह आधा-अधूरा प्रयास था। महिलाओं को खुद ही कुछ करना था और कुछ मौलाना जिस तरह की प्रतिक्रिया दे रहे हैं, वह इसलिए कि वे हमारे तर्क का जवाब देने में असमर्थ हैं। इसलिए वे आक्षेप और आरोप लगाने में लिप्त हैं, लेकिन हम पीछे नहीं हटेंगी। हम चाहते हैं कि मुस्लिम कानून को संहिताबद्ध किया जाए।"

वस्तुतः नूरजहाँ, अमीना वदुद को अपनी प्रेरणा मानती हैं। ये वही महिला हैं, जिन्होंने अमेरिका में शुक्रवार की नमाजों की अगुवाई की। तीन तलाक पर सुप्रीम कोर्ट के फैसले के काफी पहले नूरजहाँ और जाकिया सोमान ने उन मुस्लिम महिलाओं के अधिकारों की लड़ाई लड़ी, जो मुंबई में हाजी अली दरगाह में प्रवेश करने की इजाजत चाहती थीं और उन्होंने जीत हासिल की। यह एक शुरुआती लेकिन उल्लेखनीय सफलता थी। नूरजहाँ का यह प्रयास भी उल्लेखनीय है कि मुस्लिम महिलाओं को काजी बनने के लिए प्रशिक्षित किया जाए, उन्हें बताया जाए कि कुरान क्या कहती है, पैगंबर का सुन्ना क्या कहता है? उन्होंने 'दारुल उलूम निस्वान' नामक संस्था की स्थापना की। यह इस्लामी शिक्षा का एक केंद्र है। यह केंद्र महिला काजियों को कुरान, हदीथ और शरीया का अध्ययन करने में प्रशिक्षित करता है। महिलाओं को निकाह करवाने, निकाहनामा भरने आदि का प्रशिक्षण दिया जाता है। इसके बाद महिलाओं की शरीया अदालतें सामने आईं, जो मजहबी आदेशों की इस तरह व्याख्या करती हैं कि वे महिलाओं के लिए उचित हों। नूरजहाँ और जाकिया ने अब एक प्रारूप तैयार किया है, जिसे 'मुस्लिम पारिवारिक कानून' कहा जाता है। यह मुसलमानों के पारिवारिक कानूनों में सुसंगति, सामंजस्य लाना चाहता है।

जल्द ही तीन तलाक पर फैसला आ गया। नूरजहाँ कहती हैं, "महिलाओं के तौर पर हम फैसले से संतुष्ट हैं। यह तलाक के कुरानी तरीके को प्रतिष्ठित करता है, लेकिन अभी लड़ाइयाँ लड़ी जानी हैं, जैसे उन महिलाओं की दुर्दशा के खिलाफ, जो भविष्य में तीन तलाक के जरिए तलाक का शिकार होंगी। उनकी स्थिति क्या

होगी? क्या उनके शौहरों को इसके लिए दंडित किया जाएगा? हम चाहती हैं कि ऐसी कारखाई को घरेलू हिंसा कानून के तहत रखा जाए।" और संघर्ष जारी है।

सायरा बानो

अगर उत्तराखंड में काशीपुर के काजियों को बेहतर जानकारी होती, तो देश ने उत्सुक महिलाओं और घबराए मर्दों की आँखों के सामने सनसनीखेज तीन तलाक नाटक को घटित होते नहीं देखा होता। देश की सर्वोच्च अदालत ने तुरंत तीन तलाक को अंततः अमान्य करार दे दिया, यह कोई छोटे-मोटे संतोष की बात नहीं है। बहरहाल, सायरा बानो नामक जिस महिला ने पहली बार अदालत में याचिका डाली, को इतनी पीड़ा नहीं झेलनी पड़ती, यदि उन्होंने और उनके पिता ने जिन इमामों और काजियों से मशविरा किया था, उनको कुरान की बेहतर समझ होती और वे उनसे पवित्र ग्रंथ की शिक्षाओं को साझा करने को इच्छुक होते। फिर अगर काशीपुर के काजियों को हन्बाली आदेश (एक ही बार में तीन तलाक की घोषणा को एक ही तलाक मानना और पलटा जाने योग्य तलाक मानना) के बारे में पता होता, तो सायरा बानो की शादी बचाई जा सकती थी।

यह भी समान रूप से महत्त्वपूर्ण है कि जब सायरा बानो वर्षों से अपने शौहर के हाथों अपमान और अत्याचार झेल रही थीं, तो यदि समाज की पितृसत्तात्मक ताकतों ने उन्हें इस्लाम में मुस्लिम महिलाओं को उपलब्ध तलाक के अधिकार के बारे में बताया होता, तो उनकी मदद की जा सकती थी। किसी भी इमाम या जानकार आदमी ने सायरा बानो को खुला के बारे में नहीं बताया। इसके तहत वे अपने शौहर के शिकंजे से निकल सकती थीं और उन्हें विवाह को भंग करने का कोई कारण तक नहीं बताना होता। उन्हें अपने निजी मामले और आक्रोश को सार्वजनिक नहीं करना पड़ता। दुर्भाग्यवश, वर्षों तक सायरा बानो को अपने प्रॉपर्टी डीलर शौहर की दहेज (एक कार और नकदी) की माँग को बर्दाश्त करना पड़ा। वर्षों तक, वे गर्भपातों का दर्द सहती रहीं। किसी भी सामाजिक समर्थन-सहयोग के अभाव में, वे एकदम निस्सहाय बन गईं। उन्हें गुर्दे (किडनी) में तकलीफ हो गई और इलाहाबाद में उनके शौहर के यहाँ चिकित्सा सुविधा का अभाव था। मजबूर होकर सायरा बानो को इलाज के लिए उत्तराखंड में अपने माँ-बाप के पास लौटना पड़ा था। यह सायरा बानो के लिए एक छोटा कदम था, लेकिन यह महिलाओं के लिए विशाल कदम साबित होनेवाला था।

इलाहाबाद में, उन्होंने खुला या यहाँ तक कि तलाक-ए-तफवीज के बारे में नहीं सुना था। काशीपुर में, उन्हें तुरंत तलाक की वास्तविकता को समझना था और फिर इस्लाम के तलाक कानूनों की पितृसत्तात्मक व्याख्या को चुनौती देना था। एक विनम्र पत्नी से मर्दों के प्रभुत्व की स्थापित ताकतों को चुनौती देने के लिए तैयार साहसी महिला बनने में उन्हें लगभग चौदह साल लग गए, मगर आत्म-अनुभूति की घड़ी के पहले उन्हें एक क्रूर झटका लगा। अपने माँ-बाप के घर में रहते हुए, उन्हें अपने शौहर का एक फोन आया कि जायदाद से संबंधित कुछ कागजात उन्हें स्पीड पोस्ट से भेजे गए हैं। एक प्रॉपर्टी कारोबारी के यहाँ संपत्ति की बात सामान्य-सी बात थी। उन्होंने बगैर किसी शक के अक्टूबर, 2015 में स्पीड पोस्ट से एक पैकेट प्राप्त किया, लेकिन जब उन्होंने इसे खोला तो इसमें संपत्ति के कोई कागजात नहीं थे। इसकी बजाय, इसमें एक तलाकनामा था, जिस पर स्पष्ट रूप से तीन बार भयावह शब्द (तलाक) लिखा हुआ था। साथ ही 15 हजार रुपए का एक चेक भी था, जिसमें उनकी महर और तीन महीने के लिए गुजारे की रकम शामिल थी। एक डाक के पाने के साथ ही, सायरा बानो की जिंदगी एकदम उलट गई। अपने दो बच्चों के साथ अब वे एक शादीशुदा महिला नहीं रहीं, बल्कि वे एक तलाकशुदा बन गईं, जिन्हें अपने बच्चों को हासिल करने के लिए संघर्ष करना था। उनके पास गुजारे की कोई और रकम नहीं आई और पूर्व दंपतियों के बीच संपर्क पूरी तरह टूट गया। सायरा बानो अपने बच्चों तक पहुँचने में असमर्थ थीं, क्योंकि वे अपने बाप के पास थे। कुछ समय बाद ही उनके शौहर ने पुनर्विवाह कर लिया।

तब सायरा बानो के पिता ने उनकी वैवाहिक स्थिति को समझने के लिए स्थानीय आलिमों, काजियों और इमामों से संपर्क किया। उन सभी ने घोषणा की कि तलाकनामा के भेजे जाने और बीवी द्वारा इसे प्राप्त कर लेने के साथ ही शादी समाप्त हो चुकी है। किसी भी आलिम ने उनसे नहीं पूछा कि वह या उनका शौहर किस न्याय-क्षेत्र के स्कूल का अनुसरण करता था। आज तक, सायरा बानो को नहीं पता कि उनका शौहर एक हनफी था या हन्बाली आदेश को मानने वाला था। हनफी स्कूल में तुरंत तलाक को मान्य समझा जाता है, जबकि हन्बाली स्कूल में एक ही बार में तलाक की कई घोषणाओं को एक ही तलाक माना जाता है और इसे पलटा जा सकता है। यह भी पक्का नहीं है कि वह हनफी हैं। यह पूछे जाने पर किए क्या वे हन्बाली हैं? उन्होंने जवाब दिया, "मैं पक्की नहीं हूँ। मैं नहीं जानती हूँ, लेकिन हमें हनफी होना चाहिए। हमारे शपथ-पत्र ऐसा घोषित करते हैं।"

सायरा बानो और उनके शौहर न्याय-क्षेत्र के किस स्कूल को मानते थे, इसके बारे में स्पष्टता नहीं थी। इस तथ्य से काजियों के पास पर्याप्त अवसर था कि वे सायरा बानो के तुरंत तलाक को सिर्फ एक तलाक मानते, जिसे पलटा जा सकता था।

इसी तरह का एक केस 1990 के दशक के उत्तरार्द्ध में उठा था। इस्लामी फिकाह एकेडेमी (भारत) द्वारा हैदराबाद में इस्लामी विद्वानों का एक सम्मेलन आयोजित किया गया था। इसी सम्मेलन में एक अंग्रेज ने यह विषय उठाया। उन्होंने तुरंत तलाक के जरिए अपनी बीवी को तलाक दे दिया था। उन्होंने वही प्रक्रिया अपनाई थी, जैसा कि सायरा बानो के शौहर रिजवान अहमद ने अपनाई थी। अंग्रेज से पूछा गया कि वह किस इमाम का अनुसरण करते हैं? वे नहीं जानते थे कि वे एक हनफी हैं, मलिकी हैं, शफी हैं या फिर हन्बाली हैं। इस पर इस्लामी विद्वानों ने निष्कर्ष निकाला कि उनकी घोषणा एक तलाक मानी जाएगी और उन्हें एक विकल्प दिया गया कि वह इस तलाक को अपने शब्द या अपनी काररवाई के जरिये निरस्त कर सकते हैं। इसी तरह की काररवाई ने सायरा बानो की शादी को बचा लिया गया होता। यह उल्लेखनीय है कि सर्वोच्च न्यायालय द्वारा तुरंत तलाक को अमान्य घोषित किए जाने के बाद भी, उन्होंने (सायरा) कहा, "मैं अपने बच्चों की खातिर अपने शौहर के पास वापस जाने को सोचती, मगर उसने दूसरी शादी कर ली है। अब, यह संभव नहीं है। मैं इसे स्वीकार नहीं कर सकती।"

रिजवान ने नई बीवी के साथ घर बसा लिया है। समस्या इसी में है। मर्द सुख भोगने के लिए शादी करते हैं, फिर तलाक की घोषणा कर देते हैं और दूसरी औरत से शादी कर लेते हैं।

मगर सायरा बानो फिर शादी नहीं कर सकतीं, किसी भी तरह तुरंत नहीं। सर्वोच्च न्यायालय ने एक बार में तीन तलाक को अमान्य कर दिया। इस पैमाने से, सायरा बानो के वैवाहिक अधिकार बहाल किए जाने चाहिए और उन्हें रिजवान अहमद की कानूनन पहली बीवी बने रहना चाहिए, लेकिन उन्हें सम्मानपूर्वक वापस लेने के लिए उनके शौहर को किसी निर्देश के अभाव में, सायरा बानो किसी विजयी स्थिति में नहीं हैं। उनका पूर्व शौहर उन्हें अब अपनी बीवी नहीं मानता। तुरंत तीन तलाक भेजने के पूर्व उनके शौहर ने उनके खिलाफ केस दर्ज कर रखा था और वैवाहिक अधिकारों की बहाली की माँग की थी, क्योंकि सायरा बानो काशीपुर में अपने पिता के साथ रह रही थीं। फिर भी तलाक की उसकी घोषणा अब अमान्य है। इधर, सायरा बानो अगर फिर से शादी करना चाहें, तो उन्हें अपने शौहर को

तलाक देना होगा, यानी उन्हें खुला हासिल करना होगा। वैसे, धर्मावलंबियों द्वारा यह भी माना जाता है कि उनके शौहर ने उन्हें तलाक दे दिया (इसे यदि सिर्फ एक तलाक भी माना जाए, जिसे पलटा जा सकता है) और तीन महीने के इंतजार की अवधि, जिसमें दंपती सुलह कर सकते थे, भी समाप्त हो गई है, तो तलाक मुकम्मल हो गया है। सायरा बानो, अन्य याचिकाकर्ताओं की तरह, नया पार्टनर चुनने के लिए स्वतंत्र हैं।

सायरा बानो की इलाहाबाद से लेकर काशीपुर तक और अंततः नई दिल्ली में सुप्रीम कोर्ट तक की यात्रा में जागरूकता और स्पष्टता का अभाव था, यहाँ तक कि जब उन्होंने सर्वोच्च अदालत में याचिका डाली, तो उन्होंने एकतरफा तुरंत तलाक, निकाह हलाला और बहुविवाह को प्रतिबंधित करने की माँग की। उस स्थिति में भी, किसी मौलाना ने उन्हें इस्लाम में हलाला और बहुविवाह की असली स्थिति के बारे में जानकारी नहीं दी। जिस तरह कुछ काजी जोर देते हैं, कुरान में निकाह हलाला का कोई उल्लेख नहीं है और पवित्र ग्रंथ स्पष्ट रूप से मर्दों को एक से ज्यादा बीवी रखने की इजाजत देता है। यह बात सायरा बानो से कहें और वे कहती हैं, "हाँ, कुरान में ऐसा कुछ नहीं है, जिसे हलाला कहते हैं, लेकिन किसी ने मुझे बहुविवाह के बारे में नहीं कहा कि क्या कुरान द्वारा इसकी इजाजत है अथवा नहीं। बहरहाल, अगर एक आदमी एक से ज्यादा बीवी कर भी ले, तो उसे अवश्य ही उनके साथ समान व्यवहार करना चाहिए। अगर वह न्याय नहीं कर सकता है, तो बेहतर है कि वह एक ही बीवी रखे। मेरी लड़ाई अब निजी नहीं है। यह तमाम महिलाओं के लिए है। एक समय ऐसा भी आया, जब मुझसे कहा गया कि मैं इस्लाम के खिलाफ जा रही हूँ और इससे विवाद खड़ा होगा, तो मैं अपनी याचिका वापस लेने को सोच रही थी। बहरहाल, मैंने लड़ाई जारी रखी क्योंकि मैं कुरान की रोशनी में न्याय चाहती थी। मुझे जिस पीड़ा से गुजरना पड़ा, किसी और महिला को उससे नहीं गुजरना चाहिए। मेरी बेटी को उस तरह नहीं भुगतना चाहिए, जिस तरह मैंने भुगता। मैं अपने बच्चों के लिए भी अभिरक्षा अधिकार पाने के लिए लड़ रही हूँ।"

आफरीन रहमान

आफरीन रहमान जयपुर में अपने भाई के घर से जोधपुर में अपने नाना से मिलने जा रही थीं। उनके साथ उनकी माँ भी थीं। वे जिस बस से जा रही थीं, वह एक ट्रक से टकरा गई। आफरीन को पैरों में फ्रैक्चर हो गया, मगर उनकी माँ की

मौके पर ही मौत हो गई। अशांत विवाह के बावजूद, उनका शौहर इस तकलीफदेह मौके पर आया। उनकी विवाहित जिंदगी में पहली बार ऐसा लगा कि वह उनकी देखभाल कर रहा है।

कुछ दिनों के बाद, उनका शौहर अपने निवास स्थान इंदौर चला गया। उसने वादा किया था कि वह जल्द वापस आएगा, मगर वह कभी नहीं लौटा। अनेक फोन करने और मैसेज भेजने के बाद, उसने आफरीन के नंबर को ब्लॉक, यानी बंद कर दिया। इसकी बजाय, उसने हिंदी में लिखा एक पत्र जोधपुर में उनके नाना और जयपुर में उनके मामा को स्पीड पोस्ट से भेजा। यही डाक उनके चचेरे भाई नसीम अख्तर को भी भेजी गई, मगर उन्होंने उसे लेने से इनकार कर दिया। उनके नाना और मामा उतने सतर्क नहीं थे। पैकेट खोलने के बाद उन्होंने पाया कि इसमें आफरीन के शौहर सैयद अशर अली वारसी द्वारा अपनी लेखनी में तीन भयावह शब्द 'तलाक, तलाक, तलाक' लिखे हुए थे।

यह पत्र 2016 में जनवरी के अंत में आया था। आफरीन की दुनिया में वैसे भी खुशियाँ नहीं थीं, लेकिन इस पत्र ने तो उनका जीवन ही चकनाचूर कर दिया। उनकी शादी एक वैवाहिक साइट के जरिए अगस्त, 2014 में हुई थी, लेकिन यह हमेशा उथल-पुथल भरी रही और अंततः खत्म ही हो गई। आफरीन ने एम.बी.ए. किया हुआ था। इस कथित एकतरफा तलाक की प्राप्ति के पहले, आफरीन ने हर जुल्म को इस उम्मीद में बर्दाश्त किया कि वक्त गुजरने के साथ स्थितियाँ सुधरेंगी। उन्हें यह भी अहसास था कि उनकी शादी का खर्च उठाने के लिए उनके भाइयों ने बड़ा कर्ज लिया था।

वारसी से विवाह के बाद आफरीन इंदौर चली गईं। जल्द ही, उन्हें एक स्टोर मैनेजर की नौकरी मिल गई। बहरहाल, इस पर उनकी सास ने आपत्ति जताई और उन्होंने टीचर की नौकरी करने की सलाह दी। इसके बाद शीघ्र ही अन्य मतभेद भी उभर आए। शादी के कुछ महीने बाद ही, उन्हें अहसास हो गया कि उनके परिवार ने उनके लिए वकील शौहर को चुनकर गलती की थी। वह एक प्रतिष्ठित परिवार से जरूर था, लेकिन वह बीवी के साथ मार-पीट करता था। छोटी-मोटी असहमति होने पर भी, वह अपनी बीवी को शारीरिक यातना देता था। ज्यादा दहेज के लिए भी नियमित माँग की जाती थी। जब माँगें पूरी नहीं होती थीं तो शौहर उन्हें पीटता था। शादी के साल भर बाद, अगस्त, 2015 में, उनके शौहर ने उन्हें घर से बाहर कर दिया। जब आफरीन के भाइयों और उनकी माँ ने मनुहार की, तो उसने

आफरीन को घर में वापस बुला लिया। आफरीन के पिता वर्ष 2009 में ही गुजर गए थे। वारसी में कोई सुधार नहीं हुआ और उसने सितंबर में आफरीन को बिना रिजर्व टिकट के रात की ट्रेन से जयपुर भेज दिया।

अपने भाई के साथ कुछ दिन रहने के बाद, आफरीन अपनी माँ के साथ अपने नाना के घर जा रही थीं। यह उनकी माँ के लिए घातक यात्रा साबित हुई और आफरीन के लिए भी अनर्थकारी साबित हुई। कुछ ही महीने बाद आफरीन को तुरंत तलाक के जरिये तलाक दे दिया गया।

बहरहाल, आफरीन ने बगैर विरोध के तलाकनामे को स्वीकार करने से इनकार कर दिया। उन्होंने कथित तलाक पर राय जानने के लिए स्थानीय काजी से संपर्क किया। प्रबुद्ध आदमी ने माना कि कागज के टुकड़े पर लिखा तीन तलाक अमान्य है। उन्होंने दलील दी कि कुरान की रोशनी में यह विवाह समाप्त करने का उचित तरीका नहीं है, क्योंकि सुलह करने के पहले चरण पर विचार नहीं किया गया है। वैसे, उनके फैसले का आफरीन की शादी पर कोई असर नहीं पड़ा। बहरहाल, इसने बिछुड़े हुए दंपतियों की एक बार मुलाकात करने में मदद की। काजी के आदेश के बाद, मसलों को सुलझाने के लिए दंपती की एक बार मुलाकात तो हुई, लेकिन इसमें आफरीन को और धमकियाँ मिलीं और अपमान सहना पड़ा। उनके शौहर ने उन्हें वापस लेने से इनकार कर दिया। उसने अपना फोन नंबर बदल लिया, आफरीन को सोशल मीडिया पर ब्लॉक कर दिया और उनके परिवार से पूरा संपर्क तोड़ लिया। आफरीन का परिवार उनके शौहर के पैतृक स्थान पर भी गया, लेकिन घर पर ताला जड़ा था।

फिर भी, आफरीन ने हथियार नहीं डाले और वारसी व उसकी माँ के खिलाफ घरेलू हिंसा की पुलिस में शिकायत दर्ज करा दी। वे गिरफ्तार कर लिये गए, लेकिन गिरफ्तारियों से आफरीन को कोई राहत नहीं मिली। उसी दिन, आफरीन के भाई ने जान दे दी। यह आफरीन के लिए भी सह पाना मुश्किल था; वे डिप्रेशन (अवसाद) में चली गईं।

बहरहाल, एक बार फिर, लोक प्रसिद्ध अमर पक्षी की तरह, वह बर्बाद संबंध की राख से उठ खड़ी हुई और अपने शौहर को कानून की अदालत में घसीट लिया।

जब वह अपने शौहर को उत्तरदायी ठहराने के लिए अपने विकल्पों को तलाश कर रही थीं, तभी उनकी मुलाकात बी.एम.एम.ए. के कार्यकर्ताओं से हुई और वे उच्चतम न्यायालय पहुँच गईं। अदालत ने उनकी याचिका को तुरंत तलाक

या तीन तलाक के खिलाफ बड़े केस के साथ जोड़ लिया। जब कोर्ट ने तुरंत तीन तलाक को अमान्य घोषित कर दिया तो आफरीन बस इतना कह सकीं, "जो कुछ मुझे सहना पड़ा है, उसका अनुभव किसी और को नहीं होना चाहिए।" फिर भी उनकी खुशी अस्थायी साबित हुई। माननीय अदालत ने तुरंत तलाक को निरस्त अवश्य कर दिया था, लेकिन उनकी शादी को लेकर कुछ नहीं कहा था और न ही उनके शौहर को कोई निर्देश दिया गया था। अदालत का फैसला गुजारा, संभरण आदि की बात नहीं करता है। आज, अगर आफरीन किसी अन्य आदमी से शादी करना चाहे, तो वे बस खुद को फिर चौराहे पर पाएँगी। क्या उनका तुरंत तलाक मान्य है? या, यदि इसे सिर्फ एक पलटा जाने योग्य तलाक माना जाता है, जैसा कि कई मुस्लिम देशों में होता है, तो क्या उन्हें वारसी के साथ फिर से शादी करनी होगी, क्योंकि इद्दत के तीन महीने काफी पहले पूरे हो चुके हैं। यानी यह माना जाए कि जेल भेजे जाने के बाद उनका शौहर उन्हें वापस ले लेगा और यदि वह उन्हें वापस नहीं लेता है, जैसी कि संभावना है, तो आफरीन की वैवाहिक स्थिति क्या है? क्या उन्हें अपनी पसंद के दूसरे व्यक्ति से शादी करने के लिए पहले उन्हें खुला हासिल करना होगा? आफरीन की जिंदगी में इस घड़ी जवाबों से ज्यादा सवाल हैं। संभव है कि इनका जवाब उन्हें तब मिले, जब वे अपनी वैवाहिक स्थिति, गुजारा, संभरण आदि के लिए एक बार फिर अदालत का दरवाजा खटखटाएँ। उन्होंने लड़ाई भले ही जीत ली हो, लेकिन युद्ध जारी रखना होगा।

इशरत जहाँ

'इशरत जहाँ को क्या मिला?' यही वह सवाल है, जिसे इशरत ने तुरंत तलाक को अमान्य करार देने वाले सुप्रीम कोर्ट का फैसला आने के बाद अपने आप से और सामान्य तौर पर हर किसी से पूछा। दरअसल, जब महिला कार्यकर्ता एक-दूसरे को मिठाइयाँ खिलाने में और राजनीतिक नेता अपनी पीठ थपथपाने में व्यस्त थे, तब इशरत जहाँ अकेली पड़ गई थीं। बत्तीस वर्षीय चार बच्चों की माँ बहुत चकित थीं, "हर कोई खुश है। हर किसी ने फैसले का स्वागत किया है। महिला कार्यकर्ता हमें ऐसा कहती हैं। हमारे राजनीतिक नेता भी कहते हैं, यहाँ तक कि हमारे प्रधानमंत्री ने भी कहा कि यह महिलाओं को ताकत देगा। वे सब कहते हैं कि यह महिलाओं के लिए अच्छा है। अब किसी को भी तीन तलाक के जरिये तलाक नहीं दिया जाएगा, लेकिन मेरे बारे क्या? इस फैसले ने मुझे क्या दिया है,

कोई गुजारा, या कोई संभरण ? कुछ भी नहीं। अदालत ने तीन तलाक पर रोक लगा दी, लेकिन मुझे कुछ नहीं दिया।"

वे आगे कहती गईं, "मैं अभी भी रोष में हूँ। मैं अभी भी भूखी हूँ। मेरे बच्चों को मेरे शौहर ने रख लिया था, लेकिन उनमें से दो मेरे पास लौट आए हैं। मैं उन्हें कैसे खिलाऊँगी ? मेरा शौहर खुशी-खुशी फिर से शादीशुदा हो गया है। वह अपनी बीवी के साथ रहता है। मैं कहाँ जाऊँ ? अब उसका परिवार इस बात से भी इनकार करता है कि उसने मुझे तलाक दिया है। अगर यह सच है तो उसने इन तमाम वर्षों में मुझे एक भी रुपया क्यों नहीं भेजा ?"

उच्चतम न्यायालय के फैसले के बाद, उनके शौहर मुर्तजा अंसारी ने उन्हें वापस रखने की पेशकश की, मगर इशरत इसके लिए राजी नहीं हैं। उन्होंने निर्णायक बात कही, "पहले उसका परिवार कहता है कि उसने मुझे तलाक नहीं दिया। अब वह कहता है कि वह मुझे वापस लेना चाहता है। मैं उसके पास नहीं लौटूँगी। एक आदमी एक ही बिस्तर पर दो औरतों के साथ नहीं सो सकता है।" बहरहाल, अंसारी से तलाक लिये बिना अथवा खुला के जरिए तलाक हासिल किए बिना वे दुबारा शादी नहीं कर सकती हैं। उन्होंने घोषणा की, "मैं फिर से शादी नहीं करूँगी। किसी से भी नहीं। मुझे क्यों करनी चाहिए, इसका कोई कारण नहीं है।"

दरअसल, इशरत जहाँ की दुर्दशा हृदय-विदारक है। वे चौदह साल की उम्र में अंसारी से ब्याही गई थीं। उनका शौहर मैट्रिक पास था और कशीदाकारी करता था। वह बिहार का था। दंपती हावड़ा चले गए और जल्द ही उन्हें एक बेटी हुई। फिर एक और बेटी हुई। फिर एक और बेटी हुई। जब तक तीसरी बेटी का जन्म हुआ, अंसारी ने अपनी बीवी को लगभग छोड़ दिया था। लड़कियाँ पैदा करने के लिए उन्हें कोसते हुए, मुर्तजा अकसर उनके साथ शारीरिक हिंसा करता था और एक उत्तराधिकारी लड़के के लिए तंग करता था।

इस सबके बीच, इशरत ने बारहवीं कक्षा पास कर ली और फिर एक दशक से भी ज्यादा वक्त तक शादीशुदा रहने के बाद उन्होंने एक लड़के को जन्म दिया, मगर तब तक बहुत देर हो चुकी थी। उनके शौहर ने एक लड़के की चाहत में पहले ही एक अन्य महिला से शादी करने का फैसला कर लिया था। इशरत की अपीलों का उनके बर्बाद रिश्ते पर कोई असर नहीं पड़ा। एक दिन, इशरत की फोन पर अपने शौहर के साथ जोरदार बहस हुई। जब वह दुबई में था और उसने वहीं फोन पर घोषणा कर दी, 'तलाक, तलाक, तलाक'। इशरत सकते में आ गईं। उनका

विवाह टूट चुका था। उन्होंने किसी भी मौलाना, किसी भी काजी से मशविरा नहीं किया। तलाक ने उन्हें बुरी तरह चोट पहुँचाई। उन्होंने कहा, "कौन चीजों को सही ढंग से बताता है ? कोई भी नहीं। मैंने जो सही समझा, वही किया।"

मगर तलाक के साथ जो कुछ सामने आया, वह बदतर था। इशरत के सिर के ऊपर कोई छत नहीं थी और आमदनी का कोई जरिया नहीं था। वे ससुराल वालों के साथ जिस घर में रहती थीं, उसे उन्होंने खाली करने से इनकार कर दिया। फिर, जैसा कि वे दावा करती हैं, उनके देवर ने दो बार उनसे छेड़छाड़ करने का प्रयास किया। उन्होंने पुलिस में शिकायत दर्ज करा दी, मगर कोई काररवाई नहीं हुई। बहरहाल, वह घर से निकलने को तैयार नहीं हुईं। तब उन्हें एक वकील कार्यकर्ता नाजिया इलाही का समर्थन मिला। उनके सहयोग से उन्होंने कोलकाता में एक निचली अदालत में अपने शौहर के खिलाफ बगैर गुजारा या महर के तुरंत तलाक देने के लिए केस दर्ज करा दिया। वे लड़ते-लड़ते सुप्रीम कोर्ट तक पहुँच गईं। आखिरकार, शीर्ष अदालत ने एक बार में तीन तलाक को अवैध घोषित कर दिया, मगर इससे उन्हें खुशी नहीं मिली।

वे कहती हैं, "मेरे शौहर ने मुझे अप्रैल, 2015 में तलाक दिया था। तब से पिछले दो-तीन वर्षों के दौरान गुजारे के रूप में मुझे अपने शौहर से एक भी रुपया नहीं मिला है। मैं एक दर्जी के रूप में काम करती हूँ और महीने में करीब 3,000 रुपए कमाती हूँ। अपने बच्चों को खिलाने के लिए यह रकम पर्याप्त नहीं है। मेरी बहन मेरी मदद करती है।" इशरत के सात से लेकर तेरह वर्ष की उम्र के चार बच्चे हैं। दो बच्चे अंसारी के परिवार और उसकी दूसरी बीवी के साथ बिहार में रहते हैं। वे दावा करती हैं कि अंसारी के साथ जो दो बच्चियाँ रहती हैं, उनका सही ढंग से लालन-पालन नहीं होता है। इशरत उन बच्चियों को वापस हासिल करना चाहती हैं। वह पूछती हैं, "लेकिन पैसा कहाँ है ?"

अगर वे सोचती थीं कि न्यायिक फैसले के बाद उनकी मुसीबतें खत्म हो जाएँगी, तो उनके लिए एक और झटका इंतजार कर रहा था। सायरा बानो को सहारा देने के लिए उनके पिता थे। आफरीन के लिए उनके भाई और चचेरे भाई साथ खड़े थे और गुलशन परवीन को हर कदम पर अपने भाइयों का सहयोग मिला। इनके विपरीत, इशरत के पास कोई सहारा नहीं था। उनके ससुरालवालों ने उन्हें कोसा कि उन्होंने अदालत जाकर परिवार को बदनाम किया। उनके पड़ोसियों ने उनके आचरण की शिकायत की और उनका बहिष्कार कर दिया। उन्होंने उन्हें

मुहल्ले से निक़ल जाने को कहा। जब उन्होंने इनकार किया, तो उन्हें और हिंसा और दुर्व्यवहार की धमकी दी गई। कोर्ट के फैसले ने भले ही कई लोगों को खुश किया हो, लेकिन इसने इशरत को बेघर और निराश छोड़ दिया। "मैं अपने शौहर के पास लौटने के बारे में सोच सकती थी, लेकिन उसकी एक और बीवी है। इस्लाम एक आदमी को चार महिलाओं के साथ शादी करने की इजाजत देता है, लेकिन इसके लिए अनुमति लेनी होती है। मेरे शौहर ने मुझसे पूछा तक नहीं। उसने बस शादी कर ली। अगर अब मैं उसके पास जाती हूँ, जैसा कि वह सुझाव दे रहा है, तो क्या गारंटी है कि वह मुझे फिर बाहर नहीं फेंक देगा? फिर चूँकि मुझे दो साल से भी ज्यादा वक्त पहले तलाक दिया गया था, मुझे फिर से निकाह करने की जरूरत पड़ेगी। मैं ऐसा नहीं करूँगी। मैं दुबारा शादी नहीं करूँगी। अब मैं उसकी दूसरी बीवी नहीं बन सकती।"

इसकी बजाय, इशरत ने राजनीति में शामिल होकर अपनी जिंदगी को नई दिशा देने का फैसला कर लिया है। साल 2017 के आखिर में, वे भारतीय जनता पार्टी में शामिल हो गईं और तमाम पीड़ित महिलाओं के लिए काम करने का संकल्प लिया। वे जिस आश्रय की उम्मीद कर रही हैं, यह कदम वैसा साबित हो भी सकता है या नहीं भी हो सकता है। बहरहाल, इसने लोगों को अनाप-शनाप बोलने का मौका दे दिया। उनके शौहर ने भी दुहराया कि उसने दुबई से उन्हें फोन पर तलाक नहीं दिया था और जब वे अदालत गई थीं तो वे उसकी बीवी थीं। इशरत इस पर कोई प्रतिक्रिया नहीं जतातीं। वे निचोड़ के तौर पर कहती हैं, "लोग जो कहना चाहते हैं, वह कहेंगे, लेकिन मुझे अपने बच्चों के बारे में चिंता करनी है। मैं रोती-बिलखती नहीं रह सकती हूँ। मैं यह उम्मीद नहीं कर सकती हूँ कि मेरा शौहर मेरा भरण-पोषण करेगा। मुझे कहीं से शुरुआत करनी थी। उम्मीद करती हूँ, पार्टी मुझे मुस्लिम महिलाओं की बेहतरी के लिए काम करने का अच्छा अवसर प्रदान करेगी।"

गुलशन परवीन

22 अगस्त, 2017 को जब सुप्रीम कोर्ट ने तुरंत तीन तलाक को अमान्य घोषित किया, तो पाँच याचिकाकर्ताओं में से सिर्फ गुलशन परवीन थीं, जो अपने तीन साल के बेटे की खातिर अपने शौहर के पास लौटना चाहती थीं। उन्होंने कहा,

"यह एक त्याग होगा। सिर्फ इसी कारण से मैं अपने शौहर के पास लौटना चाहती हूँ ताकि मेरा बेटा एक परिवार में पले-बढ़े।" एक महीने बाद भी उनके शौहर ने उनसे संपर्क नहीं किया था। सुप्रीम कोर्ट के फैसले से यह निष्कर्ष निकलता है कि उनकी शादी जारी है, लेकिन उन्हें तलाक दिए हुए साल भर से भी ज्यादा वक्त गुजर चुका है—उनके शौहर ने 10 रुपए के स्टांप पेपर पर एक तलाकनामा तब भेजा था, जब वे पश्चिमी उत्तर प्रदेश के रामपुर में अपने माँ-बाप के घर में थीं। गुलशन, जो अंग्रेजी साहित्य में स्नातकोत्तर हैं, ने इसे लेने से इनकार कर दिया। शीघ्र ही उनके शौहर ने भेजे गए तलाकनामे के आधार पर रामपुर में एक फैमिली कोर्ट में तलाक के लिए अर्जी दी। यह 2015 के शुरुआती दिनों की बात थी। आज यदि गुलशन के तुरंत तीन तलाक को एक तलाक, जिसे पलटा जा सके, माना जाए तो उन्हें अपने पति से ताजा निकाह करने की आवश्यकता होगी, क्योंकि तीन महीने की इद्दत की अवधि काफी पहले खत्म हो चुकी है। वैसे, गुलशन इस सबको नहीं मानतीं। गाजियाबाद स्थित उनके भाई रईस अहमद कहते हैं, "हम कागज के एक टुकड़े को तलाक का सबूत नहीं मानते हैं। बीवी तब मौजूद नहीं थी। तलाक के पहले मध्यस्थता करनी होती है, बुजुर्गों को बैठना होगा और तय करना होगा।" गुलशन भी दलील देती हैं, ''जब कोई निकाह बीवी की सहमति के बगैर पूरा नहीं होता है, तो बीवी की मंजूरी के बगैर तलाक कैसे पूरा हो सकता है?'' यह तर्क एक हदीथ पर आधारित है, जिसमें खलीफा उमर के सामने एक मामला लाया गया। एक महिला को उसके शौहर द्वारा तीन तलाक दिया गया था; खलीफा ने महिला से पूछा कि क्या यह उसे मंजूर है। जब महिला ने स्वीकृति जताई, तभी तलाक को पूरा माना गया और मर्द को कोड़े लगाए गए।

गुलशन के मामले में एकतरफा तलाक के बाद उनके शौहर ने उन्हें कोई गुजारा राशि नहीं भेजी, यहाँ तक कि तीन महीने की इद्दत की अवधि के लिए भी नहीं। वैसे, गुलशन का परिवार जोर देकर कहता है कि इसके बगैर भी वह काम चला सकती है। "हमें उनसे (शौहर) एक पैसा भी लेने की जरूरत नहीं है। हम मानते हैं कि कोई तलाक नहीं हुआ। इसलिए महर या गुजारा का कोई सवाल ही पैदा नहीं होता।"

वे तर्क देते हैं कि अगर कोई तलाक हुआ ही नहीं, तो ताजा निकाह या महर और गुजारे की कोई जरूरत नहीं है। संयोगवश, गुलशन का शौहर, जो नोएडा में एक कॉल सेंटर में काम करता है, ने दुबारा शादी नहीं की है और न ही गुलशन ने किसी और शख्स को चुना है। वे महसूस करती हैं कि उनकी शादी बनी हुई है,

बस इस बात की जरूरत है शौहर अपनी बीवी और बेटे की देखभाल करे। ऐसी बुद्धिमानी होते हुए चीजें गलत कैसे हो गईं?

रामपुर में रहनेवाली गुलशन की वर्ष 2013 में शादी हुई थी। उनका शौहर एक नमूना पितृसत्तात्मक परिवार से था; जिसमें शादी के बाद भी महिला को बीमारी की हालत में इलाज के लिए या गर्भवती होने पर बच्चा जनने के लिए अपने माँ-बाप के घर जाना होता था। गुलशन भी जब गर्भवती हुईं तो उन्हें उनके पिता के घर भेज दिया गया। फिर प्रसव और स्वास्थ्य-लाभ के लिए भी उन्हें माँ-बाप के पास भेज दिया गया। संयोगवश, वर पक्ष की ओर से जाहिर तौर पर कोई माँग न किए जाने पर भी, गुलशन को अच्छा-खासा दहेज दिया गया, जिसमें घरेलू उपयोग की चीजें, कपड़े और गहने शामिल थे। यह सब परोक्ष था। सब कुछ परस्पर समझदारी से था, मगर दहेज की इस सूची में कार नहीं रखी गई। यह बात उनके शौहर और ससुराल वालों को खटक गई। उन्होंने माँग की कि गुलशन अपने भाइयों से कार देने की माँग करे। उन्होंने इनकार कर दिया और इस पर उन्हें लगातार तंग किया जाने लगा। एक दिन, उनके शौहर ने उन्हें लोहे की छड़ से मारा और दो साल के बच्चे के साथ घर से बाहर कर दिया और उनके शौहर ने सोचा कि बात यहीं खत्म हो गई।

बहरहाल, उसने अपनी बीवी की मानसिक शक्ति और सँभलने के सामर्थ्य को कमतर आँका था। वे एक शिक्षिका थीं, जिन्होंने अपनी शादी को संजीदगी से सँभालने के लिए शिक्षा-जगत् को छोड़ दिया था। अपने शौहर के घर से बाहर फेंक दिए जाने के बाद, उन्होंने जाने से इनकार कर दिया। वे पहले स्थानीय पुलिस स्टेशन गईं। फिर उन्होंने घरेलू हिंसा और दहेज प्रताड़ना के लिए अपने शौहर के खिलाफ केस दर्ज कराया। उनके शौहर को दहेज माँगने और आपराधिक यंत्रणा के लिए जल्द ही गिरफ्तार कर लिया गया। इस पर, जब उनके शौहर ने एक स्टांप पेपर पर उन्हें तलाकनामा भेजा, तो उन्होंने पत्र को ठुकरा दिया। जब उन्हें सायरा बानो केस के बारे में पता चला, तो अपने भाइयों की मदद से वे सुप्रीम कोर्ट पहुँच गईं। उनकी याचिका को सायरा बानो की याचिका के साथ ही जोड़ दिया गया। अगस्त में अदालत का फैसला आया, जिससे उन्हें उम्मीद जगी। वे जोर देकर कहती हैं, "मैं नहीं चाहती हूँ कि मेरा बेटा अपने पिता के बिना पले-बढ़े।" वे अपने शौहर के पास लौटने के लिए लड़ाई के एक और दौर के लिए तैयार हैं। उन्हें अपने भाई रईस का समर्थन प्राप्त है। रईस कहते हैं, "वह किसी अन्य आदमी से शादी कर सकती है। वह (शौहर) भी किसी अन्य महिला से शादी कर सकता

है, लेकिन बेटे को कोई अन्य माँ या बाप नहीं मिल सकता।"

आज, गुलशन परवीन अपने शौहर के लिए इंतजार करती हैं। वे स्नातकोत्तर करने के बाद बी.एड. भी कर चुकी हैं, लेकिन उनके पास नौकरी नहीं है और वे अपने भाइयों पर आश्रित हैं। बहरहाल, उनका जज्बा बरकरार है। जैसा कि सुप्रीम कोर्ट के फैसले के शीघ्र बाद उन्होंने कहा, "मैं अपने शौहर और अपने ससुराल वालों की भी आँखों में झाँकना चाहती हूँ। वे मेरा जज्बा तोड़ने में नाकाम रहे हैं।" जंग जारी है।

अतिया साबरी

इस्लाम में एक महिला की हर भूमिका में सराहना की जाती है। हदीथ के अनुसार, जन्नाह (स्वर्ग) माँ के पैरों में होती है। एक बेटी के रूप में, उसे अपने माँ-बाप के लिए जन्नाह की चाबी माना जाता है। एक पत्नी के रूप में, वह शौहर की आस्था (धर्म) के आधे भाग को पूरा करती है और जहाँ कहीं भी वह जाती है, उसकी अपनी पहचान होती है। उससे यह कभी भी अपेक्षा नहीं की जाती कि वह अपना नाम बदले या अपने शौहर का उपनाम जोड़ने के लिए अपना उपनाम छोड़ दे। एक घर को सफलतापूर्वक चलाने में वह बराबर की साझीदार है। फिर भी हमारे जैसे पितृसत्तात्मक समाज में वास्तविकता क्रूर रूप से भिन्न हो सकती है। कुरान के तमाम निर्देश, चाहे जो भी हों और अनेक हदीथों को चाहे जितनी बार दुहराया जाए, सामाजिक रिवाज सर्वोपरि बने रहते हैं। इसी तरह मुस्लिम समुदाय के बीच देश के ज्यादातर हिस्से में कभी भी सीधे तौर पर दहेज की माँग नहीं की जाती है, लेकिन अकसर परोक्ष रूप से यह समझदारी रहती है कि वधू पक्ष खासा दहेज देगा। आमतौर पर घरेलू उपयोग के सामान, कार और गहनों की अपेक्षा रहती है। कुछ मामलों में नकदी भी दी जाती है। इस्लाम माननेवालों में से कुछ लोगों को यह बात खटकती है। दुर्भाग्यपूर्ण रूप से, अतिया साबरी के शौहर और उसके परिवारवाले ऐसे चंद लोगों में नहीं थे। वाजिद अली के साथ वर्ष 2012 में शादी होने के कुछ समय बाद ही अतिया साबरी को इस सच्चाई को जानकर निराशा हुई।

अतिया साबरी पश्चिमी उत्तर प्रदेश में सहारनपुर की रहनेवाली हैं। वे एकदम शांत स्वभाव की हैं। सर्वोच्च न्यायालय के फैसले के बाद, उन्होंने जीत का कोई लंबा दावा नहीं किया या अपने शौहर के साथ फिर से जुड़ने के बारे में कोई बयान नहीं दिया। उनके लिए, तीन तलाक केस अन्य महिलाओं की खातिर लड़ाई

था, ताकि किसी अन्य महिला को वह सब न भुगतना पड़े, जो उन्हें अथवा उनके सह-याचिकाकर्ताओं का भुगतना पड़ा। वे अपनी बेटियों के लिए भी लड़ रही थीं, जो अभी इतनी बड़ी नहीं हुई हैं कि तुरंत तीन तलाक के परिणामों को समझ सकें और न ही उस पीड़ा को महसूस कर सकती हैं, जो एक महिला को तलाक के तत्काल बाद सहनी पड़ती है।

अतिया साबरी की तीन और चार साल की दो बेटियाँ हैं। अतिया को भी अपने शौहर के जुल्म इसलिए उठाने पड़े कि उन्होंने एक लड़के को जन्म नहीं दिया था। इशरत जहाँ की मुसीबतें तो तब शुरू हुई थीं, जब उन्होंने तीसरी लड़की को जन्म दिया था, लेकिन अतिया की दिक्कतें तो दूसरी लड़की को जन्म देने के बाद से ही शुरू हो गईं। दरअसल, उनका दावा है कि दूसरी बच्ची के पैदा होने के बाद, उनके शौहर ने उन्हें जहर देने की कोशिश की। वक्त रहते पड़ोसियों के हस्तक्षेप करने से ही वे बच पाई थीं। पड़ोसियों ने बीच-बचाव कर उनके बीच मामला शांत किया, मगर यह शांति कायम नहीं रह सकी। अतिया के आरोप के आधार पर, उनके शौहर को गिरफ्तार कर लिया गया और वे अपने माँ-बाप के पास चली गईं।

संयोगवश, अतिया की शादी को भी कुछ ही वर्ष हुए थे कि दिक्कतें शुरू हो गईं। उनकी शादी परिवार द्वारा तय की गई थी। साल 2012 में उनकी शादी हुई। जल्द ही उनके शौहर और उसके माँ-बाप ने दहेज माँगना शुरू कर दिया। जब उन्होंने 25 लाख रुपए की माँग की, तो अतिया ने पुलिस के पास जाने का फैसला किया। उनके शौहर और उनके ससुरालवालों को दिसंबर, 2015 में गिरफ्तार कर लिया गया। बहरहाल, गिरफ्तारी के कुछ समय पहले, नवंबर, 2015 में उनके शौहर ने स्पीड पोस्ट से उनके भाई के निवास पर एक तलाक पत्र भेजा था। अतिया को इस बारे में कहा तक नहीं गया। उनके शौहर ने उनसे एक शब्द भी नहीं कहा। उसने उन्हें फोन नहीं किया। मध्यस्थता का कोई प्रयास नहीं किया गया। दहेज संतोषजनक नहीं, बेटी पैदा हुई, तलाक दे दिया गया। काम तमाम।

उनके शौहर ने दारुल उलूम, देवबंद से एक काजी तक का इंतजाम कर लिया, ताकि वह निर्देश जारी करे कि तलाक पत्र पाने के बाद से ही तलाक प्रभावी हो गया है। काजी ने वाजिद के दावों की छानबीन नहीं की कि वे पुख्ता हैं या नहीं। उन्होंने सुराह हुजूरात के संदेश की भी अनदेखी की। यह संदेश कहता है कि किसी चीज की पड़ताल कर लें, ताकि बाद में पछताना न पड़े। अतिया ने हार मानकर इसे स्वीकार करने से इनकार कर दिया। वे न तो दारुल उलूम, देवबंद के खिलाफ

थीं और न ही शरीया के खिलाफ। वे बस यह चाहती थीं कि धर्मग्रंथ (कुरान) की शिक्षाओं का आंशिक नहीं, पूर्ण कार्यान्वयन हो। वे पूछती हैं, "शरीयाह कहता है कि कोई भी शादी दोनों पक्षों की रजामंदी के बगैर संपन्न नहीं हो सकती तो शादी एक व्यक्ति की घोषणा के साथ खत्म कैसे की जा सकती है?" उनके शौहर ने जितना सोचा था, वह हदीथ के बारे में उससे बेहतर जानकारी रखती थीं। जनवरी 2017 में वे तीन तलाक को अमान्य करवाने के लिए सर्वोच्च अदालत गईं, क्योंकि तीन तलाक एक महिला के मूल अधिकारों का हनन करता है। उनकी याचिका को भी सायरा बानो एवं अन्य की याचिकाओं के साथ जोड़ दिया गया। अदालत ने तीन तलाक को अमान्य घोषित कर दिया, लेकिन अतिया की शादी की स्थिति को लेकर सीधे तौर पर कुछ नहीं कहा। अतिया उम्मीद करती हैं कि यह उन महिलाओं के कष्ट को समाप्त करेगा, जिन्होंने अपनी किसी गलती के बगैर भुगता है।

जहाँ तक वाजिद के साथ उनके फिर से जुड़ने की बात है, तो यह संभावना क्षीण है। आखिरकार, अतिया ने दो बेटियों को जन्म दिया है, लेकिन क्या एक बेटी जन्नाह की चाबी नहीं है? वाजिद के लिए यह बात बस एक हदीथ है, जिसे पढ़ा जाता है, सुना जाता है और सराहना की जाती है, लेकिन इसका अनुसरण नहीं होता। अब अतिया अपनी बेटियों को खुद ही सँवार रही हैं और ऐसा करते हुए वे पैगंबर के एक अन्य हदीथ को ही जी रही हैं। पैगंबर ने अपनी दो अंगुलियों को साथ जोड़कर अपने साथियों को संकेत दिया था और कहा था, "जिसके पास भी तीन बेटियाँ हैं और वह उनका अच्छे तरीके से लालन-पालन करता है, उन्हें शिक्षा आदि प्रदान करता है, वह कयामत के दिन इन दो अँगुलियों की तरह ही मेरे साथ होगा।" जब एक साथी ने पूछा, "उनका क्या, जिनके पास केवल दो बेटियाँ हैं?" उन्होंने जवाब दिया, "वे भी।" इसी में अतिया की शक्ति और उनका संघर्ष निहित है।

❑

13

फैसले, जिन्होंने रास्ता तैयार किया

सर्वोच्च न्यायालय द्वारा तुरंत तीन तलाक को अवैध करार दिए जाने के फैसले की इस रूप में तारीफ की गई कि यह कुरान के शब्द और भावना के अनुरूप है। बहरहाल, यह कोई पहला दृष्टांत नहीं था, जब शीर्ष अदालत ने मुस्लिम दंपतियों के तलाक के मामले में निर्णय लेते वक्त पवित्र ग्रंथ (कुरान) के संपूर्ण निर्देश को ध्यान में रखा और यह भारत में कोई पहला मौका नहीं था, जब अदालत ने तीन तलाक को अमान्य माना। कई उदाहरण सामने आए हैं। यह घटना तो वर्ष 2008 की है, जब एक अदालत ने इस काररवाई (तीन तलाक) की कानूनी वैधता और इस्लामी सच्चाई पर सवाल उठाए। वैसे, इससे पूर्व शमीम आरा केस काफी चर्चित हुआ था, जिसका न्यायमूर्ति जोसेफ कुरियन ने तीन तलाक पर अपने फैसले में हवाला दिया। इन तमाम फैसलों में, किसी खास हदीथ अथवा पंथ को मानने की बजाय, अदालतों ने तलाक के उचित, सार्विक रूप से स्वीकृत इस्लामी तरीके पर जोर दिया।

जियाउद्दीन अहमद बनाम अनवरा बेगम केस में भी गुवाहाटी हाईकोर्ट ने इस विषय पर कुरान के उद्धरणों का हवाला दिया। अदालत ने मौलाना मुहम्मद अली और अब्दुल्ला यूसुफ अली जैसे इस्लामी विद्वानों द्वारा की गई टीकाओं को भी ध्यान में रखा। अदालत ने ग्रंथ (कुरान) में दी गई सुलह की प्रक्रिया पर ख़ासतौर पर जोर दिया और अब्दुल्ला यूसुफ अली को उद्धृत करते हुए कहा, "बहुत ज्यादा प्रचार किए या कीचड़ उछाले बगैर अथवा कानून की प्रवंचनाओं को आजमाए बगैर, यह पारिवारिक विवादों को हल करने की एक शानदार योजना है। लातीनी देश अपनी कानूनी व्यवस्था में इस योजना को मान्यता देते हैं। यह दयनीय है कि मुसलमान इसे सार्विक रूप से नहीं अपनाते हैं, जैसा कि उन्हें करना चाहिए।" याचिका की सुनवाई

करते हुए उच्च न्यायालय ने इस तथ्य का हवाला दिया कि इस्लाम तलाक को हतोत्साहित करता है और दंपतियों से एक-दूसरे की कमियों को नजरअंदाज करने की अपील करता है। न्यायाधीश ने निष्कर्ष निकाला कि तलाक के रास्ते पर बढ़ने के पूर्व, मध्यस्थता की प्रक्रिया अपनानी पड़ेगी, सुलह का प्रयास करना पड़ेगा। ऐसी चीज की अनुपस्थिति में, शादी बनी रहती है और अदालत ने अनवरा बेगम को गुजारा दिए जाने का फैसला सुनाया। यह कहा गया कि बिना किसी समुचित कारण के, बिना सुलह का प्रयास किए शौहर और बीवी की ओर से उचित प्रतिनिधित्व के साथ मध्यस्थों को शामिल किए बगैर, शौहर द्वारा तलाक-ए-बिद्दत की घोषणा वैध तलाक नहीं होगी।

मुस्त रुकिया बेगम बनाम अब्दुल खालिक लस्कर में भी न्यायाधीश बहरुल इस्लाम ने इसी तरह का फैसला दिया। अदालत ने फिर कुरान में दी गई तलाक की प्रक्रिया की बारीकियों को समझा। लस्कर द्वारा इस प्रक्रिया का पालन न किए जाने के कारण, अदालत ने माना कि शादी जारी है और रुकिया बेगम को गुजारा मुकर्रर किया। यह फैसला लस्कर के इस दावे के बावजूद दिया गया कि उसने रुकिया को तलाक दे दिया है और वह अब कानूनी रूप से उसकी विवाहित बीवी नहीं है। बहरहाल, अदालत ने कहा कि चूँकि लस्कर कोर्ट को इस बात से संतुष्ट नहीं कर सका कि उसने तलाक के कुरानी तरीके का अनुसरण किया है, इसलिए उसकी शादी बनी हुई है। अदालत ने लस्कर को याद दिलाया कि विवाह को मनमाने या सनकी ढंग से भंग किए जाने की कुरान में कड़ी निंदा की गई है। सर्वोच्च न्यायालय ने उच्च न्यायालय के फैसले का अनुशीलन करते हुए निम्न बातें कहीं—

उच्च न्यायालय ने मुस्लिम कानून के तहत एक मान्य तलाक के अनिवार्य तत्त्वों को सूचीबद्ध किया है। प्रथमतः तलाक को सही मकसद पर आधारित होना चाहिए। इसे निश्चित रूप से शौहर की महज इच्छा, मनमानेपन और सनक पर आधारित नहीं होना चाहिए। द्वितीय, यह गोपनीय नहीं होना चाहिए। तृतीय, तलाक की घोषणा और इसके अंतिम रूप लेने के बीच में वक्त का फासला होना चाहिए, ताकि दोनों पक्षों के तेवर शांत पड़ें और सुलह संभव हो। चतुर्थ, मध्यस्थता की प्रक्रिया होनी चाहिए, जिसमें शौहर और बीवी, दोनों के प्रतिनिधि मध्यस्थ के रूप में शामिल हों। अगर उपर्युक्त तत्त्व मौजूद नहीं हैं, तो तलाक अमान्य हो जाएगा।

इन कारणों से, प्रतिवादी शौहर अब्दुल खालिक लस्कर द्वारा की गई तलाक-ए-बिद्दत—तीन तलाक की घोषणा—एक मान्य तलाक के तमाम आधारों को पूरा

नहीं करती है। इसलिए, गुवाहाटी उच्च न्यायालय द्वारा माना गया कि रुकिया बेगम से लस्कर की शादी अभी भी बनी हुई है।

इस केस के बाद, गुवाहाटी उच्च न्यायालय की खंडपीठ ने जीनत फातेमा राशिद बनाम मुहम्मद इकबाल अनवर केस में भी इसी तर्ज पर फैसला दिया। लस्कर और जियाउद्दीन के केसों का हवाला देते हुए अदालत ने एक बार फिर कहा, 'एक मुसलमान अपनी बीवी को अपनी सनक और मनमानेपन से तलाक नहीं दे सकता है...तलाक का एक तर्कसंगत कारण होना चाहिए और तलाक के पूर्व सुलह करने के लिए दोनों पक्षों के बीच बैठक होनी चाहिए।' मद्रास उच्च न्यायालय ने भी माना कि तलाक सिर्फ तभी प्रभावी हो सकता है, जब इस्लाम द्वारा दी गई प्रक्रिया का पालन किया जाए। बॉम्बे हाईकोर्ट ने भी संभावित तलाक से बचने के लिए समझौते के प्रयास पर बल दिया और तलाक के बेहतर तरीके, अहसन और हसन की ओर ध्यान खींचा। इसने माना—

> *शौहर दुबारा अपने लिखित बयान में जो यह दलील दी गई है कि उसने पहले की तारीख में तलाक दिया था, वह मुस्लिम निजी कानून के तहत उस तारीख से शादी को भंग नहीं करता, जब ऐसा बयान दिया गया था। इसके लिए जरूरी है कि ऐसे तलाक को सिद्ध किया जाए और फिर यह भी सिद्ध किया जाए कि तलाक दी गई शर्तों—मध्यस्थता/सुलह और मान्य कारण का पालन करते हुए दिया गया था, और खासकर यह देखते हुए कि अहसन या हसन के रूप में तलाक देने के तरीके कथित तौर पर दिए गए हैं।*

फिर, वास्तव में, हमारे पास 2008 का अपेक्षाकृत बेहतर रूप से चर्चित केस मसरूर अहमद बनाम राष्ट्रीय राजधानी क्षेत्र दिल्ली का है। इस केस में भी फैसला एक जज की पीठ ने दिया था। ये जज थे बदर दुरेज अहमद, जो स्वर्गीय राष्ट्रपति डॉ. फखरुद्दीन अली अहमद के सुपुत्र थे। कई कानूनी विशेषज्ञों के अनुसार उच्चतम न्यायालय का सायरा बानो केस में फैसला मसरूर अहमद केस में दिए गए फैसले के काफी करीब है। इस फैसले पर करीबी नजर डालने से यह बात सही लगती है। संयोगवश, जाकिया सोमान के वरिष्ठ वकील आनंद ग्रोवर द्वारा भी इस फैसले का सहारा लिया गया। जाकिया सोमान ने सुप्रीम कोर्ट में सायरा बानो केस में याचिका दायर कर प्रतिवादी बनाने का आग्रह किया था और उन्हें इस केस में जोड़ लिया गया था। जैसा कि सायरा बानो और आफरीन रहमान के मामलों में हुआ था, यहाँ भी बीवी, आयशा अंजुम ने आरोप लगाया था कि उन्हें दहेज के लिए

परेशान किया गया और आखिरकार उन्हें उनके वैवाहिक घर से बाहर कर दिया गया। जैसा कि बानो के केस में था, अंजुम के शौहर मसरूर अहमद ने भी वैवाहिक अधिकार(सहवास) की बहाली के लिए याचिका दायर की, क्योंकि उसकी बीवी अपने माँ-बाप के घर में रहने लगी थी। फिर मसरूर अहमद ने अपनी बीवी आयशा अंजुम को तीन तलाक की घोषणा कर तलाक दे दिया। उच्च न्यायालय ने उसकी इसी घोषणा पर फैसला देते हुए तलाक की बारीकियों की छानबीन की। इसने कहा, और इसे फिर सुप्रीम कोर्ट द्वारा उद्धृत किया गया—

> *अहसन तलाक या हसन तलाक के साथ कोई दिक्कत नहीं है। तमाम फिख स्कूल, चाहे शिया हों या सुन्नी, के तहत दोनों को कानूनी मान्यता मिली हुई है। दिक्कत तीन तलाक के साथ है, जिसे बिद्दत (ईजाद किया गया) के रूप में माना गया है। आमतौर पर, शिया स्कूल तीन तलाक को मान्य तलाक करार नहीं देते हैं। बहरहाल, यहाँ तक कि सुन्नी स्कूलों में भी मतांतर है कि तीन तलाक को क्या तीन तलाकों के रूप में लिया जाना चाहिए, जो वैवाहिक संबंध को एकदम से खत्म कर देता है, कि तीन तलाक पलटने योग्य नहीं है या इसे एक रजई (पलटा जाने योग्य) तलाक माना जाए, जिस तरह से काफी कुछ अहसन तलाक में होता है।*

दिल्ली उच्च न्यायालय ने निष्कर्ष निकाला : कानून के तमाम स्कूलों द्वारा यह स्वीकार किया जाता है कि तलाक-ए-बिद्दत पापपूर्ण है। फिर भी कुछ स्कूल इसे मान्यता देते हैं। भारत में अदालतों ने इसे मान्य करार दिया है। धर्मशास्त्र में बुरा, लेकिन कानून में सही-अभिव्यक्ति को अकसर इस संदर्भ में प्रयोग किया जाता है, मगर तथ्य है कि इसे पापपूर्ण माना जाता है। पैगंबर मुहम्मद द्वारा इसकी निंदा की गई। निश्चित रूप से किसी स्कूल द्वारा इसकी सिफारिश अथवा मंजूरी तक नहीं दी जाती है। शिया स्कूलों द्वारा तो इसे मान्य तलाक भी नहीं माना जाता, यहाँ तक कि सुन्नी स्कूलों में भी ऐसे दृष्टिकोण हैं कि तीन तलाक की एक बार में की गई घोषणा को तीन तलाकों के रूप में नहीं, बल्कि एक तलाक के रूप में माना जाना चाहिए। इस तथ्य का न्यायिक नोटिस लिया जाना चाहिए कि तीन तलाक के क्रूर झटके ने तलाकशुदा महिलाओं के लिए घोर विपत्ति पैदा की है और यहाँ तक कि उन मर्दों को भी संकट में डाला है, जिनके पास इस गलती को दुरुस्त करने का कोई मौका अथवा सुलह करने की कोई गुंजाइश नहीं बचती। यह एक ईजाद की गई चीज है, जिसने हो सकता है कि इतिहास के किसी दौर में किसी मकसद को

पूरा किया हो, लेकिन यदि इसे खत्म कर दिया जाए तो यह इस्लाम के मूल तत्त्वों या कुरान या पैगंबर मुहम्मद के किसी आदेश के खिलाफ नहीं होगा। इस पृष्ठभूमि में, मैं सुन्नी मुसलमानों के लिए यही मानूँगा कि तीन तलाक (तलाक-ए-बिद्दत) को एक निरस्त तलाक के रूप में समझा जाए। इससे शौहर को सोचने का वक्त मिलेगा और इद्दत की अवधि के दौरान इसे निरस्त करने का पर्याप्त अवसर मिलेगा। इस दरम्यान दंपतियों के परिवार के सदस्य सुलह कराने के लिए गंभीर प्रयास कर सकते हैं। इससे भी आगे, यदि इद्दत की अवधि खत्म हो जाती है और इसके परिणामस्वरूप तलाक को अब निरस्त नहीं किया जा सकता है, तो बिछुड़े दंपती को अभी भी यह मौका होगा कि वे महर आदि की नई शर्तें तय कर ताजा निकाह करें और फिर से विवाह-बंधन में बँध जाएँ।

फिर हमारे पास नजीर बनाम शमीमा केस था (इसमें ए. मुहम्मद मुश्ताक की एक जज की बेंच ने फैसला दिया था)। विभिन्न अदालतों के समक्ष जो तीन तलाक के केस आए थे, उनसे यह केस उल्लेखनीय रूप से भिन्न था। यहाँ दंपती अपने-अपने पासपोर्ट से पूर्व साझीदार का नाम हटवाना चाहते थे। बहरहाल, पासपोर्ट अधिकारियों ने एक निजी, अप्रमाणीकृत तलाकनामे को तलाक का मान्य दस्तावेज मानने से इनकार कर दिया था। अंतरिम निर्देशों के जरिये, उच्च न्यायालय ने पासपोर्ट अधिकारियों को आदेश दिया कि दंपतियों द्वारा इस स्वीकृति के आधार पर कि उनकी शादी भंग हो गई है, उनके पासपोर्ट में तदनुसार शौहर या बीवी के ब्योरे में सुधार कर दिया जाए। हालाँकि यहाँ तुरंत तलाक का कोई सीधा मसला नहीं था, लेकिन जज ने उल्लेख किया कि भारत में तीन तलाक का कानून के जरिये नियमन करने के लिए राज्य (सरकार) के हस्तक्षेप की आवश्यकता है। अदालत ने आगे कहा, 'इस फैसले में पूरी कवायद राज्य को सतर्क करना है कि मुस्लिम महिला के लिए न्याय भ्रामक हो गया है और इसका सुधार इसमें निहित है कि तलाक के कानून का संहिताकरण किया जाए।'

मसरूर अहमद और नजीर केसों में दिए गए फैसलों का हवाला वरिष्ठ वकील आनंद ग्रोवर द्वारा अपने इस दावे को पुष्ट करने के लिए दिया गया कि तलाक-ए-बिद्दत पूरी तरह अनुचित है। उन्होंने सर्वोच्च अदालत से अपील की कि जैसे गुवाहाटी उच्च न्यायालय और दिल्ली उच्च न्यायालय ने माना है, वैसे ही वह इसे (तलाक-ए-बिद्दत को) अवैध, अप्रभावी और कानूनन अमान्य करार कर दे। यह दिलचस्प है कि सायरा बानो केस में एक अन्य प्रतिवादी नूरजहाँ साफिया

नियाज के वकील नित्या रामकृष्ण ने अदालत से तलाक-ए-बिद्दत को खारिज करने को नहीं कहा, बल्कि यह कहा कि यदि मसरूर अहमद केस में दिल्ली उच्च न्यायालय के आदेश को सर्वोच्च अदालत मान ले, तो यह पर्याप्त होगा।

साल 2002 में, दग्दू पठान बनाम राहिंबी दग्दू पठान केस में बॉम्बे उच्च न्यायालय की औरंगाबाद पीठ द्वारा दिए गए फैसले का तुरंत तलाक केसों के संदर्भ में अकसर इस्तेमाल किया गया है। इस मामले में, पठान ने अदालत के समक्ष कहा कि उसने अपनी बीवी को एक काजी और दो गवाहों, जिसमें एक मुस्लिम है और एक हिंदू है, के सामने तलाक दे दिया है। उसने कहा कि उसके अपनी बीवी के साथ मतभेद थे और बीवी ने अपने शौहर और उसकी माँ का अपमान किया था। तलाक की घोषणा के लिए पठान ने इसके अलावा कोई अन्य कारण नहीं बताया। औरंगाबाद बेंच ने तुरंत तीन तलाक को यह कहते हुए अमान्य करार दिया कि शौहर की गैरकानूनी माँगों का प्रतिरोध करने पर बीवी से बदला लेने के लिए या महज उसे नुकसान पहुँचाने के लिए, बगैर किसी कारण के तलाक देना और शरीयत में निर्धारित प्रक्रिया का उल्लंघन करते हुए उसे (बीवी को) तलाक देना हराम (प्रतिबंधित) है।

अदालत ने घोषणा की कि एक मुस्लिम शौहर को तलाक के मामलों में कुरान में दिए गए चरणों का पालन करना होगा। शौहर को कारण (तलाक के) बताने होंगे, उसे यह खुलासा करना पड़ेगा कि मध्यस्थता और तीसरे पक्ष के परामर्श के जरिये सुलह करने की कोशिश की गई और जब शांति के तमाम प्रयास विफल हो गए, तब उसने तलाक का रास्ता अपनाया। औरंगाबाद बेंच का फैसला चाँद बी केस में कलकत्ता हाईकोर्ट के फैसले का तकरीबन दोहराव था।

वैसे यह केस सुर्खियों में नहीं आया। जो केस सुर्खियों में आया, वह था शमीम आरा बनाम उत्तर प्रदेश राज्य केस।

इस दृष्टांत में, सर्वोच्च न्यायालय ने तीन तलाक को अवैध करार दिया। अदालत ने कहा कि तलाक को मान्य समझे जाने के लिए, कुरान में दिए गए तरीके के अनुसार इसकी घोषणा करनी होगी, यानी तीन अलग-अलग वक्त पर और हर घोषणा के बीच एक मासिक चक्र का फासला होना चाहिए। इसने माना कि तलाक को वैध होने के लिए कुरानी निर्देश के अनुसार इसकी घोषणा करनी होगी। यह भी कहा गया कि तलाक को प्रभावी होने के लिए जरूरी है कि इसका तर्कसंगत कारण हो और इसके पूर्व सुलह का प्रयास किया गया हो। संयोगवश, पैगंबर ने खुद बीवी

को महज सनक और स्वेच्छाचारिता के आधार पर तलाक देने के खिलाफ चेतावनी दी थी। माना जाता है कि उन्होंने कहा, "खुदा का कहर उस पर टूटता है, जो महज सनक या मनमानी से बीवी को छोड़ देता है।"

तीन तलाक को अमान्य ठहराते हुए, शीर्ष अदालत ने कहा :

कोई भी प्राचीन पवित्र पुस्तक या धर्मग्रंथ तलाक के इस रूप का उल्लेख नहीं करता। हमारे संज्ञान में कोई भी ऐसा मूल पाठ नहीं लाया गया, जिसमें यह व्यवस्था हो कि किसी दस्तावेज में दिए विवरण, जिसमें शौहर द्वारा यह बयान शामिल हो कि उसने अपनी बीवी को तलाक दे दिया है, उस तारीख से प्रभावी तलाक हो सकता है, जिस तारीख को बीवी एक शपथ-पत्र में दर्ज बयान के बारे में जानती है।

शमीम आरा केस में न्यायमूर्ति आर.सी. लोहाटी ने स्पष्ट किया कि तलाक की घोषणा करनी पड़ेगी, 'औपचारिक रूप से बोलकर घोषणा करनी होगी।' संयोगवश, अदालत ने तब भी जियाउद्दीन अहमद बनाम अनवरा बेगम केस और रुकिया बेगम बनाम अब्दुल खालिक लस्कर केस का प्रसंग उठाया था। जैसा कि उन केसों में हुआ था, अदालत ने कुरान से उदारतापूर्वक उद्धरण लिये और फैसलों से यह कहते हुए सहमति जताई कि 'हम उच्च न्यायालय के प्रबुद्ध जजों की टिप्पणियों से सम्मानपूर्वक सहमति रखते हैं।'

❑

14

ए.आई.एम.पी.एल.बी. के कार्य-बिंदु

ऑल इंडिया मुस्लिम पर्सनल लॉ बोर्ड (ए.आई.एम.पी.एल.बी.) की धुँधलेपन और अनिश्चयता के लिए अकसर आलोचना की जाती है। इस गैर-संवैधानिक निकाय में ऐसे लोग भी होते हैं, जो जरूरी नहीं कि इस्लाम के विद्वान् हों। कई तो राजनीतिक दलों से जुड़े होते हैं और अनिवार्य रूप से अपने ही कार्यों में मशगूल रहते हैं। सिर्फ कुछेक लोग इस्लाम के हित के लिए समर्पित रहते हैं। उन्हें भी अपने संबंधित मूल निकायों, जैसे जमीयत-उलेमा-ए-हिंद या जमात-ए-इस्लामी और ए.आई.एम.पी.एल.बी. के बीच समय का तालमेल बिठाना पड़ता है। आम जनता के बीच, ए.आई.एम.पी.एल.बी. की अकसर ऐसी छवि होती है कि यह परंपरा और रूढ़िवादिता का वाहक है। एक ऐसा निकाय है, जो समुदाय (मुस्लिम) के उत्थान के लिए कुछ नहीं करता और अपने विरोधियों को काफी ईंधन प्रदान करता है। दरअसल, इसके आलोचक आरोप लगाते हैं कि यह निकाय प्रगति के खिलाफ है और खासतौर पर महिलाओं को उनके हितों व अधिकारों से वंचित रखता है

वैसे, तमाम आरोपों की तरह, इन आरोपों की पुष्टि के लिए हमेशा पर्याप्त सामग्री नहीं होती है। बहरहाल, ए.आई.एम.पी.एल.बी. के सदस्य भी स्वीकार करेंगे कि पितृसत्तात्मक समाज में महिलाओं के हितों की रक्षा की बात आती हैं, तो उन्हें और ज्यादा सक्रिय होने की जरूरत है। महिलाओं द्वारा चुनौती दिए जाने पर यह निकाय अकसर गोल-मोल बातें करने लगता है और अन्य समय में विषयांतर हो जाता है। दरअसल, बोर्ड के कुछ पूर्व सदस्य इसकी इस बात के लिए निंदा करते हैं कि यह निस्तेज तरीके अपनाता है, इसके पास अंतर्दृष्टि का अभाव है और आधुनिक चुनौतियों की रोशनी में यह इस्लाम की व्याख्या करने में असमर्थ रहता है।

फिर भी सर्वोच्च न्यायालय में जिस तरह से कुछ सुनवाइयाँ चलीं, वह दरशाता है कि यह निकाय अब बदलाव के मोड़ पर है, कुछ करने को तत्पर है। पहली बार, बोर्ड उन लोगों के साथ चलने को तैयार हुआ, जिनकी इस्लाम की समझ अथवा कुरान की व्याख्या उनकी अपनी सोच से भिन्न हो सकती है। धार्मिक प्रवचनों में शरण लेने की बजाय यह कुरान के शब्द और भावना के अनुरूप चलने को तैयार दिखा। एक शपथ-पत्र के जरिये बोर्ड का यह संकल्प कि वह अपनी वेबसाइट पर और अन्य प्रकाशनों में तुरंत तीन तलाक के खिलाफ एक परामर्श जारी करेगा, एक स्वागत योग्य कदम है। इसी तरह, उसका यह आह्वान भी सराहनीय था कि उन लोगों का सामाजिक बहिष्कार किया जाए, जो तुरंत तीन तलाक की घोषणा कर अपनी शादी को समाप्त कर देते हैं। वह हरेक को यह याद दिलाना नहीं भूला कि सामाजिक बहिष्कार कारगर होता है। उसने मेवात का उदाहरण दिया, जहाँ स्थानीय पंचायत ने उन लोगों का बहिष्कार करने को कहा, जो विवाह को समाप्त करने के लिए तुरंत तीन तलाक देते हैं। उसकी काजियों को यह सलाह भी हल्की नहीं है कि वे निकाहनामे में यह प्रावधान रखें कि यदि चीजें कारगर नहीं रहीं, तो दंपती तुरंत तलाक का रास्ता नहीं अपनाएँगे। यह बात एकदम खुलकर कही गई। जो बात निहितार्थ थी, वह यह कि बोर्ड मर्दों द्वारा तलाक की एकतरफा, मनमानी घोषणा के खिलाफ जाने को तैयार है।

कई लोगों ने खुलेआम बोर्ड की योग्यता पर संदेह जाहिर किया कि वह अपनी सलाहों को लागू करा पाएगा और वस्तुतः यह सवालों के घेरे में है। फिर भी, यह तथ्य कि बोर्ड अपने पक्ष में करीब 4.8 करोड़ पुरुषों एवं महिलाओं के दस्तखत जुटा सका, दरशाता है कि इसने आम लोगों के बीच अपनी किसी भी अपील को खोया नहीं है।

बहरहाल, यह बोर्ड की आठ कदमों वाली संहिता है, जो पुरुषों के लिए आमतौर पर और महिलाओं के लिए खासतौर पर यह उम्मीद जगाती है कि भविष्य बेहतर, ज्यादा सुरक्षित और शांतिपूर्ण हो सकता है। संहिता का ब्योरा देते हुए, बोर्ड अनिवार्य रूप से कुरान में कही बातों को दुहराता है और मध्यस्थता एवं समझौते की प्रक्रिया पर जोर देता है।

बोर्ड अपने दिशा-निर्देशों के जरिए अपेक्षा करता है—

भारतीय मुसलमान यह सुनिश्चित करें कि वे तलाक के मामलों में इस्लामी शरीयत का पालन करेंगे। विवाह एक स्थायी और टिकाऊ किस्म का संबंध

है, लेकिन कभी-कभी ऐसी स्थिति पैदा हो जाती है कि शौहर और बीवी के बीच संबंध इतने गंभीर (कटु) हो जाते हैं कि एक साथ रहना असंभव हो जाता है। ऐसी स्थिति में अलग हो जाना एक अपरिहार्य विकल्प बन जाता है, लेकिन कोई फैसला लिये जाने के पूर्व संबंध सुधारने के लिए हरसंभव कोशिश की जानी चाहिए।

यह दंपतियों को आठ-सूत्री दिशा-निर्देश जारी करता है—

1. *अगर दंपतियों के बीच मतभेद हैं, तो उन्हें इन्हें आपस में ही सुलझाने की कोशिश करनी चाहिए। उन्हें यह बात अवश्य ही ध्यान में रखनी चाहिए कि हर इनसान में कुछ बुरी बातें होती हैं तो कई अच्छे गुण भी होते हैं। शरीयत के प्रावधानों के मद्देनजर, दूसरों की गलतियों को नजरअंदाज करना चाहिए। दूसरे शब्दों में, शौहर और बीवी से यह अपेक्षा की जाती है कि वे अलगाव की बजाय परस्पर मित्रता का भाव दरशाएँ और अपने मसलों को अपनी निजता के दायरे में ही हल करने की कोशिश करें। उनसे अपेक्षा की जाती है कि वे एक-दूसरे के लिए पोशाक की तरह पेश आएँ और अपने साझीदार को सार्वजनिक निंदा से बचाएँ।*
2. *अगर ये प्रयास विफल रहते हैं, तो वे अस्थायी रूप से रिश्ते में पीछे हट सकते हैं। इसका इस्तेमाल एक-दूसरे के लिए फिर से लगाव पैदा करने के लिए किया जा सकता है, जिससे अंततः सहज रूप से सुलह हो जाए।*
3. *यदि ये दो कदम विफल रहते हैं, तो संबंधित परिवारों के निष्कपट सदस्यों या हर परिवार से एक मध्यस्थ को मतभेद सुलझाने के लिए नियुक्त किया जाना चाहिए। उन्हें दंपती के मतभेदों को पाटने की कोशिश करनी चाहिए और परस्पर लाभकारी रिश्ता बनाने के लिए दंपती की मदद करनी चाहिए।*
4. *अगर विवाद अनसुलझा रह जाता है, तो शौहर अपनी बीवी की स्वच्छता की अवधि में सिर्फ एक तलाक की घोषणा कर सकता है और उन्हें इंतजार का वक्त समाप्त होने तक के लिए छोड़ दे सकता है। यदि इंतजार की अवधि के दौरान अनुकूल स्थिति बनती है, तो शौहर को उन्हें अपने पास रखना चाहिए और पति-पत्नी के रूप में रिश्ता बनाए रखना चाहिए। तलाक को बोलकर अथवा शारीरिक संबंध बहाल कर निरस्त किया जा सकता है। अगर शौहर उन्हें अपने पास नहीं रखता है, तो इंतजार की अवधि पूरी होने पर विवाह अपने आप समाप्त हो जाता है। अगर बीवी*

इंतजार की अवधि के दौरान गर्भवती है, तो बच्चे के जन्म लेने के बाद ही इंतजार की अवधि पूरी होगी। शौहर को इंतजार की अवधि के दौरान बीवी के खर्चों को वहन करना होगा। यदि महर का भुगतान नहीं किया गया है, तो इंतजार की अवधि के दौरान इसका भुगतान करना होगा।

5. *अगर इंतजार की अवधि या इद्दत की अवधि के बाद वे शांतिपूर्ण ढंग से किसी समझौते पर पहुँचते हैं, तो वे सहमति से ताजा निकाह कर आपसी रिश्ता बहाल कर सकते हैं। वे नया महर तय कर सकते हैं।*
6. *दूसरा विकल्प यह है कि शौहर को बीवी की स्वच्छता की अवधि के दौरान एक तलाक की घोषणा करनी चाहिए, फिर दूसरे माह दूसरी घोषणा करनी चाहिए और तीसरी घोषणा तीसरे माह करनी चाहिए। अगर वे तीसरी घोषणा के पूर्व किसी शांतिपूर्ण फैसले पर पहुँच जाते हैं, तो शौहर को उन्हें अपने साथ रखना होगा और विवाह को बहाल करना होगा।*
7. *यदि बीवी अपने शौहर के साथ रहने की इच्छुक नहीं है, तो वह खुला लेकर रिश्ते से बाहर निकल सकती है।*
8. *मुस्लिम समुदाय को उन लोगों का सामाजिक रूप से बहिष्कार करना चाहिए, जो एक बार में ही तीन तलाकों की घोषणा करने के दोषी पाए जाते हैं।*

बोर्ड ने काजियों के लिए भी एक परामर्श जारी किया—

निकाह किए जाने के वक्त, निकाह करानेवाला व्यक्ति वर को सलाह देगा कि यदि मतभेदों की स्थिति में तलाक की नौबत आ जाए, तो वह एक बार में तीन तलाकों की घोषणा नहीं करेगा, क्योंकि यह शरीयत में एक अवांछित रिवाज है, साथ ही, निकाह के वक्त, निकाह करानेवाला शख्स दूल्हे और दुलहन; दोनों को सलाह देगा कि वे निकाहनामा में यह शर्त शामिल करें कि शौहर द्वारा एक बार में तीन तलाकों की घोषणा नहीं की जाएगी।

महत्त्वपूर्ण ढंग से, बोर्ड ने दुहराया कि बगैर किसी कारण के अथवा एक ही बार में तीन तलाकों की घोषणा शरीया द्वारा मंजूर तलाक का तरीका नहीं है। इसने संकल्प लिया कि वह जनसाधारण के बीच एक जन आंदोलन चलाएगा और उनसे कहेगा कि ओछे कारणों से तलाक की घोषणा करने से बचें और यदि अनिवार्य हो ही जाए तो सिर्फ एक तलाक की घोषणा करें।

ये शब्द पहले से मौजूद हैं और तकरीबन ये सभी कुरान की आयतों एवं

उसके संदेशों से लिये जाते हैं। कोई भी अच्छी सोचवाला इनसान दंपतियों को दिए गए आठ सूची परामर्श के किसी सूत्र पर विवाद नहीं खड़ा कर सकता, मगर यह अभी भी परखने वाली बात होगी कि मंशा के प्रति कितनी गंभीरता और ईमानदारी दिखाई जाती है और क्या कारवाई की जाती है? ऐसा निकाहनामा तैयार करने के लिए बोर्ड कहाँ तक जाएगा, जिसमें तुरंत तीन तलाक न अपनाए जाने की पूर्व शर्त शामिल होगी? उन लोगों का बहिष्कार करने में यह किस हद तक जाएगा, जो तीन तलाक के दोषी रहे हैं? यह काजियों को कैसे सलाह देगा कि वे ऐसा निकाह न करवाएँ, जहाँ शरीया का मजाक उड़ाया जाता हो? सिर्फ यही कारवाई तय करेगी कि ए.आई.एम.पी.एल.बी. न्याय और समानता का झंडा बुलंद करता है या मजहब के जरिये अपना उल्लू सीधा करनेवाला महज एक एन.जी.ओ. बनकर रह जाता है। गेंद इस वक्त बोर्ड के पाले में है। समय आगे बढ़ता जा रहा है।

❑

15

मुस्लिम देशों में तुरंत तलाक की मनाही

चंद वर्षों पहले, नामी इस्लामी विद्वान् मौलाना वहीदुद्दीन खान ने अपनी किताब 'कंसर्निंग डाइवोर्स' में लिखते हुए कहा :

एक आदमी शरीया के निर्धारित तरीके का उल्लंघन करते हुए अपनी बीवी को एक ही वक्त में तीन बार तलाक कह सकता है और इस तरह वह पाप करेगा, लेकिन यदि यह पता चले कि वह उस वक्त भावनात्मक रूप से उत्तेजित था, तो उसकी काररवाई को मानव कमजोरी से पैदा होनेवाली महज विसंगति माना जा सकता है। 'तलाक' शब्द के तीन बार उच्चारण को उसकी भावनाओं की तीव्रता की अभिव्यक्ति के रूप में लिया जा सकता है और इस तरह यह सिर्फ एक घोषणा या उच्चारण के समकक्ष होगा।

तीन तलाक पर प्रतिबंध के लिए मुहिम ने जब वर्ष 2016-17 में जोर पकड़ा, तो पूरे औचित्य के साथ यह इंगित किया गया कि तुरंत तलाक के रिवाज को बीस से भी ज्यादा मुस्लिम देशों में अमान्य करार दिया जा चुका है। जो बात नहीं कही गई, वह यह कि यदि भारत में भी ऐसा ही किया जाए, तो इसका मतलब समुदाय (मुस्लिम) के निजी कानूनों में हस्तक्षेप नहीं होगा या एक अल्पसंख्यक के रूप में इसके अधिकारों का हनन नहीं होगा। बहरहाल, जो तथ्य कभी नहीं बताया गया, वह यह कि इन देशों के कानून अखंडित नहीं हैं। हर देश ने तलाक के पूर्व संभावित सुलह की प्रक्रिया पर कुरानी निर्देश की अपनी-अपनी व्याख्या की है। कुछ ने राज्य (सरकार) को शामिल किया है, तो अन्यों ने दंपती के परिवारों को। यह भी कि हर देश ने अपनी बीवी को तलाक देने के अधिकार को भिन्न-भिन्न नजरिए से देखा है। कुछ देशों में, आदमी को संबंधित अधिकारी को लिखित आवेदन देकर अपनी मंशा

(तलाक की) के बारे में बताना पड़ता है। तब सरकार अधिकारियों को जिम्मेदारी सौंपती है कि वे आदमी और उसकी बीवी से बातचीत कर उन्हें तलाक से बचाने की कोशिश करें। अहम बात यह है कि किसी भी मुस्लिम मुल्क ने अपनी बीवी को तलाक देने के आदमी के अधिकार को ऐसा एकतरफा अधिकार नहीं माना, जिसके लिए वह किसी के प्रति जवाबदेह नहीं है और जिसका इस्तेमाल वह अपनी सनक या मनमानी से कर सकता है। कहीं भी मुस्लिम महिलाएँ अपने शौहरों के साथ तीखी बहस या मतभेद के कारण तुरंत तलाक के डर के साथ नहीं जीती हैं। खाना खराब बनाने अथवा कमीज ठीक से आयरन नहीं किए जाने का नतीजा तलाक नहीं होता। वस्तुत: तमाम देश गुस्से के आवेग या शराब के नशे में तलाक की घोषणा को अमान्य करार देते हैं। हालाँकि अफ्रीका में ट्यूनीशिया, लीबिया और मिस्र जैसे देशों और पश्चिम एशिया में जॉर्डन, सऊदी अरब, कुवैत और यू.ए.ई. (संयुक्त अरब अमीरात) जैसे देशों में एक ही वक्त में तलाक की कई घोषणाओं को एक और निरस्त तलाक से ज्यादा कुछ नहीं माना जाता, लेकिन इस मसले पर सबसे बढ़िया कानून एक गैर-मुस्लिम देश से सामने आया। इस्लामी न्यायविद् इससे सहमत हैं कि मुसलमानों के लिए तलाक की प्रक्रिया पर श्रीलंका ने जो बदलाव किए हैं, वे अब तक सर्वोत्तम हैं और इस्लामी कानून के अनुरूप हैं।

मुस्लिम बाहुल्य वाले देशों में तलाक पर कुरानी नियमों की अनेक व्याख्याएँ की जाती रही हैं, लेकिन इस बात के निरंतर प्रयास किए गए हैं कि तलाक को अदालत के बाहर व्यक्तिगत फैसला कम-से-कम बनने दिया जाए। साथ ही यह भी प्रयास किया गया है कि महिलाओं की आवाज को भी शामिल किया जाए ताकि उन पर तलाक के मनोवैज्ञानिक एवं आर्थिक असर को कम किया जाए। जब शौहर से कहा जाता है कि तलाक देने के पहले वह संबंधित अधिकारी के समक्ष आवेदन करे, तो इसमें विचार यह नहीं है कि परिवार के मुखिया के तौर पर उसकी स्थिति को कम किया जाए, बल्कि मंशा परिवार की रक्षा करने की है, क्योंकि परिवार में छोटे बच्चे भी शामिल होते हैं। आधुनिक भाषा-शैली का प्रयोग करें, तो यहाँ परिवार पहले है, व्यक्तिगत सनक और गुस्सा बहुत बाद में आते हैं।

इसके साथ-साथ दुनिया भर में खुला की घटनाएँ बढ़ रही हैं। यह दिलचस्प है कि हनफियों द्वारा तीन तलाक को विवाह समाप्त करने का एक वैध तरीका माना जाता है, लेकिन जिन क्षेत्रों में हनफी बहुसंख्यक या काफी तादाद में हैं, उन्हीं क्षेत्रों में महिलाएँ खुला के जरिये जिन आधारों पर अपनी शादी को समाप्त कर सकती हैं, उनका विस्तार किया गया है। इसमें शौहर का बेवजह गायब हो जाना, बीवी को

जख्मी करना यानी आदमी द्वारा घरेलू हिंसा करना और वैवाहिक दायित्वों को पूरा करने में मर्द की नाकामी जैसे कारण शामिल हैं। वैवाहिक विश्वासघात (किसी दूसरी महिला से शारीरिक संबंध) भी उन आधारों में शामिल है, जिससे महिला शादी को समाप्त करने की माँग कर सकती है। इसमें समलैंगिक संबंध में लिप्त होना भी शामिल है। इन आधारों में यह बात भी शामिल है कि यदि शौहर को ऐसी बीमारी हो जाए कि वह यौन संबंध के दायित्वों को पूरा करने में असमर्थ हो जाए, तो महिला खुला ले सकती है। संयुक्त अरब अमीरात जैसे देश में यदि मर्द को एच.आई.वी. हो जाए तो बीवी इसे खुला का आधार बना सकती है। ऐसे मामलों में दंपती में सुलह कराने की कोई कोशिश नहीं की जाती है, ताकि बीमारी के संभावित संक्रमण को रोका जा सके।

मिस्र

सदियों से मिस्र का इस्लामी जगत् में इसके विश्वविद्यालयों एवं विद्वानों के लिए सम्मान किया जाता रहा है। भारतीय उपमहाद्वीप में भी, यदि एक इस्लामी विद्वान् ने काहिरा में अध्ययन किया हो, तो वह ज्यादा आसानी से स्वीकार किया जाता था। यह फिर रोचक है कि मिस्र संभवतः पहला मुस्लिम मुल्क था, जिसने सन् 1929 में ही अपने तलाक के नियमों में सुधार किए। इसने ऐसा इब्न तैमियाह के आदेश का अनुसरण करते हुए किया। तैमियाह मानते थे कि पुनर्विचार या सुलह के लिए वक्त का फासला किए बगैर तलाक की कई घोषणाओं को एक ही तलाक माना जाना चाहिए। एक आदमी चाहे तलाक की एक घोषणा करे या कई घोषणाएँ करे, दंपती को साथ-साथ रहने के विकल्प तलाशने और सहवास करने के लिए 90 दिनों का वक्त दिया जाता था। यदि आदमी ने अपने तलाक को इस अवधि के दौरान वापस लेने का फैसला किया, तो वह बोलकर या काररवाई के द्वारा ऐसा कर सकता था। कोई ताजा निकाह करने की जरूरत नहीं थी। अंतिम तलाक के लिए, आदमी को कम-से-कम एक मासिक चक्र (बीवी का) के फासले पर तलाक देना होता था। हर घोषणा तब करनी होती थी, जब महिला तुहर (Tuhr) की स्थिति में होती थी और इस अवधि के दौरान दंपती को शारीरिक संबंध नहीं बनाना होता था। तीसरी घोषणा के बाद आदमी और औरत, शौहर और बीवी नहीं रह जाते थे; हरेक अपना नया साझीदार चुनने के लिए स्वतंत्र होता था। इस तरह तलाक तीन कदमों वाली एक प्रक्रिया बन गई। यह महत्त्वपूर्ण बात है कि मिस्र में हनफियों का बाहुल्य नहीं

है। अधिकतर नागरिक इमाम शफी के अनुयायी हैं।

साल 2000 में, मिस्र ने न्यायिक खुला की व्यवस्था की। यह कोर्ट के बाहर खुला या बीवी की पहल पर तलाक के अतिरिक्त था। कोर्ट के बाहर खुला में, तीसरे पक्ष अथवा मध्यस्थ अकसर शौहर को खुला स्वीकार करने के लिए राजी कर लेते थे और महिला आमतौर पर अपने महर का एक हिस्सा दे देती थी। बहरहाल, ऐसे मामले होते थे, जिसमें शौहर बीवी को तंग करने के लिए आगा-पीछा करता था। साल 2002 के आदेश ने महिलाओं को खुला पर जोर देने के लिए कानूनी शक्ति प्रदान की। अब मर्दों को इनकार करने या विलंब करने की कोई शक्ति नहीं थी। खुला महिलाओं का एकपक्षीय अधिकार बन गया। शौहर की सहमति को अनावश्यक बना दिया गया। विवाह-बंधन से अपनी मुक्ति के बदले में बीवी से अपेक्षा की जाती थी कि वह अपने शौहर पर कोई भी वित्तीय हक छोड़ देगी। यह मर्द की तलाक की शक्ति की तरह ही महिला की तलाक की शक्ति थी। जिस तरह मर्द बिना कोई कारण बताए और बीवी की इच्छा के विपरीत उसे तलाक दे सकता है, उसी तरह बीवी भी अपने अधिकार का उपयोग कर सकती है। तलाक देने और जिस तरह महर पर गुजारे का भुगतान करना होता है, उसी तरह महिला को तलाक का कोई कारण नहीं बताना होता था और उसे बस शौहर पर वित्तीय दावे छोड़ने होते थे और अगर दहेज का पहले ही भुगतान कर दिया गया है, तो उसका एक हिस्सा लौटाना पड़ता था। इस न्यायिक खुला का पितृसत्तात्मक समाज द्वारा उपहास उड़ाया गया। कई लोगों ने दलील दी कि यह इस अवधारणा के खिलाफ है कि मर्द औरतों के नेता होते हैं।

सीरिया

युद्धग्रस्त सीरिया ने इस्लामी इतिहास में एक अनोखा स्थान हासिल कर लिया है। दरअसल, तुरंत तलाक में यकीन रखनेवाले लोगों द्वारा स्वीकृत एक वृत्तांत के अनुसार, यह कहा जाता है कि खलीफा उमर के वक्त में, जब अरब मर्द सीरियाई और मिस्र की महिलाओं के संपर्क में आए, तो वे उनकी खूबसूरती के इतने कायल हो गए कि उन्होंने इन महिलाओं से शादी करने के लिए अपनी बीवियों को तुरंत तीन तलाक की घोषणा कर दी। इस वृत्तांत का अकसर विरोध किया जाता है। वैसे, यह तथ्य है कि सीरिया में अरब, तुर्क और कुर्द लोगों की मिश्रित आबादी है और वहाँ हर चौथा शख्स एक शिया है। सीरिया तुरंत तलाक के पक्ष में नहीं रहा है। यह दुहराना अहम है कि शिया लोग तुरंत तलाक को मान्यता नहीं देते हैं। सीरिया में, तलाक की

प्रणाली में सन् 1953 में सुधार किया गया। इसके अनुसार एक ही वक्त में जितनी बार भी तलाक बोला जाए, उसकी गिनती सिर्फ एक तलाक के रूप में होगी और इसे निरस्त किया जा सकेगा। जब एक आदमी तीसरी बार तलाक की घोषणा करेगा, तभी यह अंतिम तलाक माना जाएगा, लेकिन हर घोषणा के बीच कम-से-कम एक माह का फासला होना चाहिए।

जॉर्डन

जॉर्डन के धर्मनिरपेक्ष राज्य में भी, एक ही वक्त में तीन तलाक को गैर-कानूनी माना गया है। तलाक के विषय पर राज्य का कानून कुरानी निर्देशों के अनुरूप है। जॉर्डन में अदालत में तलाक का पंजीकरण कराने की जरूरत होती है। निर्धारित अवधि के अंदर ऐसा करने में विफल रहने पर कड़े दंडों का प्रावधान है। सन् 1976 तक तलाक तभी प्रभावी होता था, जब सक्षम अधिकारियों के पास इसका रजिस्ट्रेशन कराया जाता था। तब से, तीन तलाक के इस्तेमाल को हतोत्साहित करने के लिए एक नौकरशाही प्रक्रिया काम कर रही है। अत्यधिक गुस्से या घबराहट की स्थिति में तलाक की घोषणा को मान्य नहीं करार दिया जाता है।

खुला में भी यह आदमी की भूमिका को कम किए जाने के पक्ष में है। इस बारे में वर्ष 2001 में एक कानून बनाया गया, जिसे 2003 में संशोधित किया गया। यह इस मसले पर मिस्र के कानून की तर्ज पर है। इसमें व्यवस्था की गई कि बीवी को अपने तलाक को संचालित करने का अधिकार है, बशर्ते निकाहनामे में इसका उल्लेख हो यानी तलाक-ए-तफवीज, जहाँ शौहर निकाह के वक्त ही तलाक देने की अपनी शक्ति बीवी को सौंप देता है। न्यायिक खुला, जिसमें शौहर की सहमति को अनावश्यक बना दिया गया, की पितृसत्तात्मक समाज द्वारा काफी आलोचना की गई, क्योंकि इसे परिवार प्रणाली को नुकसान पहुँचानेवाला बताया गया। बहरहाल, यह प्रावधान जारी रहा क्योंकि यह दलील दी गई कि बेमेल शादियों में कष्ट झेल रही सिफ महिला ही शीघ्र तलाक का चयन करेगी। इसका यह भी आशय था कि असंगति के अंतरंग ब्योरों को सार्वजनिक दायरे से बाहर रखा गया, क्योंकि खुला के लिए महिला को कारणों क्रा खुलासा करने की आवश्यकता नहीं है।

कुवैत

एक मजहबी, सुन्नी बाहुल्यवाले देश कुवैत में तलाक तभी वैध माना जाता है,

जब अपने कार्य और उसके परिणामों के बारे में सजग एक संतुलित वयस्क आदमी द्वारा इसकी घोषणा की जाती है। अगर शौहर शराब के नशे में या मानसिक रूप से स्वस्थ नहीं है या वह गुस्से में इतना आग बबूला है कि अपने वचन और कार्य में अनियंत्रित है, तो तलाक लागू नहीं होता है। यहाँ, कोड ऑफ पर्सनल स्टेटस, 1984 के कानून 51 के तहत तलाक लागू होता है।

कुवैत भी तुरंत तीन तलाक को अमान्य करार देता है। यह मान्यता है कि तलाक की किसी भी घोषणा के बाद, चाहे इसे उस वक्त जितनी बार भी दुहराया जाए, उसे सिर्फ एक तलाक माना जाएगा।

सूडान

सीरिया की आबादी की बनावट भारतीय आबादी से मेल खाती है, जहाँ सुन्नियों की तादाद काफी बहुसंख्यक है, लेकिन शिया भी काफी संख्या में हैं, मगर भारत का सबसे करीबी मेल सूडान की आबादी से खाता है। भारत की तरह ही, अफ्रीकी मुल्क सूडान में, हनफी मुसलमान बहुसंख्यक हैं। बहरहाल, भारत के विपरीत, यहाँ तलाक के नियम (कानून) 1935 में ही बना लिए गए थे और जैसा कि अगस्त, 2017 में उच्चतम न्यायालय के फैसले के पूर्व माँग की गई थी, सूडान में तलाक को वक्त लगनेवाला मामला बना दिया गया। यह तुरंत नहीं हो सकता। सूडान के अनुच्छेद 3, शरीयाह सर्कुलर नं. 41/1935 के अनुसार, शौहर द्वारा तीसरे तलाक को छोड़कर अन्य सभी तलाक निरस्त हैं। इस नियम का सिर्फ एक अपवाद है : ऐसे मामले, जहाँ विवाह के बाद सहवास नहीं किया गया है, तुरंत और तत्काल तलाक को उचित माना जाता है। यह महिला की मदद के लिए किया जाता है ताकि वह नया शौहर ढूँढ़ सके और शीघ्रता से विवाह करके स्थिर जीवन बिता सके और वह इस बात की कीमत न चुकाए कि उसने एक शख्स से शादी कर ली है, जो अपने वैवाहिक दायित्वों (सहवास) को पूरा करने में ही समर्थ नहीं है।

ट्यूनीशिया

दुनिया के इस भाग में, इस्लामी देशों के बीच चर्चा के अग्रिम मोर्चे पर ट्यूनीशिया अकसर नहीं रहता है, लेकिन उसने शौहर के लिए अपनी बीवी को तलाक देना मुश्किल कर दिया है। देश के कोड ऑफ पर्सनल स्टेटस, 1956 के अनुसार, शौहर अपनी बीवी को एकतरफा मौखिक रूप से तलाक नहीं दे सकता

है। उसे एक जज से परामर्श करना पड़ेगा और तलाक के लिए कारणों का खुलासा करना पड़ेगा। इस तरह, विवाह और तलाक को महज व्यक्तिगत कार्य नहीं माना जाता है। यहाँ, राज्य अपनी भूमिका निभाता है और तलाक की तमाम कारवाइयाँ एक जज के सामने चलती हैं। पहले चरण में ही सुलह के लिए कोर्ट-निर्देशित प्रयास किए जाते हैं। एक व्यक्ति का तलाक एक राज्य-संचालित मामला है। ट्यूनीशियाई कोड ऑफ पर्सनल स्टेटस का अनुच्छेद 30 साफतौर पर कहता है कि कानूनी अदालत के बाहर तलाक की कोई भी घोषणा मान्य या प्रभावी नहीं होगी।

इराक

शिया बाहुल्यवाला मुल्क इराक एक बार में तीन तलाक को अस्वीकार करता है। इराक के निजी कानून के अनुसार, 'एक बार में तीन मौखिक अथवा अंग-संकेत के जरिये परित्याग की घोषणा को सिर्फ एक तलाक माना जाएगा।' इससे दंपतियों के लिए सोचने, विचार करने और समझौता करने के दरवाजे खुले रहते हैं। कानून है कि यदि शौहर तलाक को प्रभावी करना चाहता है, तो उसे सरकार के पास याचिका देनी होगी, लेकिन यदि वह तीन महीने की इद्दत की अवधि के दौरान अधिकारियों को बता देता है, तो पूर्व सूचना के बगैर भी वह ऐसा कर सकता है। अदालत द्वारा औपचारिक रूप से निरस्त किए जाने तक विवाह मान्य रहता है। अदालत विवाह में दिक्कत के कारणों की पड़ताल कर सकती है और सुलह कराने के लिए मध्यस्थों की नियुक्ति कर सकती है। बीसवीं सदी में पचास के दशक के उत्तरार्द्ध में, इराक पहला मुस्लिम देश बना, जिसने प्राचीन शरीया अदालतों की जगह सरकार-संचालित पर्सनल स्टेटस अदालतों की स्थापना की। यह महत्त्वपूर्ण है कि 1959 का पर्सनल स्टेटस का इराकी कानून साफतौर पर पुरुषों और महिलाओं को बराबरी का दर्जा देते हुए कहता है कि 'दंपति के बीच जब अनबन हो जाए तो शौहर और बीवी, दोनों को अलग होने की माँग करने का अधिकार है। यह सहवास के पूर्व या बाद दोनों स्थिति में हो सकता है।'

पिछली सदी के सत्तर के दशक में, अदालतों द्वारा की औपचारिक मान्यता को समाप्त कर दिया गया। इराक में एक महिला कई आधारों पर तलाक की माँग कर सकती है—शौहर यदि जुआ खेलता हो, शराब पीता हो या ऐसी बीमारी से पीड़ित हो, जिससे वह यौन दायित्वों को पूरा करने में असमर्थ हो, तो बीवी तलाक ले सकती है। अगर शौहर संतान पैदा करने में असमर्थ हो तो भी वह तलाक का दावा कर सकती है।

मलेशिया

कोई आदमी या औरत, जो अपनी बीवी/शौहर को तलाक देने का इच्छुक है, उसे मलेशिया में अदालत में एक आवेदन देना पड़ता है। इसमें परिवार का पूरा ब्योरा, वित्तीय स्थिति, बच्चे, उनकी उम्र आदि की जानकारी देनी होती है। तलाक के लिए आवेदन करने के कारणों का भी खुलासा करना होता है। प्रार्थी को यह भी स्पष्ट करना होता है कि क्या सुलह के लिए प्रयास किए गए हैं। ऐसा आवेदन प्राप्त होने पर अदालत दूसरे पक्ष को समन जारी करती है और साथ में मूल आवेदन-पत्र को भी भेजती है। यदि बीवी (जैसा कि आमतौर पर होता है) तलाक के लिए सहमत होती है, तो कोर्ट में एक तलाक का पंजीकरण किया जाता है। अगर बीवी शौहर के फैसले का विरोध करती है, तो अदालत एक सुलह-समिति नियुक्त करती है। इस समिति का अध्यक्ष एक धार्मिक अधिकारी होता है और शौहर व बीवी, हरेक के पक्ष से एक-एक प्रतिनिधि होता है। यहाँ, यह कोशिश की जाती है कि समिति में दंपती के करीबी रिश्तेदारों को शामिल किया जाए। समिति को सुलह की प्रक्रिया की कोशिश करने के लिए छह माह दिए जाते हैं। यदि समिति सुलह कराने में अथवा वैवाहिक संबंध (सहवास) बहाल करने में विफल रहती है तो वह अदालत को तद्नुरूप सलाह देती है। अदालत तब शौहर को एक तलाक की घोषणा करने की इजाजत देती है। तलाक उस तारीख से प्रभावी हो जाता है, बशर्ते बीवी गर्भवती नहीं हो। यदि वह गर्भवती है, तो पहले इसे पूरा होना होगा।

यह उल्लेखनीय है कि मलेशिया एक सुन्नी बाहुल्यवाला देश है। यदि दंपती में से कोई लाइलाज मानसिक बीमारी से पीड़ित है अथवा न्यूनतम तीन साल के लिए जेल में बंद है, तो सुलह-समिति की भूमिका समाप्त कर दी जाती है।

श्रीलंका

प्रायद्वीप देश तलाक में काजी और संबंधित पक्षों के परिवारों को भी शामिल करता है। दंपतियों के बीच सुलह के विकल्पों को तलाशने के लिए तमाम कोशिशें की जाती हैं। न सिर्फ शौहर और बीवी के बीच बातचीत कराई जाती है, बल्कि तलाक को हतोत्साहित करने के लिए पड़ोसियों और अन्य प्रभावशाली लोगों तक को शामिल किया जाता है। श्रीलंका के विवाह एवं तलाक (मुस्लिम) कानून, 1951, जिसे 2006 में संशोधित किया गया, के अनुसार, अपनी बीवी को तलाक देने की योजना बना रहे शौहर को पहले काजी को अधिसूचित करना होता है। इस पर काजी

शांति-सुलह के लिए दंपतियों के परिवार और प्रभावशाली बुजुर्गों को शामिल करता है। इस प्रक्रिया में एक महीना लग जाता है। बहरहाल, एक महीना बीत जाने पर भी यदि सुलह की तमाम कोशिशें विफल रहती हैं, तो आदमी काजी और दो अन्य गवाहों की मौजूदगी में अपनी बीवी को तलाक दे सकता है। इस्लामी विद्वानों का मानना है कि भारतीय उपमहाद्वीप में श्रीलंका का तलाक कानून 'कुरान' के शब्द और उसकी भावना के सबसे करीब है। यह स्मरणीय है कि कुरान भी शौहर और बीवी को अपने मतभेद सुलझाने के लिए कहती है। इसके विफल रहने पर उन्हें निर्देश दिया गया है कि वे दो गवाहों को बुलाएँ—हरेक पक्ष से एक गवाह। शांति बहाल करने के तमाम प्रयासों के चूक जाने पर ही शौहर अपनी बीवी को तलाक दे सकता है।

पाकिस्तान एवं बांग्लादेश

पाकिस्तान और बांग्लादेश, दोनों सुन्नी-बाहुल्य देश हैं। दोनों देशों में इमाम अबू हनीफा के अनुयायी भी काफी तादाद में हैं। इसका मतलब तो यह होना चाहिए कि दोनों ही देशों में तुरंत तीन तलाक स्वीकार्य होगा। बहरहाल, ऐसा नहीं है। दोनों मुल्कों में एक स्पष्ट प्रक्रिया है, जिसके जरिये दंपती अपनी शादी को खत्म कर सकते हैं। तुरंत तीन तलाक एक विकल्प नहीं है। जमे हुए पितृसत्तात्मक बलों के विरोध के बावजूद यह बदलाव किया गया है कि ये ताकतें उस कानून के विरोध में थीं, जिन्हें ये अपने अधिकार को कम करनेवाला मानती हैं। विपथगमनों की खबर अभी भी आती है, लेकिन तुरंत तीन तलाक को प्रतिबंधित करनेवाला कानून लागू है।

पाकिस्तान में मुल्क का मार्गदर्शन करनेवाला मुस्लिम फैमिली लॉ ऑर्डिनेंस एक्ट (एम.एफ.एल.ओ.), 1961 है। महिलाओं द्वारा निरंतर आंदोलन और सर्वसम्मति के लिए (राज्य) सरकार की काररवाई के बाद यह कानून अस्तित्व में आया। विवाह एवं पारिवारिक नियमों पर 1955 में एक सात सदस्यीय आयोग की स्थापना की गई। इसकी सिफारिशों के आधार पर तीन तलाक को खत्म करनेवाले नियम बनाए गए। आयोग में एक इस्लामी विद्वान् के अलावा तीन सामान्य नागरिक सदस्य थे। तीन सदस्य थे—बेगम अनवर जी. अहमद, बेगम शम्सुन्नहर महमूद और बेगम शाहनवाज—ये सभी ऑल पाकिस्तान वीमंस एसोसिएशन से थीं। इसी एसोसिएशन ने द्विविवाह के खिलाफ मुहिम छेड़ी थी। दिलचस्प रूप से, यह मुहिम प्रधानमंत्री अली बोगरा के खिलाफ शुरू हुई थी। बोगरा ने अपनी सचिव से शादी कर ली थी, हालाँकि उनकी वैध रूप से विवाहित बीवी थी। कार्यकर्ताओं की माँगों

के समक्ष समर्पण करते हुए, सरकार ने विवाह एवं पारिवारिक नियमों के मामलों के लिए एक सात सदस्यीय आयोग का गठन किया। 'विवाह एवं तलाक के उचित पंजीकरण, अदालत या अन्य न्यायिक साधनों के जरिये दोनों साझेदार में से किसी के भी द्वारा प्रयोग किया जानेवाला तलाक का अधिकार, गुजारा और महिला के अधिकारों को प्रभावित करनेवाले केसों को शीघ्रता से निपटाने के लिए विशेष अदालतों की स्थापना' पर आयोग को रिपोर्ट देने के लिए अधिकृत किया गया। आयोग ने सिफारिश की कि एक वक्त में तीन तलाक प्रभावी रूप से एक तलाक होगा। अंतिम, अपरिवर्तनीय तलाक के लिए, शौहर द्वारा अपनी बीवी के मासिक चक्र पूरा होने पर, उसकी शुद्धता की अवधि के दौरान दो बार और घोषणाएँ करनी होंगी। इस अवधि के दौरान शौहर और बीवी के बीच शारीरिक संबंध स्थापित नहीं होना चाहिए। सदस्यों ने इस पर भी जोर दिया कि अपनी बीवी को तलाक देने के इच्छुक शख्स को एक पारिवारिक अथवा वैवाहिक कोर्ट से आदेश भी प्राप्त करना होगा।

आयोग के निष्कर्षों की देश भर में सामाजिक एवं राजनीतिक आलोचना हुई, खासकर मौलानाओं ने आयोग के कुछ सदस्यों की काबिलीयत पर सवाल उठाए और आरोप लगाया कि उनके परामर्श शरीया के खिलाफ हैं। वे खासतौर पर इस बात के खिलाफ थे कि तलाक की घोषणा करने के लिए कोर्ट से इजाजत लेनी होगी। उन्होंने महसूस किया कि राज्य (सरकार) लोगों के बेडरूम में घुस रहा है। एक शख्स ने कैसे और क्यों अपने विवाह को समाप्त किया, यह बात साझेदारों (शौहर और बीवी) के बीच ही रहनी चाहिए। आयोग के एक सदस्य मौलाना थानवी ने आयोग के निष्कर्षों पर आपत्ति जताई और अपना विरोध मत जाहिर किया। उन्होंने दलील दी :

> *अगर तलाक का पंजीकरण नहीं कराया गया है या वैवाहिक एवं पारिवारिक कानून अदालत द्वारा अधिकृत नहीं किया है तो इसे (तलाक) अप्रभावी बनाकर इस अधिकार के प्रयोग पर पाबंदी लगाना, न सिर्फ विश्वास (मजहब) के निर्देशों के साथ छेड़छाड़ करना है, बल्कि जब यह (तलाक) अनिवार्य एवं वांछनीय हो, तब भी इसके रास्ते में रोड़े अटकाना जैसा भी है।*

संतुलन बनाने की कोशिश करते हुए एम.एफ.एल.ओ., 1961 ने आदेश दिया कि अपनी बीवी को तलाक देने का इच्छुक कोई भी शख्स यूनियन काउंसिल के चेयरमैन को लिखित में सूचित करेगा। बहरहाल, उसे इसकी इजाजत दी गई कि तलाक की घोषणा के तुरंत बाद वह ऐसा कर सकता है; जरूरी नहीं कि तलाक शब्द बोलने के पहले ही वह सूचित करे। इस तरह, एक आदमी अपनी बीवी को

अदालत के बाहर तलाक दे सकता है, लेकिन उसे तत्काल ही अधिकारियों को सूचित करना पड़ेगा। अगर वह ऐसा करने में विफल रहा, तो उसे दंडित किया जा सकता है, जिसमें 5,000 रु. का जुर्माना या अधिकतम साल भर के लिए जेल की सजा शामिल है।

यह भी उल्लेखनीय था कि तलाक को यदि शब्द या काररवाई के जरिये निरस्त न किया गया हो, तो यह तब तक प्रभावी नहीं होगा, जब तक कि चेयरमैन के कार्यालय में आवेदन/नोटिस प्राप्त किए जाने के बाद 90 दिन बीत न चुके हों। आवेदन प्राप्त होने पर, चेयरमैन दंपतियों के बीच समझौते की संभावना तलाशने के लिए एक मध्यस्थता परिषद् की स्थापना करेगा। अगर 90 दिनों की अवधि बीत जाती है और शौहर तलाक को निरस्त करने में विफल रहा, तो पत्नी के इच्छुक रहने पर बगैर किसी तीसरे पक्ष के हस्तक्षेप के वह अपनी बीवी से फिर से शादी कर सकता है, मगर तीसरे और अंतिम तलाक के बाद यह विकल्प उपलब्ध नहीं है।

एक आदमी द्वारा तलाक की अपनी योजना के बारे में यूनियन काउंसिल के चेयरमैन को सूचित करने में विफलता के मसले पर देश में विवाद छिड़ा। उलेमा का एक वर्ग जबकि अभी भी मानता रहा कि तलाक मान्य है, मगर अधिकतर कार्यकर्ताओं का मानना था कि तलाक नहीं, विवाह मान्य है। कार्यकर्ताओं का कहना था कि विवाह तब तक बना हुआ है, जब तक कि चेयरमैन के ऑफिस में आवेदन जमा न कर दिया जाए। साल 2012 में, लोकप्रिय अंग्रेजी अखबार 'डॉन' ने एम.एफ. एल.ओ. के कारण उठे एक विवाद की खबर दी। इस उदाहरण में, अखबार ने खबर दी कि हामिद मुगल नामक शख्स ने अपनी बीवी ताहिरा नसीर पर दो विवाह करने का आरोप लगाया। यह आरोप लगाया गया कि ताहिरा ने नसीर महमूद खान से अगस्त 2000 में शादी की थी। एक साल से भी कम समय में, जून 2001 में, नसीर ने तुरंत तीन तलाक के जरिये अपनी बीवी को तलाक दे दिया। यह मानते हुए कि उसे कानूनी रूप से तलाक दे दिया गया है, ताहिरा अपने माँ-बाप के पास चली गई। जनवरी 2003 में उसने पाकिस्तान में हामिद मुगल से शादी कर ली। बाद में, फेयरफैक्स, वर्जीनिया, अमेरिका में विवाह समारोह का आयोजन हुआ। अदालत के दस्तावेजों में, ताहिरा ने दावा किया कि उसने पहले शादी नहीं की है और हामिद मुगल उसका पहला शौहर है। दंपती में मतभेद थे, लेकिन उन्होंने अमेरिका में रहना जारी रखा। बहरहाल, मुगल ने संयोगवश 2009 में पाकिस्तान का दौरा किया और पाया कि ताहिरा की पहले नसीर से शादी हुई थी। मुगल को ताहिरा की पूर्व शादी का

सर्टिफिकेट हाथ लग गया था। मुगल शीघ्र अमेरिका लौटा और ताहिरा पर द्विविवाह का केस किया। ताहिरा ने विरोध जताया कि वह अब नसीर की शादीशुदा बीवी नहीं है। ताहिरा ने दलील दी कि नसीर ने एक बार में तीन तलाक की घोषणाएँ कर उसे तलाक दे दिया था। बहरहाल, एम.एफ.एल.ओ. ने तुरंत तलाक को अमान्य करार दिया और यह भी अनिवार्य कर दिया कि तलाक की एक घोषणा की भी यथाशीघ्र संबंधित अधिकारी को सूचना देनी होगी। इस केस में, ताहिरा का पहला शौहर नसीर न केवल तुरंत तलाक की घोषणा करने का दोषी था, बल्कि वह संबंधित अधिकारियों को इस बारे में सूचित करने में भी विफल रहा था। अगर नसीर ने ऐसा किया होता, तो उसके तलाक को नब्बे दिनों के अंदर निरस्त माना गया होता।

ताहिरा की अपनी कोई गलती नहीं थी, मगर पाकिस्तान में उस पर द्विविवाह और उससे भी बुरा व्यभिचार का आरोप लगाया जा सकता था। वर्जीनिया में भी उसका शौहर एम.एफ.एल.ओ. के प्रावधान का इस्तेमाल करते हुए महर और गुजारा भत्ता देने की बजाय विवाह को ही खत्म कराने में कामयाब रहा, जबकि पाकिस्तान में शायद ही एम.एफ.एल.ओ. के प्रावधान का इस्तेमाल होता है। अगर मामला तलाक का बनता, तो ताहिरा के मौजूदा शौहर को महर और गुजारे भत्ते की राशि देनी पड़ती।

ताहिरा का केस उसी तरह का था, जैसा कि शाहिदा परवीन और मुहम्मद सरवर के बीच हुआ था। इस केस ने भी वर्ष 1988 में सुर्खियाँ बटोरी थीं।

संयोगवश बांग्लादेश, जो 1971 में पाकिस्तान से अलग हुआ था, ने एम.एफ.एल.ओ. को अपना लिया। यहाँ एक मसले पर गहन चर्चा हुई। एक आदमी तलाक देता है और फिर यूनियन काउंसिल के चेयरमैन को नोटिस देता है। काउंसिल को तब एक सुलह समिति बनानी पड़ती है। बहरहाल, यदि वह समिति बनाने में नाकाम रहे या समिति नब्बे दिनों के अंदर अपना फैसला देने में विफल रहे, तो क्या शौहर द्वारा तलाक की घोषणा प्रभावी होगी? अदालत ने फैसला दिया कि नोटिस मिलने की तारीख से नब्बे दिन की अवधि समाप्त होने पर तलाक प्रभावी हो जाएगा। यह दिलचस्प है कि पाकिस्तान के विपरीत, बांग्लादेश में हाईकोर्ट डिविजन ने मुहम्मद कुतुबुद्दीन जागीरदार बनाम नूरजहाँ बेगम (1973) केस में निर्णय दिया कि चेयरमैन और बीवी को नोटिस भेजना तलाक की मान्यता के लिए पूर्व शर्त होगा।

❑

16

काजी अदालतों में तुरंत तीन तलाक एवं खुला

साल 2017 के आखिरी त्रैमासिक में, महाराष्ट्र के ठाणे जिले में मीरा रोड पर जोर-शोर से तैयारियाँ चल रही थीं कि दारुल काजा को चालू किया जाए। यह ए.आई.एम.पी.एल.बी. की स्थानीय इस्लामी अदालतों की कड़ी में नई शाखा थी। स्थानीय मुसलमानों द्वारा सवाल उठाए जा रहे थे कि क्या नई शाखा तुरंत तीन तलाक को एक तलाक, निरस्य तलाक मानेगी, या अंतिम तलाक मानेगी, जिसे निरस्त नहीं किया जा सकता। शादी खत्म, केस बंद। उन्हें आश्वस्त किया गया कि ऐसा कोई फैसला नहीं दिया जाएगा, जो कुरान की शिक्षाओं या सुन्ना के खिलाफ होगा। तुरंत तीन तलाक को यह काजी अदालत 'हाँ' कहेगी या 'न', यह व्याख्या के लिए खुला है।

वैसे, मुंबई में नागपाड़ा रोड पर एक अन्य दारुल काजा कोर्ट की सोच-प्रक्रिया और उसके फैसले से संकेत मिल सकता है। हर महीने नागपाड़ा स्थित कोर्ट में तलाक के कोई बीस मामले आते हैं। अधिकतर मामलों में, शौहर काजी अदालत पहुँचते हैं। दारुल काजा के काजी अधिकांश केसों में समझौता कराने में सफल रहते हैं। उनका दावा है कि करीब 15 मामलों को सुलह, वार्ता और परामर्श से सुलझा लिया जाता है। परिवार के कुछ बुजुर्गों के साथ काजी को शामिल करना लाभकारी होता है तलाक, जिसे इस्लाम सर्वाधिक घृणित चीज माना जाता है, को इस तरह रोक लिया जाता है।

बहरहाल, बचे हुए केसों में तलाक हो जाता है, लेकिन इनमें भी विलंब किया जाता है ताकि शांति के लिए दूसरा मौका मिले। जिन मामलों में शौहर ने सिर्फ एक तलाक की घोषणा की है, उनमें इसके बाद तीन माह की इद्दत की अवधि के दौरान मतभेदों को दूर करने और दोनों पक्षों में मेलमिलाप कराने के प्रयासों को

आमतौर पर सफलता मिलती है। बहरहाल, जहाँ शौहर ने भयावह शब्द (तलाक) तीन बार बोला है, उनमें काजियों के पास वे सिर्फ इस बात के लिए पहुँचते हैं कि फलाँ तारीख से वे शौहर और बीवी नहीं रह गए हैं, इसका तलाक सर्टिफिकेट दे दिया जाए या फतवा जारी कर दिया जाए। इनमें से ज्यादातर मामलों में, छह माह से लेकर साल भर के अंदर वे दुबारा शादी कर लेते हैं। ऐसे विरले मामले होते हैं, जब वे हालात बदलना नहीं चाहते हैं और तब काजी इसे अंतिम तलाक मान लेता है। सायरा बानो केस में उच्चतम न्यायालय में ए.आई.एम.पी.एल.बी. ने जो शपथ-पत्र दिया है, उससे शीघ्र ही यह स्थिति भी बदलने के संकेत मिलते हैं।

पुरानी दिल्ली में जामिया रियाजुल उलूम में स्थिति इसी प्रकार की है। यह सदियों पुराना मदरसा सन् 1888 में बनाया गया था। यह ऐतिहासिक जामा मस्जिद के सामने है। एक सदी से भी ज्यादा समय से इसके पास तलाक के मामले आते रहे हैं। वैसे, विभाजन के दौरान इन मामलों में कमी आई थी। यहाँ भी महीने में तुरंत तीन तलाक के तकरीबन बीस मामले आते हैं। इसके पास ऐसी कोई भी शिकायत नहीं आई है, जहाँ एक महिला को टेक्स्ट या व्हाट्सऐप मैसेज या यहाँ तक कि फेसबुक या स्काइप चैट के जरिये तलाक दिया गया हो। बहरहाल, सायरा बानो केस में सर्वोच्च न्यायालय का फैसला आने के काफी पहले, यह मदरसा तुरंत तीन तलाक को एक, निरस्य तलाक मानने पर विचार कर रहा था। यहाँ भी महिलाओं की तुलना में पुरुष तुरंत तीन तलाक के मामले लेकर अकसर पहुँचते रहे हैं। वैसे, हाल के वर्षों में महिला वादियों की संख्या भी बढ़ी है। ज्यादातर मामलों में, 'तलाक, तलाक, तलाक' बोलने के बाद शौहर सुलह कराने के लिए आते हैं। अगर बीवी सहमति जताती है, तो ऐसे मामलों में तुरंत तीन तलाक को निरस्य तलाक माना जाता है और उन्हें सहवास करने की इजाजत दे दी जाती है। मदरसा के पास योग्य काजियों का एक बोर्ड है, जो ऐसे मामलों में फैसला देता है। जब शौहर और बीवी, दोनों अलग होना चाहते हैं, तो बोर्ड तलाक के सबसे पसंदीदा तरीके को चुनता है। नागपाड़ा ब्रांच की तरह ही, जामिया रियाजुल उलूम भी दंपती को सलाह देता है कि वे शांत हों और एक-दूसरे से बातचीत करें। फिर यह मतभेदों को सुलझाने के लिए परिवार के सदस्यों को शामिल करता है। अगर सभी प्रयास विफल रहते हैं, तो आदमी को एक तलाक देने की इजाजत मिलती है, जिसे वह तीन महीने की इद्दत की अवधि के दौरान निरस्त कर सकता है। अगर वह ऐसा नहीं करता है, तो तलाक प्रभावी हो जाता है। समाधान निकालने की हरसंभव कोशिश की जाती है ताकि अन्य अदालतों के बार-बार चक्कर काटने से बचा जाए। विचार यह है कि निश्चित समय के अंदर

न्याय प्रदान किया जाए ताकि वकील आदि पर खर्च न करना पड़े।

यह रोचक है कि यहाँ ज्यादातर वादी निचले सामाजिक तबके से आते हैं। यहाँ खुला के काफी कम मामले आते हैं। यह संभवत: इस बात का संकेत है कि इस्लाम में महिलाओं के अधिकारों के बारे में जानकारी का अभाव है। महीने में औसतन दो से तीन केस खुला के आते हैं, जिन्हें निपटाना आसान होता है। अगर काजी आश्वस्त हो जाता है कि महिला अलग होने के लिए वाकई गंभीर है, तो खुला की तत्काल इजाजत दे दी जाती है और शौहर से कहा जाता है कि वह महिला को विवाह-बंधन से मुक्त कर दे। ज्यादातर आदमी मान जाते हैं। अगर वे नहीं मानते हैं, तो बातचीत के जरिये उन्हें रास्ते पर लाया जाता है या बीवी से कहा जाता है कि वह बदले में कुछ दे दे, यानी यदि महर पहले ही दे दिया गया है, तो उसका एक हिस्सा वह लौटा दे। विरले मामलों में ही शौहर महिला को तंग करना चाहता है। ऐसे केस में, परिवार के बुजुर्गों से कहा जाता है कि वे उसे समझाएँ कि वह विलंब न करे, क्योंकि काजियों द्वारा यहाँ खुला को महिलाओं का तलाक देने का एकपक्षीय अधिकार माना जाता है। दिल्ली के अन्य मदरसों में भी ऐसी ही स्थिति है। अजमेरी गेट, सीलमपुर, बाबरपुर, मंडावली और इंद्रलोक के मदरसों में खुला को यही मान्यता मिली हुई है।

नागपाड़ा दारुल काजा और जामिया रियाजुल उलूम काफी नियमित आधार पर तलाक के केसों का समाधान करते हैं, लेकिन पटना के इमारात शरीयाह में स्थिति उल्लेखनीय रूप से भिन्न है। इमारात में बिहार, झारखंड, ओडिशा और पश्चिम बंगाल से केस आते हैं। बहरहाल, यहाँ कई बार तुरंत तीन तलाक की तुलना में खुला के ज्यादा केस आते हैं। इमारात में तकरीबन सभी वादी सुन्नी होते हैं। यहाँ मर्दों की पहलवाले तलाक के करीब 300 मामले हर साल आते हैं, जबकि खुला के लगभग 3,000 मामले आते हैं। यह दिलचस्प है कि 95 फीसदी से ज्यादा मामलों में, खुला को तत्काल मंजूरी मिल जाती है। फिर 90 फीसदी से भी ज्यादा महिलाएँ सालभर के अंदर दूसरे आदमी से शादी भी कर लेती हैं। यह इंगित करता है कि देश के इस भाग में महिलाओं के बीच अपेक्षाकृत ज्यादा जागरूकता है। जो बात यह संभवत: छिपाती है, वह यह कि जब आदमी तलाक की घोषणा करते हैं, तो वे आवश्यक रूप से दूसरी राय के लिए इमारात शरीयाह के काजियों के पास नहीं आते हैं।

उत्तर प्रदेश के मेरठ जिले में किठौर की जामा मस्जिद में स्थिति कुछ भिन्न है। इस क्षेत्र में सुन्नी मुसलमान बहुतायत में हैं और यहाँ करीब तीस मस्जिदें एवं

सात मदरसे हैं। किठौर की जामा मस्जिद में दो महीने में तलाक का सिर्फ एक केस आता है, जबकि खुला के केस कभी नहीं आते। खुला के विरले मामले में शिकायतकर्ता को दारुल उलूम, देवबंद के पास भेज दिया जाता है। मस्जिद के इमाम तलाक के सबसे पसंदीदा तरीके तलाक-ए-अहसन का सुझाव देते हैं। वह इस बात को जोर देकर बताते हैं कि जब पैगंबर द्वारा मंजूर तरीका उपलब्ध है तो किसी को पापपूर्ण तरीके को अपनाने की क्या जरूरत है? यहाँ फैसला लेने के लिए जितना कुरान का हवाला दिया जाता है, लगभग उतना ही हदीथ का। यह दिलचस्प है कि सर्वोच्च न्यायालय के फैसले के बाद से इस इलाके में तुरंत तीन तलाक की शिकायतें कम हो गई हैं।

पश्चिमी उत्तर प्रदेश के मुजफ्फरनगर जिले में मदरसा इस्लामिया अरबिया में तसवीर इसी तरह की है। मदरसा शायद ही कभी तुरंत तीन तलाक का केस लेता है। ज्यादातर मामलों को देवबंद के पास भेज दिया जाता है। पहले, तलाक के यदा-कदा मामले स्थानीय स्तर पर ही निपटा लिये जाते थे। और इनमें मौलाना तुरंत तीन तलाक को अंतिम तलाक बताते हुए फैसला देते थे। सुप्रीम कोर्ट का फैसला आने के बाद से, चंद सवालों को इस तरह के जवाब देकर टाल दिया जाता है कि यह न्यायक्षेत्र का सवाल है। इसे काजी ही देख सकते हैं।

हरदोई में अशरफुल मदारिस में यही स्थिति है। यहाँ भी काजी तलाक की घोषणा पर सतर्कता बरतना पसंद करते हैं। जब उनके पास एक ऐसे दंपती का केस आया, जो तुरंत तीन तलाक के बाद फिर से एक होना चाहते थे, तो मदरसे ने उन्हें लखनऊ में नद्‌वातुल उलूम, नद्‌वा के पास भेज दिया। इसी तरह, अमेठी में मस्जिद भोरगढ़ के सामने महीने में औसतन एक केस आता है। तुरंत तीन तलाक के मामले में, फैसला हमेशा एक, निरस्य तलाक मानने के पक्ष में होता है। यह उन विरली मस्जिदों में से एक है, जिसने मई, 2017 में उच्चतम न्यायालय में सुनवाई शुरू होने के पूर्व तुरंत तीन तलाक की घोषणा के खिलाफ मुहिम चलाई थी और इस बाबत 300 हस्ताक्षर जुटाए थे।

इन दारुल काजाओं और मदरसों से प्राप्त जानकारियाँ एक चीज की ओर इंगित करती हैं : तुरंत तीन तलाक कोई दैत्य नहीं है, जैसा कि इसे पेश किया जाता है। हाँ, ऐसे केस होते हैं, जब असंवेदनशील, तुनकमिजाज, अनभिज्ञ, यहाँ तक कि लंपट शौहर अपने विवाह को समाप्त करने के लिए तुरंत तीन तलाक की घोषणा करते हैं, लेकिन तलाक की कुल संख्या की तुलना में ऐसे मामले काफी कम हैं।

जैसा कि 2011 की जनगणना से सिद्ध होता है, समुदाय के बीच तलाक का प्रतिशत कम है। अगर इस संभावना को मान भी लिया जाए कि तलाक की ज्यादातर घटनाएँ जिला या उच्च न्यायालय तक नहीं पहुँच पाती होंगी, तो भी दारुल काजा और अन्य मदरसों से जो आँकड़े मिलते हैं, वे मीडिया द्वारा पेश की गई तसवीर से कमतर तलाक की ओर संकेत करते हैं। कानूनी विशेषज्ञ फैजान मुस्तफा, उपकुलपति, नल्सार विधि विश्वविद्यालय, हैदराबाद ने भी यही स्थिति उजागर की है। मई, 2017 में स्क्रॉल डॉट इन (Scroll.in) को दिए एक इंटरव्यू में उन्होंने कहा, "वर्ष 2011 की जनगणना के अनुसार, सिर्फ 0.49 फीसदी मुस्लिम महिलाएँ तलाकशुदा थीं।" यह सोचने की बात है कि ये सभी तुरंत तीन तलाक के तरीके से तलाक नहीं दी गई होंगी, इनमें से कई तलाक-ए-अहसन और तलाक-ए-हसन के अलावा खुला या तलाक-ए-तफवीज या मुबारात आदि से तलाकशुदा बनी होंगी।

प्रो. मुस्तफा ने दारुल इफ्ता (वे संस्थान, जो फतवा जारी करते हैं) से आँकड़े जुटाए। दस राज्यों में इन संस्थानों से प्राप्त किए गए आँकड़े बताते हैं कि वर्ष 2016-17 के दौरान, 3,40,206 फतवों की माँग की गई। इनमें से सिर्फ 6.5 फीसदी मामले तीन तलाक के थे। इसी मसले पर शौहर, बीवी, रिश्तेदारों और दोस्तों ने राय माँगी थी, जिसका आशय है कि 6.5 फीसदी तीन तलाक की दर नहीं थी।

उन्होंने पंद्रह राज्यों में ए.आई.एम.पी.एल.बी. द्वारा संचालित 74 शरीया अदालतों (दारुल काजा) से आँकड़े जुटाए। उन्होंने पाया कि शरीया अदालतें विरले ही तीन तलाक की मंजूरी देती हैं। वे सिर्फ एक घोषणा के जरिये तलाक की इजाजत देती हैं। इसके पूर्व मध्यस्थता के जरिये सुलह के प्रयास किए जाते हैं। तीन तलाक की दर महज 1.28 फीसदी है। तलाक के 1,252 केसों में से, सिर्फ 16 केस ही तीन तलाक के थे।

सायरा बानो केस में उच्चतम न्यायालय में प्रतिवादियों में से एक बी.एम. एम.ए. ने अपना अविरल भारतीय सर्वे कराया, 'परिवार के अंदर न्याय की माँग-मुस्लिम निजी कानून में सुधार पर मुस्लिम महिलाओं के नजरिये का एक राष्ट्रीय अध्ययन'। यह सर्वे राजस्थान, गुजरात, महाराष्ट्र, मध्यप्रदेश, झारखंड, बिहार, ओडिशा, कर्नाटक और तमिलनाडु में किया गया। अध्ययन के हिस्से के तौर पर, 4,710 महिलाओं का सर्वे किया गया। इस अध्ययन का मकसद विवाह, तलाक, गुजारा, बच्चों की परिरक्षा आदि मामलों में मुस्लिम महिलाओं की स्थिति की जानकारी प्राप्त करना था। जवाब देनेवालों की उम्र 18 साल से ज्यादा थी। इनमें

से ज्यादातर आर्थिक रूप से कमजोर तबकों की थीं, जिनके परिवार की सालाना आमदनी 50 हजार रुपए या इससे कम थी। ये आँकड़े 2013 में जुलाई से दिसंबर के बीच छह माह में जुटाए गए।

इसमें जो तथ्य प्राप्त हुए, उसके अनुसार 525 तलाकशुदा महिलाओं में 65.9 फीसदी को मौखिक रूप से, 7.6 फीसदी को पत्र के जरिये, 3.4 फीसदी को फोन पर, तीन महिलाओं को इ-मेल के जरिये और एक महिला को एम.एम.एस. के जरिये तलाक दिया गया था। 88 फीसदी मामलों में तलाक के लिए तलाक-ए-अहसन का सहारा लिया गया, जो 90 दिनों तक चलता है। यह दिलचस्प है कि बी.एम.एम.ए. ने यह भी पाया कि भारी तादाद में महिलाएँ न तो अदालतों में जाती हैं और न ही स्थानीय काजियों के पास और 44 फीसदी तलाकशुदा महिलाओं को महर नहीं मिला था।

ये आँकड़े और अध्ययन सामूहिक रूप से जो बात उजागर करते हैं वह यह कि एक मुस्लिम शौहर और बीवी के बीच ज्यादा समानतापूर्वक संबंध विकसित करने की यात्रा में तुरंत तीन तलाक कोई दुर्लंघ्य बाधा नहीं है। ऐसे मामले बेहद कम और विरले ही होते हैं और दारुल काजा जैसी मध्यस्थता परिषदें और यहाँ तक कि ज्यादा प्रबुद्ध मदरसे तलाक को रोकने में सकारात्मक भूमिका निभाते हैं। समान रूप से अहम बात वे यह भी उजागर करते हैं कि महिलाएँ अपने हकों के लिए आवाज बुलंद करने लगी हैं। जैसा कि जामिया रियाजुल उलूम से पता चला और जिसकी पुष्टि प्रो. मुस्तफा के अध्ययन से भी हुई, ज्यादा-से-ज्यादा महिलाएँ अब इन मध्यस्थता मंचों के पास जा रही हैं, क्योंकि वे पहुँच के दायरे में हैं और मुस्लिम समुदाय के बीच उनकी काफी स्वीकार्यता भी है। उनमें खर्च कम आता है और वक्त भी कम लगता है। ऐसी अदालतों की संख्या बढ़े तो तलाक की दर को और कम करने में मदद मिल सकती है। वैसे तुरंत तीन तलाक को अमान्य करार देना एक बढ़िया शुरुआत हो सकती है। तुरंत तीन तलाक के खिलाफ मुहिम, जैसी कि अमेठी की मस्जिद भोरगढ़ ने छेड़ी थी, उम्मीद की किरण है।

❑

निष्कर्ष

आगे का रास्ता

उच्चतम न्यायालय द्वारा तुरंत तीन तलाक को अमान्य करार दिए जाने के बाद चौबीस घंटे से भी कम समय में झारखंड की फातिमा सुरैया को उसके शौहर द्वारा तुरंत तीन तलाक के जरिये तलाक दे दिया गया। फातिमा को कभी जरा-सा भी इल्म नहीं हुआ कि उसके रास्ते में तुरंत तलाक आ रहा है। हजारीबाग की रहनेवाली सत्ताइस वर्षीया फातिमा को उसकी बेटी के साथ घर से बाहर फेंक दिया गया। गुस्से में बोले गए शब्द 'तलाक, तलाक, तलाक' उसकी शादी को समाप्त करने के लिए काफी थे। उसने स्थानीय काजियों से मदद लेने का प्रयास किया, लेकिन काजियों ने महज इतना कहा कि किसी नतीजे पर पहुँचने से पहले उन्हें बीस दिनों का वक्त चाहिए।

बाद में महीने भर के अंदर, जोधपुर में अफसाना नामक महिला को उसके शौहर द्वारा फोन पर तलाक दे दिया गया। मुन्ना, जो आठ वर्षों से उसका शौहर था, ने 18 सितंबर, 2017 को उसे तलाक दे दिया और महज दो दिन बाद उसने एक दूसरी औरत से शादी कर ली।

कुछ दिनों बाद, राजकोट में तेइस वर्षीया रूबिना लखानी ने पुलिस में शिकायत की कि उसे उसके शौहर अफजल ने पीट-पीटकर बेहोश कर दिया। फिर उसने 'तलाक, तलाक, तलाक' की घोषणा कर दी। जब वह होश में आई, तो उसे तलाक दिए जाने के बारे में पता चला। यह इस्लामी प्रक्रिया के एकदम खिलाफ है। फिर उसे उसके शौहर और उसके परिवारवालों द्वारा घर से बाहर फेंक दिया गया। उनका दावा था कि उसे तलाक दे दिया गया है। पुलिस ने उस आदमी को गिरफ्तार कर लिया।

ये तीन घटनाएँ सिद्ध करती हैं कि एक ऐसे समाज में, जहाँ बढ़िया-से-बढ़िया

कानून भी अप्रभावी हो जाते हैं, न्यायिक आदेश की भी सीमाएँ हैं। वे यह भी बताती हैं कि स्थानीय मौलाना सही वक्त पर सही सलाह देने में असमर्थ रहते हैं और मर्द व औरत, यहाँ तक कि शिक्षित लोगों को भी इस्लाम में अपने दायित्वों और अधिकारों के बारे में पता नहीं होता है। हर दूसरे आदमी के दिमाग में यह बात बैठी हुई होती है कि तुरंत तीन तलाक शादी समाप्त करने का सबसे बढ़िया या एकमात्र तरीका है और मौलाना शायद ही कभी एक शादी को बचाने की खातिर उठ खड़े होते हैं। ये घटनाएँ मुस्लिम समाज के बारे में भी खुलकर बोलती हैं कि वह अपने मर्दों के मन में कुरान की शिक्षाओं को नहीं बैठा पाया है। वे बस स्थानीय मौलानाओं द्वारा कुरान की व्याख्या पर निर्भर करते हैं।

इसके कारण जितने हमारे पितृसत्तात्मक समाज में हैं, उतने ही कुरान के बारे में लोगों की पूरी अज्ञानता में हैं। भारत के छोटे शहरों में अधिकांश मुस्लिम परिवार कुरान की व्याख्या के लिए या यहाँ तक कि मजहब से जुड़े किसी मसले पर सलाह के लिए स्थानीय इमाम पर निर्भर करते हैं। यह देखना असामान्य नहीं है कि मर्द जकात (इस्लाम धर्म के अनुसार, ढाई प्रतिशत का दान उन लोगों को देना पड़ता है, जो धनवान हों और उन लोगों को दिया जाता है, जो अपाहिज, असहाय या साधनहीन हों।) की गणना करने के लिए इमाम या मौलाना के पास जाते हैं। आमतौर पर जकात का भुगतान रमजान के महीने में किया जाता है। हर साल सवाल एक ही तरह के होते हैं : क्या यह मेरी कमाई या बचत की ढाई फीसदी है ? क्या मैं अपनी पूरी जायदाद, जिसमें मेरा घर भी शामिल है, की गणना करूँ और मेरी कार के बारे में क्या ? क्या मुझे अपनी बीवी के लिए जकात देनी पड़ेगी ? हर साल, इमाम या मौलाना रटे-रटाए ढंग से जवाब देते हैं। विवाह और तलाक के मामलों में भी उनके जवाब ऐसे ही होते हैं। फिर लोग पूछते हैं, "क्या विवाह तब होने चाहिए, जब चाँद बढ़ते क्रम में हो ?" या "क्या मुहर्रम के पूरे महीने में या सिर्फ शुरुआती दस दिनों में शादी की इजाजत नहीं है ?"

दुर्भाग्यपूर्ण है कि स्थानीय इमाम अकसर कुरान से अच्छी तरह वाकिफ नहीं होते हैं। संभवत: वे सभी हाफिज हैं, यानी उन्होंने कुरान को पहली सुराह फतेहा से लेकर आखिरी सुराह नास तक याद कर लिया है। उन्हें अरबी या कुरान के प्रकटन के वक्त अरब समाज के बारे में कोई ज्ञान नहीं है। इसलिए वे कुरान को पढ़ते हैं, यहाँ तक कि उसे समझे बगैर याद कर लेते हैं। यह संभवत: दुनिया भर में अकेली घटना होगी, जहाँ करीब 6,000 आयतों और तीस अध्यायों में दिए 114 सुराह को

लाखों लोगों द्वारा एक भी वाक्य समझे बगैर याद कर लिया जाता है। इससे भी बदतर यह है कि इन इमामों को हदीथ का भी पक्का पता नहीं होता है। वे आमतौर पर गरीब परिवारों से आते हैं और वे मदरसे में इसलिए भी आते हैं कि यहाँ उन्हें लगभग मुफ्त भोजन और रहने की जगह मिल जाती है। उन्हें सोने को फर्श और दो वक्त का भोजन मिल जाता है, इससे ज्यादा कुछ नहीं।

मदरसे में पहले चरण में, कुरान पढ़ने से पूर्व वे अक्षर सीखते हैं और फिर उन्हें जोड़कर शब्द बनाना सीखते हैं। इसके बाद एक वरिष्ठ मौलाना के तहत याद करने के सत्र चलते हैं। अगर उच्चारण में गलतियाँ होती हैं, तो अकसर उन्हें शारीरिक दंड मिलता है। एक बार जब वे कुरान को याद कर लेते हैं तो शाबान (इस्लामी आठवाँ महीना) के इस्लामी महीने में एक छोटा-सा समारोह होता है। इसके बाद वे मदरसा छोड़ देते हैं, क्योंकि उन्हें 8,000 रु. से लेकर 12,000 रु. प्रति माह की कमाई आकर्षित कर रही होती है। वे इसकी न तो अनदेखी कर सकते हैं, न ही कोई विलंब कर सकते हैं।

मदरसे आमतौर पर कुरान के मूल शब्दों, हरेक सुराह के प्रकटन की परिस्थितियों आदि और प्रामाणिक हदीथ की जानकारी देते हैं, मगर सिर्फ बाद के चरण में। पहले पाँच वर्षों में सिर्फ कुरान को याद किया जाता है। कुरान का तर्जुमा (अनुवाद) उपलब्ध होता है, जिसे दारुल उलूम, देवबंद जैसे स्थान में पढ़ाया जाता है, लेकिन ज्यादातर छोटे मदरसों में नहीं। सिर्फ छठे साल में जाकर मदरसे में कुरान की तफ्सीर (टीका) पढ़ाई जाती है। इसके शीघ्र बाद, विद्यार्थियों को इब्न कासिर पढ़ना सिखाया जाता है, मगर इसके काफी पहले, ज्यादातर जरूरतमंद लड़के हाफिज (जिसकी याददाश्त अच्छी हो; जिसे कुरान कंठस्थ हो) बनकर मदरसे से निकल जाते हैं ताकि वे किसी साधारण मस्जिद में मामूली तनख्वाह पर इमाम की नौकरी कर सकें। उन्हें भुगतानयुक्त छुट्टी, ग्रैच्युटी या चिकित्सीय मुआवजा आदि नहीं मिलता। उन्हें सिर्फ स्थानीय परोपकारी से हर गुरुवार को मुफ्त का भोजन मिलता है या फिर रमजान के दौरान तारावीह नमाजों के आखिर में थोड़ा कुछ मिल जाता है। अगर मदरसे में पढ़ाई के दौरान उन्हें तर्क करना, खोज करना, सवाल पूछना आदि नहीं सिखाया जाता है, तो पेशेवर इमाम बन जाने के बाद उनके पास उच्चतर ज्ञान हासिल करने के लिए न तो संसाधन होते हैं और न ही अवसर।

ये हाफिज लड़के देश के छोटे शहरों और गाँवों, खासकर हिंदीभाषी क्षेत्रों में इमाम बनते हैं। वे एकदम सही शैली से उच्चारण करते हैं, उनकी आवाज

सुप्रशिक्षित होती है, मगर दुर्भाग्यपूर्ण है कि जो वे उच्चारण या पाठ करते हैं, उसे जानते-समझते नहीं हैं। इसलिए, जब कोई स्थानीय निवासी उनके पास सलाह लेने के लिए आता है, तो वे हमेशा एक जानकार वाली राय देने में समर्थ नहीं होते हैं। उनकी अज्ञानता अकसर समुदाय के विकास में बाधा बनती है। ऐसे क्षेत्रों, जहाँ गरीब तबके के लोग रहते हैं, से ऐसे उदाहरण सामने आते रहे हैं कि इमाम निवासियों को सलाह देते हैं कि यदि वे अपने बच्चों को आलिम बनाना चाहते हैं, तो उन्हें पब्लिक स्कूलों से निकाल लें। उन्हें यह समझ में नहीं आता कि पैगंबर के समक्ष जो पहला शब्द प्रकट हुआ था, वह था 'इकरा,' जिसका मतलब है 'पढ़ना'। उन्हें यह भी पता नहीं होता कि इस्लाम में ज्ञान अर्जन करना हरेक का कर्तव्य है। कुरान की एक आयत कहती है, 'या अल्लाह! मेरा ज्ञान बढ़ाओ।'

तलाक के मामले में, स्थिति के खासतौर पर गंभीर परिणाम हो सकते हैं। हाफिज होने के बावजूद उन्हें विभिन्न तरह के तलाक से संबद्ध अध्यायों का अच्छी तरह पता नहीं होता। एक पितृसत्तात्मक समाज के हिस्से के तौर पर, उन्होंने बस इतना सुना होगा कि तलाक की तीन घोषणाओं का मतलब है कि शादी समाप्त हो गई। न तो घर में और न ही मदरसे में, कोई उनसे कहता है कि तलाक को प्रभावी बनाने के लिए कुरान में स्पष्ट प्रक्रिया दी हुई है। इस तरह, जब किसी महिला को पत्र या टेक्स्ट मैसेज के जरिये तीन तलाक प्राप्त होता है और उसका पिता इमाम के पास सलाह लेने पहुँचता है, तो इमाम यह बता पाने में समर्थ नहीं होता कि तलाक का यह रूप अमान्य है, या अपनी दलील की पुष्टि वह कुरान की आयतों से नहीं कर पाता है। कुछ जिम्मेदार इमाम पीड़ित पक्ष को बस देवबंद या लखनऊ भेज देते हैं, मगर ये अकसर गरीबों की पहुँच के बाहर होते हैं।

स्थानीय इमाम या मौलाना की अज्ञानता से कई विवाहों के लिए भयंकर नतीजे होते हैं। इस संदर्भ में, यह याद करना महत्त्वपूर्ण है कि उच्चतम न्यायालय में मुख्य याचिकाकर्ता सायरा बानो ने दावा किया कि किसी ने उनसे यह नहीं कहा कि डाक के जरिये तीन तलाक प्राप्त करने के बाद भी उनकी शादी बनी हुई है और किसी भी मौलाना ने उन्हें यह नहीं बताया कि एक असंतुष्ट शादी को समाप्त करने के लिए महिला के पास खुला का विकल्प है। उनके शौहर के शहर इलाहाबाद अथवा उनके पैतृक स्थान काशीपुर में यदि जानकार मौलाना होता, तो वह उन्हें काफी पीड़ा से, शायद उनकी शादी को भी बचा सकता था। इसी तरह जोधपुर में अफसाना और हजारीबाग में फातिमा सुरैया का भला हो सकता था।

बहरहाल, मौजूदा हालात के लिए बस छोटी मस्जिदों के मौलाना या स्थानीय

इमाम जिम्मेदार नहीं हैं। यह सड़न काफी गहरी है। कुरान को समझने के प्रति अनभिज्ञता है, यहाँ तक कि विरोध है। अधिकांश मुस्लिम घरों में, जब एक बच्चा स्कूल जाना शुरू करता है, तो उसकी इस्लामी शिक्षा भी घर में या पास के मदरसे में शुरू हो जाती है। वैसे, इसे 'इस्लामी शिक्षा' कहना कुछ ज्यादा ही होगा। बच्चा अरबी अक्षर सीखना प्रारंभ करता है। एक बार जब वह अक्षरों को अच्छी तरह जोड़ना जान जाता है, तो वह एक मौलाना के तहत कुरान पढ़ना शुरू करता है। चूँकि कुरान के आखिरी अध्याय में सबसे छोटे सुराह होते हैं, इसलिए मौलाना बच्चों का ट्यूशन इसी भाग से शुरू करते हैं। अनिवार्य नमाजों में भी इन सुराह का पाठ होता है। एक अध्याय से दूसरा अध्याय पढ़ते-पढ़ते वह क्रमशः पूरी कुरान पढ़ जाता है। दुर्भाग्यपूर्ण है कि वह महज पढ़ता है। वह जो पढ़ता है, उसका एक भी वाक्य वह समझता नहीं है। मौलाना उसे सही शैली, 'दोपहर' और 'क्वाफ' के लिए सही ध्वनि सिखाता है, लेकिन बच्चे को किसी सुराह या आयत का कभी अर्थ नहीं बताया जाता। परिणामस्वरूप वह अपने शिक्षक की तरह ही विकसित होता है। कुरान तो पढ़ता है, लेकिन उसके अर्थ से अनजान रहता है।

एक वयस्क के रूप में, जब घर में या दफ्तर में समस्या से सामना होता है तो ऐसा शख्स कुरान से मदद लेने में नाकाम रहता है। इसका कारण यह है कि उसने कभी भी इसका अर्थ नहीं समझा। यह कभी नहीं समझा कि उसकी समस्याओं का समाधान पवित्र ग्रंथ (कुरान) में है, कहीं बाहर नहीं। समस्या इस बात से और जटिल हो जाती है कि उस व्यक्ति को प्रामाणिक हदीथ की भी कोई जानकारी नहीं दी जाती। यह देखना असामान्य नहीं है कि शिक्षित घरों-परिवारों में भी जरूरत के वक्त कुरान की टीकाओं या यहाँ तक कि प्रामाणिक हदीथ, जैसे बुखारी या शाही मुस्लिम आदि से परामर्श नहीं प्राप्त किया जाता। ज्ञान प्राप्त न करने की इस प्रवृति को एक पीढ़ी से दूसरी पीढ़ी में अपनाया जाता है। जब्र यह शख्स स्थानीय मस्जिद में जाता है, तो वह बस अरबी में उपदेश सुनता है। वह उसे समझता नहीं है। वह वहाँ श्रद्धा से बैठता है। यदा-कदा, जब नमाज पढ़ने के बाद छोटी बातचीत में हदीथ का जिक्र होता है, तो इसकी किताब का कोई उल्लेख नहीं किया जाता है। क्या यह प्रामाणिक है या क्या यह जैफ या कमजोर है? कोई भी मौलाना उसे भरोसेमंद हदीथ के लिए बुखारी या साही मुस्लिम या दौद से संपर्क करने को कभी नहीं कहता। अज्ञानता का चक्र चलता रहता है।

इस तरह, जब इस आदमी, संभवतः दो बच्चों का बाप, का अपनी बीवी से

मतभेद होता है, तो सही सलाह पाने का उसके पास कोई जरिया नहीं होता। यही बात उसकी बीवी पर भी लागू होती है। उच्चतम न्यायालय में पाँच याचिकाकर्ताओं में से कम-से-कम तीन के केस में शौहर और उसके परिवार ने महिला को ज्यादा दहेज के लिए तंग किया। एक मामले में, दहेज के हिस्से के तौर पर जो चीजें दी गईं, वे ससुरालवालों की अपेक्षाओं को पूरा नहीं कर पाईं। दूसरे केस में, शादी के बाद कार की माँग की गई।

अगर इन लोगों ने या इनके स्थानीय काजियों या इमामों ने कुरान या हदीथ से मशविरा लिया होता, तो कोई-न-कोई समाधान निकल आता और इनमें से कोई भी समस्या इतनी लंबी नहीं खिंचती। इस्लाम में दहेज पर पूरी पाबंदी है। दरअसल, दुलहन के बाप से विवाह भोज का आयोजन करने तक कहना पाप माना जाता है। सबसे बढ़िया विवाह उसे माना जाता है, जिसमें कम-से-कम खर्च किया जाता है। फिर भी अधिकतर मौलाना इन हदीथों को नहीं पढ़ पाते हैं अथवा इस विषय पर डॉ. इसरार अहमद या तारिक जमील या बिलाल फिलिप्स जैसे मशहूर उपदेशकों को उद्धृत नहीं करते हैं। वे बस पीड़ित महिलाओं को सांत्वना के खोखले शब्द सुना देते हैं।

वे कभी भी पथभ्रष्ट शौहर को फटकारते नहीं है या यहाँ तक कि महिला को सुझाव नहीं देते हैं कि वह ऐसे आदमी को खुला के जरिए छोड़ सकती है। वे यह नहीं बताते कि खुला महिला का तलाक का अभिन्न अधिकार है। इसके लिए उसे कोई कारण बताने की भी जरूरत नहीं है। वास्तविकता यह है कि अधिकतर इमाम खुला, इला, लियन या मुबारात के बारे में नहीं जानते हैं। अगर वे जानते होते, तो अपने शौहर द्वारा गंदे आरोप लगाने के बाद अतिया साबरी अपनी शादी को समाप्त कर सकती थी। बहरहाल, इस बात की संभावना नहीं है कि उसके शौहर ने कुरान में सुराह नूर के प्रकट होने की परिस्थितियों के बारे में पढ़ा होगा। एक शख्स, जिसने सुराह नूर के अर्थ को पढ़ा होगा, उसने किसी महिला या कम-से-कम अपनी बीवी के चरित्र पर लांछन लगाने के पहले कई बार सोचा होता। पैगंबर की बीवी आयशा के खिलाफ जब निंदा की मुहिम छेड़ी गई तो इसी पृष्ठभूमि में इस सुराह (नूर) का प्रकटन हुआ। इस्लामी विद्वान् अबुल अला मावदुदी ने कुरान पर अपनी टीका में इस घटना के बारे में विस्तार से लिखा है, जहाँ उन्होंने आयशा के कथनों को फिर से पेश किया है। आयशा ने कहा—

पैगंबर लॉटरी निकालकर यह तय करते थे कि उनकी बीवियों में से कौन

किसी यात्रा पर उनके साथ जाएगी। बानु-अल-मुस्तालिक की यात्रा के लिए लॉटरी मेरे नाम की निकली और इसलिए मैं उनके साथ गई। वापसी के वक्त, जब हम मदीना में ठहरे हुए थे, तो पैगंबर ने रात में एक स्थान पर शिविर लगाया। सुबह होने के थोड़ा पहले ही रवानगी की तैयारियाँ होने लगीं। मैं शौच गई हुई थी और जब मैं शिविर लौटने लगी, तो मेरे गले का हार टूट गया और कहीं नीचे गिर गया। मैं इसे आस-पास तलाश करने लगी। इसी बीच, कारवाँ आगे बढ़ गया। वह पीछे छूट गई और वहीं एक चादर लपेटकर लेट गई। वह इंतजार करने लगी कि कारवाँ में कोई उनकी अनुपस्थिति पर गौर करेगा। जब सुबह हुई, तो सफवान इब्न मुअत्तल अल सलामी, जिसे देर तक सोने की आदत थी, ने उन्हें देखा। बदर की जंग में वह पैगंबर के साथियों में से एक रहा था। उसने अपना ऊँट रोक दिया और पैगंबर की बीवी को चढ़ने के लिए इसे नीचे कर दिया, और खुद ऊँट के साथ पैदल चलने लगा। जब वह दोपहर के करीब कारवाँ के साथ हुई, तो इसने एक निंदा अभियान को जन्म दिया, जिसका नेतृत्व अब अल्लाह इब्न उबय कर रहा था। जब पैगंबर को इस द्वेषपूर्ण मुहिम का पता चला, तो उन्होंने अपनी बीवी का साथ दिया। उन्होंने कहा, "अल्लाह की कसम, मैंने कभी भी न तो अपनी बीवी में कोई बुरी चीज देखी है और न उस व्यक्ति में, जिसकी निंदा की जा रही है और झूठा आरोप लगाया जा रहा है; वह ऐसा शख्स है, जो कभी मेरी गैर-मौजूदगी में मेरे घर नहीं आया।"

मुन्ना, वाजिद या अफजल जैसे शौहरों को यदि इस्लाम के बारे में जानकारी होती तो उन्होंने वह नहीं किया होता, जो उन्होंने किया। सच्चाई यह है कि शुक्रवार को नियमित रूप से नमाज पढ़ने और कभी-कभी रोजाना पाँच बार नमाज पढ़ने के बावजूद वे कुछ भी नहीं जानते कि इस्लाम में एक शौहर के क्या अधिकार और दायित्व हैं, अन्यथा मुन्ना ने यह बात समझी होती कि उसे फोन पर तलाक की घोषणा करने का कोई हक नहीं है। इशरत जहाँ के शौहर ने भी वैसा नहीं किया होता। वाजिद ने बगैर किसी सबूत के गंभीर आरोप लगाने के महत्त्व को समझा होता। कुरान महिला के सम्मान की रक्षा बेहद खासतौर पर करती है। अगर कोई शख्स एक महिला के चरित्र पर लांछन लगाता है, तो उसे चार गवाह पेश करने होंगे। अगर अतिया के शौहर को कुरान की बेहतर जानकारी होती, तो उसे (अतिया को) बदनामी नहीं झेलनी पड़ती।

और जहाँ तक अफजल की बात है, तो उसने बीवी को तब तलाक की घोषणा की, जब वह अचेत थी। जाहिर है, वह नहीं जानता था कि कुरान ऐसे तलाक को

मान्यता नहीं देती है, जब आदमी अत्यधिक गुस्से में हो, जैसा कि अफजल था और उसने अपनी बीवी को इतना पीटा था कि वह बेहोश हो गई थी, या पार्टनर (बीवी) अचेत हो। कुरान कहती है कि शौहर और बीवी एक-दूसरे के लिए पोशाक की तरह होते हैं। अफजल और उसके जैसे अन्य आदमी इस पाप को करने से बच जाते, यदि उन्हें अपनी सीमाओं का पता होता और उनकी बीवियों का सम्मान बच गया होता, यदि महिलाओं या मर्दों को पूरी तसवीर की जानकारी होती। अज्ञानता सर्वव्यापी है। इसमें यह तथ्य जोड़ दें कि ये आदमी आमतौर पर पुरुष आधिपत्य के नशे में चूर रहते हैं।

यही वह सोच है, जिस कारण मर्द, महिलाओं को मस्जिदों से दूर रखते हैं। इस बात को तवज्जो मत दें कि हर अजान (नमाज के लिए बुलावा) में वे घोषणा करते हैं, 'नमाज के लिए आएँ, सफलता के लिए आएँ।' उन पर ऐसा मतारोपण होता है कि उन्हें यह कभी नहीं लगता कि एक अजान को एक महिला उतना ही सुनती है, जितना कि एक आदमी। जैसे एक आदमी से अपेक्षा की जाती है कि वह अजान सुनकर नमाज के लिए मस्जिद के लिए रवाना होगा, उसी तरह एक महिला भी वैसा ही कर सकती है और उसे ऐसा करना चाहिए। यह हदीथ भुला दिया गया है, जिसमें पैगंबर ने खुद कहा था कि आदमी के लिए सबसे बढ़िया नमाज पहली पंक्ति में है और एक महिला के लिए आखिरी पंक्ति में। पैगंबर पुरुषों और स्त्रियों को अलग-अलग रखने के पक्षधर थे, न कि महिलाओं के बहिष्कार के पक्षधर थे।

आज भारत में अहल-ए-हदीथ और यदा-कदा जमात-ए-इस्लामी के प्रबंधनवाली मस्जिदों को छोड़कर, अधिकतर मस्जिदों में महिलाओं के प्रवेश करने या बाहर निकलने, उनके नमाज कक्ष या स्थान आदि का कोई प्रावधान या सुविधा नहीं है। मस्जिदों को पुरुष क्षेत्र बनाकर रख दिया गया है। महिलाएँ अगर मस्जिदों में जाती हैं तो उन्हें दूसरे ग्रह के प्राणी, दूसरी प्रजातियाँ समझा जाता है, जो संयोगवश गलत स्थान में घुस गई हैं।

जब तक महिलाओं के अधिकारों को लेकर इस अज्ञानता को दूर नहीं किया जाता, तब तक उच्चतम न्यायालय के आदेश या यहाँ तक कि कानून का पालन भी ज्यादातर अपवाद के तौर पर ही होगा, न कि सामान्य रिवाज के तौर पर। जाति प्रथा पर प्रतिबंध की तरह, दहेज पर प्रतिबंध की तरह, अदालत के ताजा आदेश और तुरंत तीन तलाक को दरकिनार करनेवाले और शौहर को जेल भेजनेवाले कानून को तभी प्रभावी बनाया जा सकेगा, जब इसे सामाजिक समर्थन मिलेगा और समाज

के लिए यह जानना कि क्या सही है और क्या गलत! यह अत्यंत महत्त्वपूर्ण है कि मौलाना लोग कुरान को समझें। वे कुरान को रट जाते हैं, जबकि कुरान आदमी को सोचने, तर्क करने और मंथन करने के लिए प्रोत्साहित करती है। सुराह मुहम्मद की आयत 24 कहती है, ' तो क्या वे कुरान पर चिंतन-मनन नहीं करते या उनके दिलों पर ताले जड़े हुए हैं?'

यह महिलाओं के लिए भी समान रूप से महत्त्वपूर्ण है कि वे अपने अधिकारों को जानें। कुरान हालाँकि उनसे उदार होने और अपने शौहरों के प्रति आज्ञाकारी होने की अपेक्षा करती है, लेकिन वह उन्हें स्पष्ट अधिकार भी प्रदान करती है। वह उनसे यह अपेक्षा नहीं करती कि वे वैवाहिक क्रूरता या दहेज की कोई माँग या यहाँ तक कि उत्तराधिकारी के रूप में लड़के की माँग को बर्दाश्त करें। कुरान एक महिला की आमदनी की रक्षा करती है। यह उन्हें अपनी जकात का भुगतान करने के लिए उत्तरदायी बनाती है। यह महिला को उपवास अथवा सलात (प्रार्थना) के लिए वही पुरस्कार देती है। जहाँ भी कुरान पुरुषों पर विश्वास करने की बात करती है, वहाँ महिलाओं पर भी विश्वास करने की बात करती है। जब यह एक व्यभिचारिणी की बात करती है, तो यह एक व्यभिचारी की भी बात करती है।

यह महिलाओं के लिए समझने की बात है कि यदि वे हिंसक और अपमानजनक शादी में फँस गई हैं, तो उन्हें खुला या तलाक-ए-तफवीज या लियन के जरिए ऐसी शादी को निरस्त करने का अधिकार है। महिलाओं पर निरंतर अत्याचार की घटनाओं को रोकने के लिए निकाहनामे में तलाक-ए-तफवीज की धारा को जोड़े जाने की जरूरत है। इसी तरह, तुरंत तीन तलाक को भी निकाहनामे के जरिए ही खत्म किए जाने की आवश्यकता है, जैसा कि ए.आई.एम.पी.एल.बी. ने उच्चतम न्यायालय में अपने शपथ-पत्र में कहा।

इसी प्रकार, एक शौहर के लिए अपनी जिम्मेदारियों को जानना महत्त्वपूर्ण है। उससे कोई दहेज प्राप्त करने की अपेक्षा नहीं की जाती—पैगंबर ने अपनी किसी भी बेटी को दहेज नहीं दिया और न ही उन्होंने अपने ससुरों से कोई दहेज प्राप्त किया। एक आदमी से अपेक्षा की जाती है कि वह विवाह के वक्त महर का भुगतान करे और अपने संसाधनों के अनुसार अपनी बीवी का भरपूर खयाल रखे। उसे अपनी पहली बीवी की अनुमति के बगैर किसी अन्य महिला, भले ही वह उसकी कानूनन शादीशुदा बीवी हो, को घर लाने की इजाजत नहीं है और अंतिम तलाक की सूरत में, इस्लाम एक महिला से यह नहीं कहता कि अपने शौहर के पास लौटने के

लिए वह हलाला करे। महिला को अपने शौहर की गलती की कीमत नहीं चुकानी चाहिए। हमारे देश में हलाला का जो रिवाज है, वह इस्लाम द्वारा महिला को दिए गए आत्म-निर्णय के अधिकार का मजाक है।

हाँ, आगे का रास्ता कुरान की बेहतर समझ में निहित है। सर्वोच्च न्यायालय का कोई भी फैसला कुरान के खिलाफ नहीं गया है। एक सफल शादी की कानूनी जरूरतें वही हैं, जैसी कि इस्लाम में अपेक्षा की गई है। यह वक्त है कि कई मौलानाओं के लिए कुरान को समझने के वास्ते सघन पाठ्यक्रम शुरू किया जाए। और अधिकतर शौहरों एवं बीवियों के लिए सप्ताहांत का कोर्स चलाया जाए। यह वक्त है कि हम कुरान की शिक्षाओं पर मनन करें, जैसा कि सुराह मुहम्मद के जरिये कहा गया है। यह सुराह उस आदमी के नाम पर रखा गया है, जिसने कहा था कि सबसे बढ़िया आदमी वह है, जो अपनी बीवी के लिए सर्वोत्तम व्यवहार करता है। ❑

मुस्लिम महिला (विवाह अधिकार संरक्षण) अधिनियम-2019

यह उम्मीदों और जोर-शोर से प्रचार पर सवार होकर आया। अगस्त 2017 में जब से सुप्रीम कोर्ट ने तीन तलाक को अवैध घोषित किया, तभी से इसकी तैयारी शुरू हो चुकी थी। इसके बावजूद मुस्लिम महिला (विवाह अधिकार संरक्षण) विधेयक जब जुलाई 2019 में आखिरकार दोनों सदनों से पास हुआ, तो इससे निराशा ही हाथ लगी। राज्यसभा से जब इस विधेयक के पक्ष में 99 और विपक्ष में पड़े 84 मतों के बाद पास किया गया, तब यह जानने का कोई तरीका नहीं था कि इससे मुस्लिम महिलाओं की दशा सुधरेगी या बिगड़ेगी। भले ही राष्ट्रपति ने इस पर तुरंत दस्तखत कर दिए, जिससे इसे कानून का दर्जा मिल गया, लेकिन इसके पक्ष और विपक्ष में जारी बहस खत्म होने का नाम नहीं ले रही है।

इस नए कानून का उद्देश्य मुस्लिम महिलाओं को तीन तलाक से सुरक्षा प्रदान करना है। एक ही बार में 'तलाक, तलाक, तलाक' कहनेवाले व्यक्ति को तीन साल तक की कैद और जुर्माना, दोनों की ही सजा मिल सकती है। इस कानून से पहले सुप्रीम कोर्ट ने अगस्त 2017 में 'शायरा बानो बनाम भारत संघ' केस में ऐतिहासिक फैसला सुनाते हुए तीन तलाक को अवैध घोषित कर दिया था। सरकार ने दावा किया कि सुप्रीम कोर्ट के फैसले के बाद भी पीड़ित महिलाओं की ओर से तीन तलाक की कई शिकायतें आई हैं। वास्तव में, जैसे ही यह कानून अमल में आया, कम-से-कम तीन महिलाओं ने तीन तलाक की शिकायत की, जिसके बाद उनके पति को जेल में डाल दिया गया।

प्रधानमंत्री नरेंद्र मोदी ने खुशी जताते हुए कहा था, "एक पुरातन और मध्यकालीन प्रथा को आखिरकार इतिहास के कूड़ेदान में फेंक दिया गया है। संसद्

ने तीन तलाक को समाप्त कर दिया और मुस्लिम महिलाओं के साथ की जारी ऐतिहासिक ज्यादती को दुरुस्त कर दिया है। यह लैंगिग न्याय की जीत है और इससे समाज में समानता आएगी। भारत आज खुशियाँ मना रहा है।" वहीं कानून मंत्री रविशंकर प्रसाद ने कहा, "यह लैंगिक न्याय, सम्मान और समानता का विषय है।"

इस कानून के तहत सभी प्रकार से तीन तलाक, मौखिक, लिखित या अन्य किसी भी तरीके से देना एक संज्ञेय अपराध बन गया है। इस कारण बिना गिरफ्तारी वारंट के ऐसा करनेवाले पति को पुलिस गिरफ्तार कर सकती है। पत्नी, उसका मूल परिवार या ससुराल पक्ष, या करीबी रिश्तेदार केस दर्ज करा सकता है। आरोपी जमानत के लिए मजिस्ट्रेट से गुहार लगा सकता है, जो पीड़ित पक्ष को सुनने के बाद जमानत दे सकेगा। महिला को अपने पिछले पति से गुजारा भत्ता माँगने का हक है। पीड़ित महिला के आग्रह पर समझौता हो सकता है, जिसमें मजिस्ट्रेट की ओर से रकम तय की जाएगी। नाबालिग बच्चे किसके साथ रहेंगे, इसका भी फैसला वही करेगा।

इस अधिनियम की सारी बातें प्रशंसा के योग्य नहीं हैं। यह जहाँ मुस्लिम महिला को तीन तलाक के कलंक से बचाता दिखता है, वहीं सुलह के विकल्प को समाप्त कर देता है। इस्लाम में जब कोई व्यक्ति तलाक देता है, तो पत्नी इद्दत या इंतजार की अवधि के दौरान उसके साथ रह सकती है। इस अवधि के दौरान अगर पति-पत्नी फिर से सहवास कर लें या पति तलाक को मौखिक रूप से वापस ले लेता है तो तलाक आसानी से खत्म हो सकता है। इसके साथ ही यह भी नोट करनेवाली बात है कि जब पैगंबर के पास एक ऐसा व्यक्ति आया, जिसने एक ही बार में तीन तलाक बोल दिया था, तो उसे एक तलाक माना गया, जो खारिज हो सकता था, और जिसमें पति-पत्नी अपनी इच्छा से फिर से अपना वैवाहिक जीवन शुरू कर सकते थे। समकालीन भारत में उच्चतम न्यायालय के निर्णय के बाद तीन तलाक को समाप्त कर दिया गया है। दूसरे शब्दों में, विवाह बना रह जाता है। इसका मतलब हुआ कि वह पुरुष और महिला एक-दूसरे से विवाहित रहते हैं। ऐसे में जब तलाक नहीं हुआ, तो अपराध कैसे हो गया? दूसरी बात, अगर कोई इसे तलाक मान भी ले, तो इस्लाम के मुताबिक यह ऐसा नहीं, जिसे खारिज न किया जा सके। 'सुरह बकरह' और 'सुरह तलाक' के जरिए कुरान तलाक का रास्ता सुझाता है। तीन तलाक को इस्लाम की मंजूरी नहीं है। आसान शब्दों में कहें तो तीन बार तलाक बोल देने से शादी खत्म नहीं होती। ज्यादातर पति-पत्नी तात्कालिक कहा-सुनी को

भुला देते हैं और फिर से जिंदगी साथ बिताने लगते हैं। वैसे भी 2011 की जनगणना के अनुसार मुस्लिमों में तलाक का प्रतिशत 0.56 प्रतिशत है। हालाँकि इस कानून के अमल में आ जाने के बाद इसने पति-पत्नी के लिए एक-दूसरे को माफ करने की गुंजाइश लगभग खत्म कर दी है। एक व्यक्ति, जिसे उसकी पत्नी की शिकायत के बाद तीन साल तक जेल में बंद कर दिया जाएगा, वह शायद ही अपनी पत्नी के साथ आगे कोई संबंध रखेगा। इसके अलावा यह कानून उस पति से ही उम्मीद करता है कि वह महिला को गुजारे के लिए पैसा दे। अगर वह आदमी जेल में है, तो उसके पास अपनी पत्नी के रहन-सहन और बच्चों की पढ़ाई के लिए पैसे नहीं आ सकते। इस कानून में यह स्पष्ट नहीं है कि परिवार में टूट के बाद उनके जीने के लिए पैसे कैसे जुटेंगे। सबसे बड़ी पहेली यह है कि यह कानून उस महिला की वैवाहिक स्थिति को लेकर कोई स्पष्ट संकेत नहीं देता। तीन तलाक के बाद भी वह महिला विवाहित रहती है। उसका पति जेल चला जाए, तब भी वह किसी दूसरे व्यक्ति से शादी नहीं कर सकती, क्योंकि माननीय उच्चतम न्यायालय ने तीन तलाक को अवैध घोषित कर दिया है। कुरान भी इसकी इजाजत नहीं देता। इस कानून के बाद एक विवाहित महिला अपने भविष्य को लेकर अंधकार में रहती है। वह उस व्यक्ति का इंतजार करे कि जेल में उसके तीन साल पूरे हो जाएँ या उससे कहे कि एक महीने के अंतर पर फिर से उसे तलाक दे, जिससे कि वह फिर से आजाद हो सके। जेल में बंद व्यक्ति शायद ही उसकी बात मान ले। इस तरह से तीन साल तक वह महिला आधी तलाकशुदा बनकर रह जाएगी। वह न तो उसके साथ वैवाहिक सुख का आनंद ले सकती है, न ही किसी दूसरे व्यक्ति से शादी कर सकती है।

जैसा कि जमात-ए-इस्लामी के एक विद्वान् ने इस पर कहा है, "अगर एक ही बार में तीन बार तलाक कह देने पर भी शादी टूटी नहीं, तो अपराध हुआ ही कहाँ? शादी तो जस की तस है।" इस्लाम के कुछ विद्वानों के अनुसार, "एक ही बार में तीन तलाक का मतलब एक बार ही तलाक होता है। इसे बोलकर या कदम उठाकर समाप्त किया जा सकता है। पति-पत्नी सहवास कर लें तो तलाक रद्द हो जाएगा। अब पति अगर जेल में है तो पति-पत्नी के बीच सहवास कैसे हो सकता है? जबकि इस्लाम में एक तलाक को समाप्त करने के लिए भी एक महीने का प्रावधान है। इस बात को भी नहीं भूलना चाहिए कि इस दौरान सुलह की गुंजाइश रहती है। अगर कोई व्यक्ति तीन साल तक जेल में रहेगा, तो शादी अपने आप टूट जाएगी।"

यह भी महत्त्वपूर्ण है कि यह कानून उस तबके से सलाह-मशिवरे के बिना ही अमल में आ गया, जो इससे सबसे ज्यादा प्रभावित होता है। जमात-ए-इस्लामी, जमीयत उलेमा-ए-हिंद या तबलीगी जमात की मुस्लिम महिलाओं को भरोसे में नहीं लिया गया। यह नहीं भूलना चाहिए कि जमीयत स्वाधीनता आंदोलन में सबसे आगे थे और उन्होंने मुसलमानों के लिए अलग देश की सोच को नकार दिया था, क्योंकि उन्हें विश्वास था कि इस समुदाय का हित बहुलवादी भारत में सुरक्षित रहेगा। तभी तो जमीयत उलेमा-ए-हिंद के अरशद मदनी ने पूछा, "सरकार ने मुसलमानों से सलाह-मशविरा क्यों नहीं किया? लगभग 99 फीसदी मुस्लिम पुरुष और महिलाओं ने इस बिल के खिलाफ वोट दिया होता, जिससे यह कानून ही अमल में नहीं आता। 1400 वर्षों से हम कुरान के मुताबिक जिंदगी जी रहे हैं। इस्लाम चाहता है कि कोई पुरुष और स्त्री साथ रह रहे हैं तो ताउम्र साथ रहें। एक बार तलाक कहने के बाद किसी आदमी के पास सुलह के लिए तीन महीने का वक्त रहता है। अगर कोई दो बार भी तलाक कह देता है, तब भी उसके पास गलती मानने और पत्नी से सुलह करने का एक मौका होता है। यह विधेयक मुसलमानों की भावनाओं के साथ खिलवाड़ करता है। यह कई परिवारों को तबाह कर देगा, जिन्हें बचाया जा सकता था। मियाँ-बीवी जब झगड़ते हैं, तो बच्चों को भुगतना पड़ता है। अगर शौहर जेल में है, तो गुजारा कौन देगा या बच्चों की फीस कौन भरेगा? हमें संविधान से रक्षा के कुछ उपाय मिले हैं, हम इस मसले को लेकर कोर्ट में जाएँगे।"

इस्लाम के अन्य विद्वानों ने भी इस विधेयक को संविधान से मिले अपने अधिकारों में दखल बताया। मुसलमानों के जीवन में कुरान और हदीस की प्रधानता के लिए काम करने वाले दिल्ली के इस्लामी विद्वान् शर्फ हुसैन ने कहा, "यह विधेयक कुरान के उसूलों के खिलाफ है। कुरान किसी मुस्लिम पुरुष को दो बार तलाक कहने की इजाजत देता है। इसके बाद वह चाहे तो पत्नी के साथ शांति से जीवन बिता सकता है या उसे पूरी तरह से तलाक दे सकता है। तलाक कहने के बाद कोई पति अपनी पत्नी को घर से बाहर नहीं निकाल सकता है। सुलह की गुंजाइश को बढ़ाने के लिए वे साथ रहते हैं। जब गुस्सा शांत हो जाता है, तो अकसर पति-पत्नी को अपनी गलतियों का अहसास हो जाता है और वे अपना वैवाहिक जीवन फिर से शुरू कर देते हैं। उच्चतम न्यायालय ने तीन तलाक को अवैध घोषित कर दिया है। इसका मतलब है कि कोई आदमी एक बार में तीन तलाक बोल दे, तब भी शादी बनी रहती है। एक हदीस है, जिसके अनुसार पैगंबर ने एक आदमी

को अपनी पत्नी के साथ रहने की इजाजत दे दी थी, जिसने एक ही बार में तीन बार तलाक कह दिया था। इस कानून ने उस मौके को छीन लिया है। वास्तव में यह कई तरीके से सुप्रीम कोर्ट की ओर से तलाक को अवैध घोषित किए जाने के खिलाफ है। एक दीवानी मसले को अपराध बनाकर इसने तय कर दिया कि कोई भी पति-पत्नी सुलह न कर सके।"

सरकार ने अब तीन तलाक को अपराध बना दिया है, तो गुस्सैल पतियों के सामने पत्नी को छोड़ देने का ही एक रास्ता बच गया है। इससे पहले महिलाएँ अपने शौहर के साथ फिर से जिंदगी जीने की कोशिश कर सकती थीं। अब उन्हें बिना तलाक दिए ही घर से बाहर निकाला और छोड़ा जा सकता है। वे किसी नए साथी के साथ वैवाहिक जीवन शुरू नहीं कर सकती हैं। न ही वे अपने पिछले पति के पास जा सकेंगी।

जैसी कि उम्मीद थी, बिल को राष्ट्रपति की मंजूरी मिलने के कुछ ही घंटे के भीतर केरल की संस्था केरल जमीयतुल उलेमा ने चुनौती दे दी है। इसने कोर्ट से अपील की है कि इसे 'असंवैधानिक' घोषित किया जाए। केरल की संस्था का कहना है कि यह कानून धर्म के आधार पर एक विशेष वर्ग को दंडित करने की इजाजत देता है। इस प्रकार यह समानता के मौलिक अधिकार का हनन है, जो कहता है कि एक ही अपराध के लिए दो नागरिकों को अलग-अलग किस्म की सजा नहीं दी जा सकती है। याचिकाकर्ताओं ने कहा कि यह कानून अनुच्छेद 14, 15 और 21 के तहत मिले मौलिक अधिकारों का हनन करता है। उसी दिन वकील शाहिद अली ने दिल्ली हाई कोर्ट में इस कानून को चुनौती देते हुए इसे 'असंवैधानिक' करार दिया। अली ने कहा कि यह कानून न केवल संविधान से मिले मौलिक अधिकारों के विरुद्ध है, बल्कि प्राकृतिक न्याय और राज्य के नीति निर्देशक सिद्धांतों के भी खिलाफ है।

❑

स्रोत

अध्याय 1 : 'एक-दूसरे के लिए पोशाक की तरह'

1. दी ग्लोरियस कुरान (सुराह बकराह, सुराह रूम, सुराह नूर), अरबी मूल
2. हदीथ तिर्मिधि (नई दिल्ली : मक्तबा मक्तबा इस्लामी, 1988)
3. हदीथ बुखारी (नई दिल्ली : मक्तबा मक्तबा इस्लामी, 1988)
4. मौलाना वहीदुद्दीन खान, कंसर्निंग डायवोर्स (नई दिल्ली : गुडवर्ड बुक्स, 2001)
5. अब्दुल्लाह यूसुफ अली, अनुवाद, दी कुरान (अमाना पब्लिकेशंस, 1934)
6. मुफ्ती अब्दुल दयाम जलाली एवं काजी मोहम्मद सनाउल्लाह उस्मानी, तफ्सीर-ए-मजहर (कराची : दारुल इशात, 1999)
7. अत-तबारी, जामी-अल-बयाँ (1966)

अध्याय 2 : जैसा कि कुरान कहती है

1. प्रो. सैयद विकार अहमद, अंग्रेजी अनुवाद, दी कुरान (यू.एस.ए. : बुक ऑफ साइन फाउंडेशन, 2005), अनुवाद मंजूरी, काहिरा : अल-अजहर यूनिवर्सिटी।
2. मौलाना वहीदुद्दीन खान एवं डॉ. फरीदा खानुम, अंग्रेजी अनुवाद, दी कुरान (नई दिल्ली, गुडवर्ड बुक्स, 2016)
3. दी ग्लोरियस कुरान (सुराह बकराह, सुराह निसा, सुराह अहजाब, सुराह मुजादिला, सुराह तलाक), अरबी मूल
4. अब्दुल्लाह यूसुफ अली, अनुवाद, दी कुरान (यू.एस.ए. : अमाना पब्लिकेशंस, 1934)

5. मौलाना अबुल अला मावदुदी, टुवड्र्स अंडरस्टैंडिंग दी कुरान (नई दिल्ली : मक्तबा मक्तबा इस्लामी, 1994)
6. मुफ्ती अब्दुल दयाम जलाली एवं काजी मोहम्मद सनाउल्लाह उस्मानी तफ्सीर-ए-मजहरी (कराची : दारुल इशात, 1999)

अध्याय 3 : जब तक तलाक हमें जुदा न कर दे

1. दी ग्लोरियस कुरान (सुराह बकराह, सुराह अहजाब, सुराह हा ता), अरबी मूल।
2. बुखारी शरीफ (नई दिल्ली : मक्तबा मक्तबा इस्लामी, 1988)
3. ताहिर महमूद, मुस्लिम लॉ इन इंडिया एंड एब्रॉड (नई दिल्ली : यूनिवर्सिटी लॉ पब्लिशिंग, 2012)
4. मोहम्मद हसनैन हायकेल, हजरत उमर : फारुक-ए-आजम (दिल्ली : इस्लामिक बुक्स फाउंडेशन, 2004)
5. हदीथ तिर्मिधि (नई दिल्ली : मक्तबा मक्तबा इस्लामी, 1988)
6. मुफ्ती अब्दुल दयाम जलाली, उर्दू अनुवाद, साही मुस्लिम शरीफ (दिल्ली : फरीद बुक डिपो, 2014)

अध्याय 4 : सुन्नी विचार के विभिन्न स्कूल

1. मुफ्ती अब्दुल दयाम जलाली एवं काजी मोहम्मद सनाउल्लाह उस्मानी, तफ्सीर-ए-मजहरी (कराची : दारुल इशात, 1999)
2. इमाम अबु हनीफा, अल-फिकाह उल अकबर (रियाद : 1981)
3. प्रो. फुरकान अहमद, ट्रिपल तलाक : एन एनालिटिकल स्टडी विद इंफैसिस ऑन सोशियो-लीगल आस्पेक्ट्स (नई दिल्ली : रीजेंसी पब्लिकेशंस, 2002)
4. इमाम मलिक, किताब अल तलाक
5. इथना असहर

अध्याय 5 : हलाला : एक अनिष्टकर व्याख्या

1. दी ग्लोरियस कुरान, अरबी मूल
2. मुफ्ती अब्दुल दयाम जलाली, उर्दू अनुवाद, साही मुस्लिम शरीफ (दिल्ली :

फरीद बुक डिपो, 2014)

3. बुखारी शरीफ (नई दिल्ली : मक्तबा मक्तबा इस्लामी, 1988)

अध्याय 6 : बहुविवाह पर कुरान

1. प्रो. सैयद विकार अहमद, अंग्रेजी अनुवाद, दी कुरान (यू.एस.ए. : बुक ऑफ साइन फाउंडेशन, 2005) अनुवाद मंजूरी, काहिरा : अल-अजहर यूनिवर्सिटी
2. कौसर इडप्पागाथ, डायवोर्स एंड जेंडर इक्विटी इन मुस्लिम पर्सनल लॉ ऑफ इंडिया (गुड़गाँव, लेक्सिस नेक्सिस, 2014)
3. तफ्सीर इब्न कासिर (मुजफ्फरनगर : इदारा दावत उल कुरान, 1994)
4. मौलाना अबुल अला मावदुदी, टुवॉर्ड्स अंडरस्टैंडिंग दी कुरान (नई दिल्ली : मक्तबा मक्तबा इस्लामी, (1994)
5. बुखारी शरीफ (नई दिल्ली : मक्तबा मक्तबा इस्लामी, 1988)

अध्याय 7 : खुला : एक महिला का तलाक का अधिकार

1. दी ग्लोरियस कुरान (सुराह बकराह)
2. मौलाना वहीदुद्दीन खान, कंसर्निंग डायवोर्स (नई दिल्ली : गुडवर्ड बुक्स, 2001)
3. हदीथ तिर्मिधि (नई दिल्ली : मक्तबा मक्तबा इस्लामी, 1988)
4. मौलाना मुहम्मद अली, कुरान का अनुवाद
5. मौलाना अबुल अला मावदुदी, हुकुक अल जावजैन (नई दिल्ली : मक्तबा मक्तबा इस्लामी, 1988)
6. कौसर इडप्पागाथ, डायवोर्स एंड जेंडर इक्विटी इन मुस्लिम पर्सनल लॉ ऑफ इंडिया) गुड़गाँव : लेक्सिस नेक्सिस, 2014

अध्याय 8 : उसके लिए अन्य रास्ते...

1. दी ग्लोरियस कुरान, अरबी मूल।
2. मौलाना वहीदुद्दीन खान, कंसर्निंग डायवर्स (नई दिल्ली : गुडवर्ड बुक्स, 2001)
3. मौलाना वहीदुद्दीन खान (संपादित), अल-रिसाला (नई दिल्ली : 1993)

4. कौसर इडप्पागाथ, डायवोर्स एंड जेंडर इक्विटी इन मुस्लिम पर्सनल लॉ ऑफ इंडिया (गुड़गाँव : लेक्सिस नेक्सिस 2014)

अध्याय 9 : शियाओं के तलाक के तरीके

1. दी ग्लोरियस कुरान, अरबी मूल।
2. मुफ्ती अब्दुल दयाम जलाली, उर्दू अनुवाद, साही मुस्लिम शरीफ (दिल्ली : फरीद बुक डिपो, 2014)
3. इमाम खुमैनी, तौजिह-उल-मसायल (1966)

अध्याय 10 : मुगल काल के दौरान तलाक

1. प्रो. शिरीन मुस्तफा के साथ इंटरव्यू (2017)
2. अब्दुल कादिर बदायूनी, मुंतखाब उल तवारीख, उूर्द अनुवाद, अब्दुर्रहमान देहलवी द्वारा (नई दिल्ली : अकीफ पब्लिशर्स, 1981)

अध्याय 11 : उच्चतम न्यायालय का सायरा बानो बनाम भारतीय संघ एवं अन्य फैसला

1. सायरा बानो बनाम भारतीय संघ एवं अन्य केस में उच्चतम न्यायालय के फैसले की रिपोर्ट

अध्याय 12 : बदलाव के पीछे महिलाएँ

1. जाकिया सोमान के साथ इंटरव्यू (2017)
2. नूरजहाँ साफिया नियाज के साथ इंटरव्यू (2017)
3. सायरा बानो के साथ इंटरव्यू (2017)
4. गुलशन परवीन के भाई के साथ इंटरव्यू (2017)
5. आफरीन रहमान की चचेरी बहन के साथ इंटरव्यू (2017)
6. अतिया साबरी के साथ इंटरव्यू (2017)
7. इशरत जहाँ के साथ इंटरव्यू (2017, 2018)

अध्याय 13 : फैसले, जिन्होंने रास्ता प्रशस्त किया

1. कौसर इडप्पागाथ, डायवोर्स एंड जेंडर इक्विटी इन मुस्लिम पर्सनल लॉ ऑफ इंडिया (गुड़गाँव : लेक्सिस नेक्सिस, 2014)

अध्याय 14 : ए.आई.एम.पी.एल.बी. के कार्य-बिंदु

1. ए.आई.एम.पी.एल.बी. का उच्चतम न्यायालय के समक्ष निवेदन
2. सायरा बानो केस पर ए.आई.एम.पी.एल.बी. की प्रेस विज्ञप्ति (सितंबर 2017)

अध्याय 15 : मुस्लिम देशों में तुरंत तीन तलाक की मनाही

1. मौलाना वहीदुद्दीन खान, कंसर्निंग डायवोर्स (नई दिल्ली : गुडवर्ड बुक्स, 2001)
2. ताहिर महमूद, मुस्लिम लॉ इन इंडिया एंड एब्रॉड (नई दिल्ली : यूनिवर्सल लॉ पब्लिशिंग, 2012)
3. सायरा बानो बनाम भारतीय संघ एवं अन्य केस में उच्चतम न्यायालय के फैसले की रिपोर्ट।

अध्याय 16 : काजी अदालतों में तुरंत तीन तलाक एवं खुला

1. जामिया रियाजुल उलूम के रेक्टर के साथ इंटरव्यू (दिल्ली : 2017)
2. जामा मस्जिद, किठौर के इमाम के साथ इंटरव्यू, 2017
3. मदरसा इस्लामिया अरबिया के इमाम के साथ इंटरव्यू, 2017
4. इमारात शरीयाह, पटना के मीडिया प्रभारी के साथ इंटरव्यू, 2017
5. मुंबई में आध्यात्मिक चिकित्सक अब्दुल अजीम के साथ इंटरव्यू, 2017
6. अशरफुल मदारिस, हरदोई के इमाम के साथ इंटरव्यू, 2017
7. मस्जिद भोरगढ़, अमेठी के इमाम के साथ इंटरव्यू, 2017
8. स्क्रॉल (Scroll) के साथ प्रो. फैजान मुस्तफा का इंटरव्यू, 2017
9. तलाक पर भारतीय मुस्लिम महिला आंदोलन का सर्वे, 2017

निष्कर्ष : आगे का रास्ता

1. मौलाना अबुल अला मवादुदी, टुवड्र्स अंडरस्टैंडिंग दी कुरान (नई दिल्ली : मक्तबा मक्तबा इस्लामी, 1994)
2. दाउद शरीफ (दिल्ली : फरीद बुक डिपो, 1999)

❑❑❑